D0841260

Caroline Michel

Les années de porcelaine

ROMAN

Dépôt légal - Bibliothèque nationale du Québec, 2004
ISBN 2-9808333-0-4

Carole Michon
Les Éditions LM
3025, Place Ste-Catherine, #11
Saint-Hyacinthe, (Québec)
J2S 8A9

Téléphone : (450 771-4121
Télécopieur : (450) 655-5343

Conception graphique : A3 Communications inc.
2350, Ste-Anne, Saint-Hyacinthe, Québec J2S 5H9
Téléphone : (450) 778-0899 - Télécopieur : (450) 778-9978
a3@hy.cgocable.qc.ca

Imprimé au Canada
Imprimeries Transcontinental

À Pierre,
pour sa noblesse d'esprit

PROLOGUE

Québec,
Mai 42

La petite fille courait à perdre haleine lorsqu'elle heurta violemment un obstacle imprévu. C'était un jeune prêtre originaire du Manitoba qui visitait l'orphelinat de la Vierge Marie depuis peu.

- Hé là, où cours-tu comme ça? demanda-t-il avec amusement.

- Laissez-moi passer! Elle va me battre, j'ai volé une pomme!

Il saisit instantanément la situation : les sœurs étaient loin d'être tendres avec les voleuses. Il considéra gravement la fillette terne et maigrichonne qui l'implorait avec des yeux de biche apeurée, et décida de lui venir en aide.

- Donne-moi la pomme et surtout, ne dis rien.

Une religieuse à l'allure peu engageante fit irruption quelques secondes plus tard. En voyant la coupable en compagnie du prêtre, elle sembla hésiter sur l'attitude à adopter. Le Père Gabriel profita de son incertitude.

- Vos pommes ont l'air délicieuses, Sœur Marthe. Votre petite pensionnaire a eu la gentillesse de m'en offrir une.

- Sans demander la permission!

Le prêtre lui adressa un sourire rempli de candeur.

- Comme tout cela est parti d'une bonne intention, je vous serais reconnaissant de bien vouloir fermer les yeux, plaida-t-il d'une voix douce mais ferme.

La religieuse comprit qu'elle avait tout intérêt à jouer le jeu.

- Très bien, Père Gabriel mais seulement pour cette fois.

Puis, empoignant l'enfant par le bras, elle ajouta sèche-ment :

- Viens, Laura. Nous avons des corvées à terminer.

La petite fille eut tout juste le temps d'adresser un sourire timide à son sauveur.

LIVRE 1
1956 À 1963

CHAPITRE 1

LAURA

New York,
Mai 56

La jeune femme attendait patiemment son tour dans l'une des nombreuses agences de placement de New York. Inconsciente des nombreux regards qu'elle suscitait, elle offrait un tableau tout à fait exquis avec ses longs cheveux bruns dorés, ses yeux en amandes couleur ambre et sa peau lumineuse qui semblait l'envelopper d'un halo tout à fait particulier. Elle semblait calme à l'extérieur, mais à la façon dont elle croisait et décroisait ses longues jambes fuselées, il était facile pour un observateur attentif de déceler une certaine nervosité.

En entendant son nom à l'interphone, elle se leva précipitamment et se dirigea vers la réception d'une démarche souple et élégante.

- Je suis Laura Sinclair.

- Bien, prenez ce couloir en face de vous, c'est la deuxième porte à votre droite. Mademoiselle Dale vous attend.

- Merci beaucoup.

Quelques minutes plus tard, Laura se retrouva dans un bureau exigu, mais clair. Une jeune femme blonde à l'allure décontractée l'invita à s'asseoir.

- Je me présente, Linda Dale. J'espère pouvoir vous aider.

- Moi aussi, répondit Laura en souriant timidement.

- Voyons un peu, d'après le questionnaire, vous venez du Québec?

- C'est exact.

- Vous n'avez aucun accent.

- J'ai fait toutes mes études secondaires en langue anglaise.

- Parfait et qu'est-ce qui vous a motivé à venir vous installer à New York?

- Eh bien, une de mes amies a immigré ici après son mariage avec un Américain, et elle m'a convaincue que ce serait une expérience formidable pour moi de travailler à l'extérieur de mon pays pendant quelques années.

La jeune femme sembla satisfaite de la réponse. Elle poursuivit la lecture du questionnaire après lui avoir adressé un bref sourire.

- Ainsi, reprit-elle, vous désirez travailler dans un hôpital?

- C'est mon vœu le plus cher! J'ai décroché mon diplôme d'infirmière à l'âge de dix-huit ans et je possède une expérience de quatre ans à l'Hôpital de l'Enfant-Jésus à Québec.

- Bien.

Linda Dale se leva puis se dirigea vers un lourd classeur. Après avoir examiné attentivement plusieurs fiches, elle revint à son bureau en soupirant.

- Malheureusement, la profession est saturée en ce moment. J'ai une liste d'attente interminable!

Laura eut du mal à cacher sa déception.

- Voyez-vous, j'adore mon métier et je ne sais rien faire d'autre, murmura-t-elle avec anxiété.

- Malheureusement, je ne peux guère vous aider pour le moment...

La jeune femme se redressa subitement sur son siège.

- Attendez, j'ai peut-être une solution temporaire. Que diriez-vous de faire de la photo?

Laura la contempla avec stupéfaction.

- Je n'ai aucune expérience dans ce domaine et puis, ce n'est pas du tout mon genre, ajouta-t-elle en rougissant.

- Craignez-vous de subir des avances non désirées? demanda Linda Dale avec perspicacité.

- Effectivement, il y a de cela mais…

Son interlocutrice l'interrompit.

- Rassurez-vous, celui pour qui vous auriez de fortes chances de travailler jouit d'une excellente réputation et de plus, je le connais personnellement. Je sais qu'il a engagé de jeunes personnes sans aucune expérience à de nombreuses reprises.

- C'est assez encourageant, convint Laura, mais pourquoi me choisirait-il?

Devant la sincérité évidente de la question, Linda Dale réalisa que cette jeune femme était complètement inconsciente de sa beauté.

- Vous n'avez donc pas de miroir au Québec? ironisa-t-elle.

Laura rit franchement.

- Bon, je veux bien aller le rencontrer, car je suppose que c'est toujours mieux que de laver la vaisselle, n'est-ce pas?

- Tout à fait d'accord! Voici son adresse, c'est à peu près à quinze minutes d'ici, en sortant à votre gauche. Je vais même lui passer un coup de fil.

- Merci, je ne manquerai pas de vous donner des nouvelles!

- Bonne chance!

***

Laura descendait sur Madison Avenue en s'émerveillant de la multitude des magasins élégants, lorsqu'elle aperçut un immeuble imposant correspondant à l'adresse indiquée. Elle s'engouffra dans le hall d'entrée et se dirigea vers une réceptionniste plongée dans la lecture d'une revue de mode.

- Excusez-moi, serait-il possible de rencontrer Monsieur Harold Fisher?

- Qui dois-je annoncer?

- Laura Sinclair. Je viens de la part de Mademoiselle Dale.

La réceptionniste se détourna et appuya sur un bouton du téléphone.

- Harold, Mademoiselle Laura Sinclair voudrait te voir. Elle vient de la part de Linda… Très bien, je te l'envoie tout de suite.

Elle se tourna à nouveau et adressa à Laura un sourire artificiel qui ne parvenait pas à masquer l'envie que suscitait chez elle l'allure raffinée de cette inconnue, malgré la coupe médiocre de son tailleur bon marché.

- Vous pouvez y aller. C'est au deuxième étage à votre gauche.

Laura la remercia poliment et se dirigea résolument vers l'ascenseur malgré les battements désordonnés de son cœur. En sortant, elle se retrouva rapidement devant une lourde porte en chêne portant l'inscription : *Harold Fisher, photographe professionnel*. Elle frappa légèrement et une voix plaisante la pria d'entrer. Elle pénétra alors dans un bureau au désordre impressionnant, décoré d'une façon moderne avec des couleurs vives.

Un petit homme chauve et rondouillard, exclusivement vêtu de noir, vint à sa rencontre et la détailla d'un œil expert. Visiblement ravi du résultat, il s'écria avec entrain :

- Je suis enchanté de vous rencontrer, Laura!
- Moi aussi, Monsieur Fisher.
- Tut, tut, tut. Ici, on dit Harold. Est-ce que c'est naturel, ces cheveux?

La jeune femme le contempla avec un air perplexe, un peu déconcertée par ses manières directes.

- Mais oui… répondit-elle malgré tout.
- Formidable! Si vous saviez comme je suis las de photographier des blondes platines à l'année longue! Elles voudraient toutes être Marilyn, mais il n'y en a qu'une et c'est peut-être mieux d'après ce que j'ai entendu dire. Croyez-moi, il vaut mieux avoir son propre style plutôt que de n'être que la pâle copie de quelqu'un d'autre. Vous, par contre, vous possédez la grâce naturelle de Grace Kelly, ce qui n'est pas peu dire! Saviez-vous qu'elle vient d'épouser un prince à Monaco?

Laura acquiesca poliment, impressionnée par ce flot de paroles ininterrompues.

- Venez vous asseoir, ma chère demoiselle. Nous allons parler de choses sérieuses!

Intérieurement, elle se demanda s'il en était capable en le regardant prendre place derrière le fouillis indescriptible de son bureau.

- Ainsi, vous voulez faire de la photo?

Laura décida de jouer franc jeu.

- En réalité, je suis infirmière diplômée mais comme il n'y a pas d'ouverture en ce moment, Mademoiselle Dale a suggéré que vous pourriez me donner du travail en attendant.

Harold Fisher haussa un fin sourcil blond.

- Au moins, vous êtes honnête, constata-t-il. Ça peut durer combien de temps, ce chômage forcé?

- Quelques mois, je suppose. Peut-être plus.

- Pas mal, ça me donne le temps de faire quelque chose avec vous.

Tout à coup, il se leva en coup de vent.

- Suivez-moi, ma toute belle, il est primordial de savoir avant toute chose si vous êtes photogénique!

Il la fit entrer dans une pièce communicante, munie d'un large fauteuil et de plusieurs appareils-photos.

- Je ne vais rien vous demander de compliqué. Asseyez-vous simplement et tentez de sourire le plus naturellement possible.

Laura fit de son mieux.

- Décidément, vous êtes vraiment trop crispée! D'après vous, est-ce que je ressemble vraiment à un grand méchant loup?

Devant la mine déconfite du photographe, Laura éclata de rire spontanément. Ce dernier en profita pour la mitrailler sous tous les angles.

- Voilà, c'est déjà terminé! Nous allons retourner à mon bureau et je vais demander à mon assistant de développer les photos le plus rapidement possible.

Ils bavardèrent longuement de choses et d'autres et Laura s'aperçut qu'elle appréciait énormément cet être qui ne ressemblait en rien à toutes les personnes qu'elle avait connues jusqu'ici.

À un certain moment, un grand jeune homme dégingandé toussota dans l'embrasure de la porte.

- Larry! Apporte-moi vite ces photos.

Le photographe les étudia toutes attentivement, puis il leva les yeux en arborant un sourire épanoui.

- Ma chère Laura, vous êtes un cadeau du ciel! Que diriez-vous de signer un contrat de trois mois?

La jeune femme n'en crut pas ses oreilles.

- De quoi s'agit-il exactement? demanda-t-elle nerveusement.

- Je dois photographier plusieurs collections estivales qui
paraîtront ensuite dans différents magazines. Ça vous
intéresse?

- Oui… mais est-ce que je saurai faire ce travail?

Harold lui adressa un sourire en coin.

- Mon ange, il faut deux qualités principales.
Premièrement, être photogénique et deuxièmement, posséder
une patience à toute épreuve. Vous voyez, ce n'est pas
demain la veille que vous allez retrouver un prix Nobel chez
les mannequins! Cent dollars par semaine, ça vous conviendrait?

Laura n'en espérait pas autant.

- J'accepte, Monsieur Fish… Harold, je veux dire.

- Merveilleux! Revenez demain matin pour signer le contrat et nous organiserons votre première journée de travail.

Laura s'apprêtait à prendre congé lorsqu'elle se rappela
qu'elle logeait toujours à l'hôtel, car l'appartement de son
amie Nicole était vraiment trop petit pour accueillir une personne supplémentaire. Après trois semaines de recherches
intensives, ses économies commençaient à fondre comme
neige au soleil.

- Au fait, Harold, vous ne connaîtriez pas une pension
pour jeunes filles où je pourrais m'installer?

- Peut-être bien celle de Madame Finlay. Un de mes
modèles y habite actuellement. C'est sur Lexington Avenue,
donc près de tout. Juste un moment, je vous écris l'adresse,
ce n'est pas loin d'ici en voiture.

La jeune femme lui sourit avec reconnaissance quand il
lui remit le bout de papier.

- Merci pour tout! À demain.

Après son départ, Harold Fisher ne put s'empêcher de penser que cette jeune beauté serait une proie délectable pour les prédateurs de New York. Mais, après tout, ce n'était pas son affaire.

***

Le taxi jaune stoppa devant une vieille maison à deux étages visiblement bien entretenue. Laura paya la course puis s'engagea dans l'escalier en fer forgé qui menait à la porte principale. Elle sonna une fois et dut attendre un long moment avant que la porte ne s'entrouvre et laisse apparaître une dame âgée, aux traits lourds et fatigués.

- Vous désirez?

- Êtes-vous Madame Finlay? Je cherche une chambre.

- C'est bien moi. Vous avez de la chance, il y a une jeune fille qui est partie ce matin même.

Elles passèrent dans un petit salon aux tapis et tentures usés mais d'une propreté méticuleuse.

- Si vous voulez bien vous asseoir… Mademoiselle?

- Laura Sinclair.

- Vous venez de quel endroit?

- De la province de Québec, au Canada.

Madame Finlay fut impressionnée. Dans son imaginaire, le Canada était un pays aussi exotique que la Chine. Elle se montra d'une curiosité insatiable et Laura se retrouva à lui raconter la plus grande partie de sa vie. Enfin, elles finirent par aborder la question de la chambre.

- C'est vingt-cinq dollars par semaine, petit déjeuner et lavage inclus.

- Ça me semble parfait.

- Venez, je vais vous montrer la chambre. Vous déciderez

après.

Laura la suivit dans l'escalier grinçant. Au premier palier, la vieille dame s'arrêta pour reprendre son souffle.

- Excusez ma lenteur, mais il y a longtemps que je n'aie plus votre jeunesse!

- Prenez votre temps, je ne suis pas pressée.

La chambre, tout comme les autres pièces, était vétuste mais elle sentait bon la lavande et le soleil y pénétrait à flots. Elle était meublée d'un grand lit en fer, d'une large commode et d'un petit secrétaire.

- C'est tout réfléchi, je la prends, décida aussitôt Laura, soulagée à l'extrême d'interrompre ses recherches.

- Pouvez-vous me régler un mois à l'avance?

- Bien sûr. Dès mon retour, je vous remettrai la somme.

Madame Finlay ajouta, un peu mal à l'aise :

- C'est strictement interdit aux jeunes hommes de monter aux chambres.

Laura éclata de rire joyeusement.

- N'ayez aucune crainte à ce sujet!

Satisfaite, la vieille dame lui expliqua le fonctionnement de la pension puis retourna vaquer à ses occupations.

***

Il était tard lorsque Laura posa la tête sur l'oreiller. Somme toute, la journée avait été épuisante, mais elle avait progressé à pas de géant. Elle sourit intérieurement en songeant qu'elle avait eu raison d'affirmer au Père Gabriel qu'elle pouvait se débrouiller seule à New York…

CHAPITRE 2

Québec,
Juillet 56

Le Père Gabriel Atkins posa la lettre de Laura sur sa table à café et bourra méticuleusement sa vieille pipe. Dieu merci, sa chère Laura semblait heureuse, mais il ne pouvait s'empêcher de s'inquiéter à son sujet car lui seul connaissait son extrême vulnérabilité. Il la revoyait à l'orphelinat, maigrichonne et maladive à un point tel que personne n'avait eu le désir de l'adopter jusqu'à ce qu'il convainque une vieille tante anglophone, veuve depuis peu, de l'accueillir dans son foyer. Laura, qui était âgée de onze ans à l'époque, avait commencé à s'épanouir et avait recouvré progressivement la santé, mais cela n'avait pas effacé la dureté des années précédentes. À dix-neuf ans, elle s'était retrouvée seule à nouveau suite au décès de Kate Atkins. Heureusement, elle avait commencé à pratiquer sa profession d'infirmière, ce qui lui avait permis de louer un petit appartement avec une de ses collègues de travail.

Légèrement nostalgique, il se cala profondément dans sa berceuse et revit en pensée le dernier entretien qu'il avait eu avec la jeune femme, peu de temps avant son départ pour les États-Unis…

- Père Gabriel, j'ai pris une décision importante aujour-

d'hui...

Le prêtre avait levé vers elle son visage aux traits réguliers, empreint de bonté et de chaleur humaine.

- Je t'écoute, Laura.

- Eh bien, j'ai décidé de m'installer à New York pour un an ou deux.

À ces mots, il avait senti son cœur se serrer douloureuse-ment.

- Mais c'est si loin! Pourquoi une telle idée?

- Vous savez déjà que mon amie Nicole y vit depuis son mariage et elle m'écrit des lettres si enthousiastes que j'ai envie de tenter l'expérience. Elle peut me procurer un permis de travail et comme je suis parfaitement bilingue, je ne devrais pas avoir trop de mal à m'implanter là-bas.

Malgré tous ses efforts, le Père Gabriel avait senti ses yeux s'embuer de larmes contenues.

- Excuse-moi, mais tu fais partie de ma vie depuis si longtemps que j'ai du mal à imaginer une séparation aussi longue...

À ce moment, Laura s'était emparée de ses mains et les avaient serrées fortement entre les siennes.

- Père Gabriel, ne croyez surtout pas que cette pensée ne me brise pas le cœur à moi aussi, mais nous ne pouvons pas faire abstraction plus longtemps des vilains commérages qui circulent à notre sujet.

- Si c'est seulement à cause...

Elle l'avait interrompu d'un geste de la main.

- Nous savons tous les deux que seule une profonde ami-tié nous unit mais malheureusement, ce n'est pas le cas pour beaucoup de gens de notre petite communauté. Je sais que vous êtes trop bon pour m'écarter de votre vie, mais vous ne pouvez ignorer qu'il est néfaste pour vous que de telles idées

soient entretenues.

Il était demeuré songeur un long moment puis il avait admis qu'elle avait probablement raison. Ce qu'elle ignorait toutefois, c'est qu'il éprouvait pour elle beaucoup plus que de la tendresse, depuis qu'elle s'était transformée en une magnifique jeune femme. Bien sûr, cet amour était pur et le resterait à jamais mais il était tout de même soulagé qu'elle ne se soit jamais rendue compte de ce changement dans ses sentiments.

Il s'était éclairci la voix et avait déclaré avec sincérité :

- Malgré tout, je suis heureux que tu saisisses la chance de vivre quelque chose d'exceptionnel. Un jour, tu vas te marier, avoir peut-être trois ou quatre enfants et tu vas t'apercevoir que tes rêves vont devenir extrêmement difficiles à réaliser à travers la rigueur du quotidien...

Au moment de partir, elle s'était jetée dans ses bras.

- Oh! Père Gabriel, si vous saviez tout ce que vous représentez pour moi!

- Je le sais, Laura, avait-il murmuré en l'écartant tout doucement de lui.

***

CHAPITRE 3

Août 56

Trois mois s'étaient écoulés depuis que Laura travaillait avec Harold Fisher. Au début, elle avait été surprise de constater à quel point une journée de pose pouvait être éreintante, mais peu à peu, elle s'y était habituée et maintenant, elle comprenait vraiment ce que l'on attendait d'elle. Même si ce travail n'était qu'un transit en attendant de trouver une place dans sa profession, elle s'était toujours montrée extrêmement consciencieuse, ce qui lui avait mérité le respect et l'amitié du photographe.

Ce jour-là, entre deux séances de poses à Central Park, elle bavardait avec Harold en sirotant une boisson bien fraîche.

- Quelle chaleur suffocante! C'est tout juste si on arrive à respirer!

- À qui le dis-tu! Nous, au moins, on travaille en pleine verdure. Au fait, Jack et moi donnons une soirée samedi soir. Est-ce que tu aimerais venir?

Jack était l'ami de cœur d'Harold depuis quelques années et Laura l'avait rencontré à quelques reprises. Au début, elle avait eu un choc en découvrant la nature de leur relation, mais par la suite, elle avait cessé d'y accorder de l'importance.

- J'aimerais bien, répondit-elle d'une voix hésitante, cherchant une issue pour se défiler, mais…

- C'est réglé. J'enverrai quelqu'un te chercher à huit heures.

- Je ne veux déranger personne, protesta-t-elle en désespoir de cause.

- Voyons, ne sois pas stupide. Celui à qui je pense se fera un plaisir de t'accompagner! lança-t-il en souriant mystérieusement.

- Qui est-ce? demanda-t-elle avec curiosité.

- Un jeune comédien plein de talent qui a déjà posé pour moi, il y a quelques années. Il s'appelle Derek Shaw.

Harold avala une dernière gorgée de jus de fruit et ajouta :

- Maintenant, au travail, si tu veux terminer à une heure convenable ce soir!

**

Constatant qu'elle n'avait rien d'assez chic à se mettre pour la soirée d'Harold, Laura avait décidé de se payer une robe de chez *Bloomingdale*. De retour sur Lexington Avenue, elle songea au prix exorbitant de son achat, mais la création était si belle qu'elle ne pût regretter vraiment.

Le soir venu, elle se contempla dans la glace avec satisfaction. Elle avait appris à se maquiller avec un art consommé et sa magnifique chevelure brune, relevée sur le sommet de sa tête, révélait toute la finesse de ses traits délicats. La robe en soie blanche, d'une simplicité trompeuse, tombait merveilleusement autour d'elle, tout en soulignant la minceur de ses courbes gracieuses. Pour tout bijou, elle portait un collier de perles offert par le Père Gabriel, le jour de sa graduation.

En souriant, elle pensait à la tête que ferait le prêtre s'il la voyait ainsi lorsqu'elle entendit le carillon de l'entrée. Elle savait que Madame Finlay ferait patienter son escorte dans le petit salon, mais elle s'empressa tout de même de s'envelopper d'un léger nuage de parfum et de prendre ses accessoires.

Elle descendit ensuite l'escalier en se forgeant un sourire de circonstance, mais lorsqu'elle pénétra dans la pièce, elle perdit légèrement contenance.

L'homme qui s'était détourné de la fenêtre en entendant le bruit de ses pas était d'une beauté impressionnante ; âgé d'environ trente ans, il était très grand, de carrure athlétique et ses cheveux noirs, légèrement bouclés, faisaient ressortir pleinement le bleu intense de ses yeux. Ses traits virils semblaient taillés dans le bronze et ses dents, légèrement irrégulières, brillaient d'une éclatante blancheur dans son visage racé.

Il prit la parole en premier.

- Je crois que je n'aurais pas dormi de la nuit si Harold m'avait montré votre photographie, plaisanta-t-il en inclinant la tête.

Son timbre de voix était caressant et il émanait de lui un tel charisme que Laura se retrouva intimidée au point de ne plus trouver ses mots.

- Vous êtes Derek Shaw? s'entendit-elle demander gauchement.

- Lui-même. Attendiez-vous quelqu'un d'autre?

- Non, balbutia-t-elle en se maudissant pour son embarras, ce n'est pas ce que j'ai voulu dire…

- Excusez-moi, je vous taquine parce que je trouve diablement rafraîchissant de voir une jeune femme rougir de la sorte.

Laura se sentit encore plus intimidée, mais elle essaya de le dissimuler de son mieux.

- Je suis prête, Monsieur Shaw, répliqua-t-elle avec courtoisie.

- Laissons tomber les cérémonies! Appelez-moi simplement Derek et je vous appellerai Laura.

- Très bien.

Ils sortirent dans la douceur de la nuit et Derek lui ouvrit la portière d'une Studebaker usagée.

- Je ne suis pas très fier de ma voiture, mais je ne peux guère m'offrir plus pour le moment. Même mon smoking est loué! précisa-t-il avec humour.

- C'est sans importance, affirma Laura qui était soulagée en fait, car sa condition modeste l'humanisait un peu à ses yeux.

- Ce n'est que temporaire, vous savez! Un jour, moi aussi je me baladerai dans la voiture de mes rêves.

- Vous êtes comédien, si j'ai bien compris Harold? demanda-t-elle pour faire la conversation.

- En effet et ce n'est pas rose tous les jours. Il faut être prêt à tout pour se tailler une place, car la compétition est particulièrement féroce à New York, expliqua-t-il en s'allumant une cigarette.

Laura ressentit un vague malaise.

- Devenir riche est-il votre but primordial? demanda-t-elle avec un intérêt sincère.

- Oui, avoua-t-il d'une voix soudainement coupante. Quand on a crevé de faim durant des années, c'est le moins qu'on puisse espérer.

Puis, comme pour adoucir ses dernières paroles, il lui adressa un sourire chaleureux.

- Mais il n'y a pas que l'argent, précisa-t-il. Je crois en

mon talent, Laura.

Elle leva vers lui son regard lumineux.

- Alors, je vous souhaite de tout cœur de réussir...

Quelque chose dans la candeur de la jeune femme le toucha. Elle lui rappelait soudainement une autre personne, dans sa vie passée.

- Quoiqu'il arrive, ne changez jamais, Laura. Ainsi, vous êtes le rêve de tout homme... dit-il d'une façon inattendue.

Laura ne put retenir sa pensée.

- Mais pas un homme comme vous, n'est-ce pas? laissa-t-elle échapper malgré elle.

- Disons que j'ai peu de temps à consacrer à ma vie personnelle.

Ils se plongèrent un moment dans leurs réflexions respectives puis Derek reprit la conversation.

- J'aimerais beaucoup que vous me parliez de vous.

- J'ai bien peur que ce ne soit pas très intéressant.

- Ne soyez pas si modeste. Vous n'êtes pas de New York, n'est-ce pas?

- Non, je suis originaire du Canada.

- Vraiment? s'étonna Derek. Vos parents vivent-ils toujours là-bas?

- Je n'ai jamais connu mes parents. En fait, j'ai vécu dans un orphelinat jusqu'à l'âge de onze ans.

- Je suis désolé...

- Ne le soyez pas. Il y a bien des enfants légitimes qui n'ont pas eu d'enfance meilleure que la mienne.

Elle ressentit soudain le besoin de parler du Père Gabriel.

- J'ai connu, là-bas, un prêtre merveilleux qui m'a aidée pendant des années. Je ne pourrai jamais l'oublier.

- Étiez-vous amoureuse de lui? demanda Derek sans la moindre malveillance.

Laura reçut cette question comme une gifle.

- Je vois que les préjugés ont la vie dure, même dans une grande ville comme New York, constata-t-elle d'une voix chargée d'amertume.

Prenant conscience de sa maladresse, Derek gara sa voiture en bordure de la route et coupa le contact.

- Je vous demande pardon, Laura. Je ne sais pas ce qui m'a pris de vous demander une chose aussi stupide, s'excusa-t-il humblement.

Voyant qu'il regrettait vraiment, elle refoula sa rancœur.

- Je crois que je viens de réaliser à quel point j'ai souffert de l'attitude réprobatrice des gens qui nous entouraient.

- Tout cela est derrière vous à présent. Je veux revoir immédiatement votre sourire éblouissant pour le reste de la soirée!

Laura consentit de bonne grâce et il reprirent la route.

- Si j'en crois mon flair, vous serez le modèle le plus en demande en ville d'ici peu de temps, déclara Derek pour chasser totalement le malaise qui avait alourdi l'atmosphère entre eux.

Laura éclata d'un rire cristallin.

- Vous n'y êtes pas du tout! En réalité, je suis infirmière et la photo n'est que temporaire pour moi.

- Sans blague? Est-ce qu'Harold le sait?

- Bien sûr!

Elle s'absorba dans la contemplation des maisons lorsqu'ils pénétrèrent dans Greenwich Village.

- J'adore ce quartier! Il n'y a pas un pâté de maisons qui ressemble à un autre.

Quelques minutes plus tard, Derek tourna sur Christopher Street et stationna sa voiture à côté d'une rutilante limousine.

- Nous voici à destination dans l'univers des riches!

lança-t-il d'une voix teintée d'envie.

Il aida la jeune femme à descendre du véhicule et elle contempla avec ahurissement la splendide résidence de style néo-grec d'Harold et Jack.

- Cette merveille leur appartient-elle vraiment?

- Évidemment. Jack est l'un des décorateurs les plus réputés de New York et à lui seul, il touche des cachets exorbitants.

- Comme je suis naïve, constata Laura en se sentant envahie par un autre accès de timidité.

- Je dirais plutôt adorable, rectifia son cavalier en prenant d'autorité sa main dans la sienne.

Elle se sentit rougir à nouveau et fut heureuse que l'obscurité n'en laisse rien paraître. Ils pénétrèrent dans un vestibule en marbre, et après avoir montré leur carte d'invitation au maître d'hôtel, ils s'engagèrent dans un imposant escalier aux rampes sculptées à la main, qui conduisait à la salle de réception.

Laura aperçut tout de suite Harold, vêtu d'un toxédo rose cendré qui lui allait à ravir. Il s'avança aussitôt vers eux de sa démarche sautillante.

- Ah! mes chéris, vous formez un couple divin! Vous allez certainement être l'attraction principale de ma soirée!

- Comme si quelqu'un pouvait parvenir à t'éclipser! rétorqua Derek avec un sourire ironique.

- Tu es un incorrigible flatteur! lança le photographe, visiblement ravi de sa répartie. Allez, va offrir à Laura une coupe de champagne pendant que j'accueille les autres invités!

Laura était dépassée par tout ce luxe qui l'entourait. Tableaux de maître et ameublement Régence Louis XV s'offraient à la vue des convives admiratifs mais envieux tout à la fois.

- J'aimerais bien visiter la maison au complet! s'exclama-t-elle avec enchantement. Jack est un vrai génie!

Ils se frayèrent un chemin jusqu'au bar et Laura repéra un certain nombre de personnalités connues dans différents milieux.

- J'admire encore plus la simplicité d'Harold, maintenant que je vois dans quel milieu il vit, reprit-elle en acceptant une coupe de champagne.

- Oui, c'est plus facile ainsi de payer ses modèles à rabais.

- Voici une remarque bien cynique…

- Mais véridique.

Puis, voyant son regard désapprobateur, il ajouta :

- Allez, gardez votre innocence, il sera toujours temps de la perdre! Pour le moment, il est temps d'entretenir mes relations...

Il la promena de groupe en groupe, trouvant toujours la réplique spirituelle qui convenait pour chacun, mais pour elle, ces mondanités se révélèrent un véritable supplice. Enfin, l'orchestre attaqua une valse et ils posèrent leur coupe vide sur le plateau d'un extra qui passait près d'eux.

- Voulez-vous m'accorder cette valse, Madame? demanda cérémonieusement Derek.

- Avec grand plaisir, Monsieur, rétorqua Laura sur le même ton guindé.

Après quelques pas incertains, elle s'accorda à son rythme et ce fut merveilleux. Ils dansèrent en silence, le regard ambre de la jeune femme accroché intensément au regard bleu de son cavalier, et ils oublièrent pour un instant tout ce qui les entourait. Lorsque la dernière note s'éleva, ils se séparèrent à regret.

- Je n'ai jamais autant apprécié une valse, murmura-t-il gardant sa main dans la sienne.

Trop émue pour répondre, Laura songea au plus profond d'elle-même qu'elle en garderait le souvenir toute sa vie.

Derek la conduisit à nouveau au bar et après quelques verres, elle se sentit légèrement euphorique, ce qui lui permit de se détendre vraiment. Elle dansa toute la soirée avec des hommes séduisants, mais ce ne fut qu'avec Derek qu'elle éprouva une véritable ivresse…

***

Le trajet du retour lui sembla incroyablement court. Lorsque Derek arrêta la voiture devant la pension, elle soupira comiquement.

- C'était une merveilleuse soirée…

- Vous avez remporté un énorme succès, ce soir, remarqua-t-il d'une voix légèrement voilée.

- Vraiment? Je n'ai pas fait attention…

Il éclata de rire.

- Vous commencez déjà à savoir mentir!

Soudain, il la regarda intensément et lui souleva le menton entre ses doigts.

- J'ai passé un moment exquis en votre compagnie…

Malgré les brumes qui obscurcissaient son esprit, une petite voix résonna dans sa tête pour l'avertir du danger mais elle ne put stopper l'élan irrésistible qui la poussait dans ses bras. Elle lui offrit ses lèvres et il s'en empara avec avidité. Elle aurait voulu que ce baiser ne prenne jamais fin, mais à sa grande déception, elle le sentit se détacher d'elle tout doucement.

- Vous feriez mieux de rentrer, maintenant, articula-t-il

avec difficulté.

Laura lui murmura un bonsoir étouffé puis disparut à l'intérieur de la maison.

***

Le lundi suivant la réception, Laura s'éveilla en sursaut au son de son réveil-matin. Elle s'accorda cinq minutes de grâce avant de se lever car la nuit passée avait été peuplée de cauchemars, et elle se sentait exténuée avant même de commencer sa journée.

Elle décida finalement qu'une bonne douche la remettrait en forme. Elle se maquilla ensuite soigneusement pour dissimuler sa mauvaise mine et enfila un ensemble-pantalon jaune citron très seyant. Un peu revigorée, elle descendit à la cuisine et trouva Madame Finlay en train de battre une omelette.

- Bonjour, Madame Finlay! Les filles sont parties?

- Les employées de bureau commencent à travailler très tôt, ce qui n'est pas toujours votre cas.

- Oui, mais je termine souvent très tard!

- À mon avis, vous feriez mieux de trouver du travail dans un hôpital. Au moins, ce serait un emploi convenable.

Laura soupira.

- Croyez-moi, je fais des démarches en ce sens à toutes les semaines.

Elle se versa un verre de jus d'oranges fraîchement pressées et ajouta :

- Pour tout vous dire, je me donne un mois au maximum pour décrocher un emploi, sinon, je rentre chez moi.

La vieille dame lui adressa un sourire approbateur.

- Voilà une sage décision car vous êtes trop bien pour

côtoyer ces gens-là! Par exemple, ce type qui est venu vous chercher l'autre soir, c'est le genre d'homme qui fait immanquablement le malheur d'une femme.

Laura sourit intérieurement. Il était inutile d'essayer de changer les convictions de sa logeuse. Elle avala un copieux petit déjeuner, attrapa le tramway de justesse et se rendit au studio d'Harold.

***

- Bonjour, mon lapin! lança joyeusement le photographe en la voyant entrer.

- Bonjour! Je vois que tu es d'excellente humeur!

- Et comment! Notre réception a obtenu un succès fou!

- Et votre maison est vraiment fantastique!

- Tu sais, tout le mérite en revient à Jack. C'est lui qui l'a dénichée et entièrement rénovée!

- Eh bien, il a un talent fou.

Les yeux d'Harold se mirent à pétiller de malice.

- Dis-moi, as-tu apprécié ton escorte?

Laura s'efforça de ne pas laisser transparaître ses sentiments. En réalité, depuis la fameuse soirée, elle avait pensé à Derek Shaw à chaque minute du jour et de la nuit.

- Nous avons passé ensemble un moment agréable, fit-elle avec désinvolture.

Le photographe pouffa de rire.

- Ne joue pas l'indifférence, ma petite fille. Tout le monde a pu voir à quel point tu semblais fascinée par lui!

Laura maudit sa transparence, tandis qu'Harold la contemplait d'un œil narquois.

- Je dois avouer qu'il semblait lui aussi sous le charme…

Le cœur de la jeune femme s'accéléra follement dans sa

poitrine.

- Il t'a parlé de moi?

- Non, ma toute belle et je vais te donner un conseil d'ami. Considère Derek comme un merveilleux intermède et chasse-le au plus vite de tes pensées, si tu ne veux pas te retrouver avec le cœur en charpie!

Laura ravala sa déception.

- Rassure-toi, j'ai parfaitement compris toute seule que ce n'est pas un homme pour moi. D'ailleurs, il n'a pas demandé à me revoir...

- Je suis heureux de te l'entendre dire. Maintenant, il est temps que nous parlions affaires. Ton contrat avec moi est expiré, mais j'ai une offre fantastique à te faire!

- Je t'écoute.

- Il s'agit d'une campagne publicitaire avec photos dans les magazines les plus prestigieux plus un commercial à la télévision.

Laura lui jeta un regard horrifié.

- Je ne pourrai jamais! protesta-t-elle avec véhémence.

- Voyons, écoute-moi jusqu'au bout sans m'interrompre, je te prie. Bon, il s'agit de lancer le nouveau parfum de la firme de cosmétiques Duc-Aubray. Imagine-toi que Paul Duc-Aubray, le directeur de la publicité, et fils du grand patron, a fait une courte apparition à ma soirée de samedi. Il m'a demandé de lui proposer plusieurs candidates et les choses en sont restées là jusqu'à ce qu'il t'aperçoive au moment où tu quittais la maison en compagnie de Derek.

Harold marqua une pause comme pour souligner l'effet des paroles qui allaient suivre.

- Il est revenu me trouver pour me demander qui tu étais et ce que tu faisais dans la vie. Je lui ai dit que tu étais à con-trat avec moi depuis trois mois. Il s'est montré enthousiasmé et m'a déclaré que le contrat des photos me serait octroyé si je te choisissais comme modèle.

Laura demeura sans voix. Elle avait la désagréable impression d'être aspirée dans un tourbillon qui l'entraînait de plus en plus loin de ses aspirations premières, et elle comprit qu'elle ne pouvait tergiverser davantage.

- Que dirais-tu de doubler tes cachets? ajouta le photographe en guettant sa réaction.

Laura soupira.

- Je ne voudrais pas te paraître ingrate mais depuis mon arrivée à New York, j'ai l'impression de vivre la vie de quelqu'un d'autre et je trouve que la situation a assez duré. J'ai apprécié l'expérience mais je m'ennuie terriblement de la vie dans un hôpital et j'ai décidé de rentrer chez moi, au Québec.

Harold fut consterné.

- Voyons, ma biche, tu ne peux pas me faire ça! C'est une occasion en or pour moi d'être associé enfin à une firme prestigieuse!

- Je regrette vraiment.

Le photographe changea de tactique.

- Laura, j'ai vraiment besoin de ce contrat. Jack prétend que je n'apporte pas ma juste contribution dans notre union et il commence à se lasser. Crois-moi, il est grand temps que je lui démontre que je peux décrocher un contrat d'envergure. Je t'en supplie, accepte ce travail et ensuite, je te laisserai partir sans problème!

- Et le commercial à la télévision?

- Là, ce n'est plus mon domaine, mon lapin! Tu devras t'entendre avec Paul Duc-Aubray.

Elle capitula à contre-cœur.

- Très bien, Harold. Je vais le faire pour toi car tu m'as

aidée à mon arrivée ici. Mais, c'est vraiment la dernière fois!

Le photographe jubila.

- Je t'adore, mon poussin! Je savais que tu ne me laisserais pas tomber!

***

CHAPITRE 4

Un mois plus tard, Laura se rendit au Rockfeller Center, dans le studio d'enregistrement réservé par la firme de cosmétiques Duc-Aubray. Dans le hall de réception, une secrétaire lui indiqua le local où elle était attendue. Elle remarqua bientôt que tout le monde courait à droite et à gauche, ce qui eut pour effet de renforcer son sentiment de panique. Finalement, elle trouva le local et frappa résolument. Un homme corpulent, à l'air affable, lui ouvrit aussitôt la porte.

- Oui? s'enquit-il.
- Je suis Laura Sinclair. Je viens pour le commercial.

Il lui tendit cordialement la main.

- Enchanté, je suis Bob Jacoby, le réalisateur. C'est moi qui vous dirigerai.

Laura se sentit un peu réconfortée, et lui serra la main en répondant à son sourire communicatif.

- Suivez-moi, Laura, on va vous expliquer ce que vous aurez à faire.

Elle fit bien attention à ne pas se prendre les pieds dans les innombrables fils qui traînaient partout. Bob la conduisit, peu après, dans une loge où l'attendait une femme d'un certain âge, vêtue d'un sarrau blanc. Il fit rapidement les présentations.

- Lorna vous coiffera, vous maquillera et vous aidera à vous habiller. Lorsque vous serez prête, je reviendrai vous chercher. En attendant, lisez soigneusement la description détaillée du commercial.

Laura le remercia et il quitta la loge sans plus tarder. Lorna la fit asseoir dans un fauteuil ajustable et commença aussitôt le maquillage de télévision.

- C'est votre premier message publicitaire? s'enquit-elle aimablement.

- Oui, et je me sens des papillons dans l'estomac! avoua Laura. J'espère juste que je ne vais pas m'évanouir.

- Je vous assure que ce n'est pas si terrible que ça. Vous n'aurez qu'à suivre à la lettre les instructions qu'on vous donnera.

- Combien de temps dure un tournage en général?

- En temps normal, la journée devrait suffire.

Lorsque Lorna termina le maquillage, et s'attaqua à la coiffure, Laura put enfin prendre connaissance du texte :

Dans un décor de chambre à coucher, la jeune femme est assise devant sa coiffeuse et apporte une dernière retouche à son rouge à lèvres. Ensuite, elle prend le flacon du dernier parfum Duc-Aubray et s'en asperge délicatement le cou; elle se redresse vivement au son de la clochette d'entrée, s'empare de son sac et tandis qu'elle descend l'escalier, on peut admirer sa somptueuse robe du soir; elle va ouvrir à un homme vêtu d'un smoking noir qui la prend aussitôt dans ses bras et l'embrasse sur les lèvres; puis, il enfouit son visage dans le cou de sa partenaire qu'il hume avec délice, en demandant le nom de son nouveau parfum. La jeune femme refuse en souriant mystérieusement...

Elle constata avec soulagement qu'elle n'avait strictement rien à dire, car tout résidait dans l'expression du visage au son d'une musique appropriée.

Lorsqu'elle fut prête, Laura eut peine à se reconnaître en se contemplant dans la glace. Le chignon bas, savamment souple, soulignait la perfection de ses traits et mettait en évidence la grâce de son port de tête. La robe du soir en velours vert jade la moulait comme une seconde peau, et accentuait subtilement la teinte rare de ses yeux. En l'espace d'une heure, elle était devenue une beauté sensuelle et sophistiquée. Elle vit Lorna qui la regardait avec un air triomphant.

- Vous allez tous les éblouir, Mademoiselle! dit-elle avec conviction.

Au même moment, elles entendirent frapper à la porte de la loge et Bob Jacoby entra à l'intérieur. En apercevant Laura, il sembla retenir son souffle.

- Bon sang, je connais bien des hommes qui vont rester clouer à leur fauteuil pendant la publicité! s'exclama-t-il avec humour.

Laura et Lorna rirent de bon cœur.

- Nous y allons maintenant, future vedette. À vous de jouer! ajouta le réalisateur en lui adressant un clin d'œil complice.

Tout était en place pour le tournage, mais l'amoureux fictif qui devait travailler avec Laura demeurait invisible. Bob lui donnait quelques instructions utiles quand elle le vit apparaître dans son smoking noir. Son sourire se figea brusquement et le réalisateur, surpris, suivit son regard.

- Ah! Derek. Viens que je te présente.

- J'ai déjà eu ce plaisir, répondit-il en coulant vers Laura un regard franchement admiratif.

Son cœur s'affola. Elle avait accepté l'idée de ne jamais

le revoir et n'était donc pas préparée à subir un tel boule-versement. Néanmoins, elle parvint à maîtriser les inflexions de sa voix.

- Je suis ravie de vous revoir, Derek.

- Pas autant que moi, rétorqua-t-il avec une pointe d'a-musement, comme s'il avait le pouvoir de deviner ce qu'elle ressentait à l'intérieur.

Bob Jacoby s'interposa.

- Je ne veux brusquer personne, mais si vous êtes prêts, nous allons commencer tout de suite.

Le tournage se termina en fin d'après-midi comme prévu, mais au prix d'interminables reprises. Se sentant nerveuse au plus haut point, Laura avait dû reprendre inlassablement les mêmes séquences. Heureusement, le réalisateur s'était mon-tré compréhensif. Lorsqu'il avait crié : *Coupez !* pour la dernière fois, elle avait soupiré de soulagement, en se promettant de ne jamais renouveler l'expérience. Pourtant, elle devait admettre que la proximité de Derek n'avait pas arrangé les choses pour la mettre à son aise. Enfin, le sup-plice était terminé et c'était tant mieux!

À présent, elle était retournée dans sa loge et enlevait soigneusement son lourd maquillage pour s'en refaire un autre, beaucoup plus discret. Elle défit ensuite le lourd chignon et se brossa vigoureusement les cheveux pour enlever tout résidu de laque. Pour terminer, elle enleva pré-cautionneusement la robe du soir et enfila avec bonheur le joli tailleur rouge cerise qu'elle portait à son arrivée. Ayant retrouvée son allure naturelle, elle se sentit infiniment mieux.

En sortant, elle vit des manœuvres s'affairer à démonter les décors et un peu plus loin, Bob Jacoby et Derek Shaw qui semblaient en grande conversation. Ce dernier s'était changé aussi et portait un élégant costume en toile claire qui mettait en valeur le hâle de sa peau. Lorsqu'il l'aperçut à son tour, il lui fit signe de venir se joindre à eux.

- Contente que tout soit terminé? lui demanda-t-il gentiment.

- À un point tel que vous ne pouvez imaginer!

Bob Jacoby, qui s'apprêtait à partir, lui donna une petite tape amicale sur l'épaule.

- C'est toujours difficile la première fois. En tout cas, ce fut un réel plaisir de travailler avec vous, Laura, dit-il sincèrement.

- Pour moi aussi, répondit-elle. Et merci infiniment pour votre patience à toute épreuve.

Il rit.

- Je n'avais guère le choix! Si je vous avais tarabusté à chaque instant, nous serions encore dedans! Bon, je file maintenant, car j'ai promis à ma femme de l'amener au restaurant. À bientôt, j'espère.

- C'est vraiment un chic type, observa Laura lorsqu'il se fut éloigné.

- Il devrait y en avoir plus comme lui, approuva Derek.

Il s'alluma une cigarette et la contempla attentivement.

- Je crois que je vous préfère au naturel, fut sa conclusion.

Laura, qui n'aimait pas la tournure que prenait la conversation, tenta de faire diversion.

- Je suis très surprise que le puissant Paul Duc-Aubray ne se soit pas montré de la journée.

- Il doit faire confiance à ses collaborateurs.

Il sembla hésiter un court instant puis ajouta :

- Accepteriez-vous de dîner avec moi?

Son instinct lui dicta de se sauver à toutes jambes, mais le magnétisme extraordinaire qu'il exerçait sur elle l'emporta sur la raison.

- Avec plaisir, s'entendit-elle répondre.

- Parfait. Je vais vous emmener dans un endroit où nous pourrons discuter en toute tranquillité.

Ils quittèrent Rockfeller Center et peu après, Derek dénicha un petit restaurant français d'allure discrète, avec ses fenêtres à carreaux et ses jolis rideaux en dentelles. Ils s'installèrent dans un coin retiré et commandèrent des steaks tartares et une bouteille de Bordeaux.

- Je ne savais pas que vous faisiez des commerciaux.

Ils éclatèrent de rire, car ils avaient dit la même chose en même temps.

- Vous d'abord, l'invita Derek.

- Oh, vous savez, c'était le premier et le dernier. En fait, j'ai accepté pour faire plaisir à Harold. Il a décroché le contrat des photos de la campagne de publicité, mais c'était conditionnel à ce que je sois choisie comme modèle. Par conséquent, il était obligatoire que j'apparaisse aussi au petit écran.

- Vous rendez-vous compte qu'une foule de gens reconnaîtront votre visage grâce à cette incursion à la télévision? Même les portes du cinéma pourraient s'ouvrir…

Laura ne releva pas la remarque.

- Et vous, vous faites souvent des publicités? demanda-t-elle pour changer de sujet.

- Le moins possible. Pour moi, ce n'est qu'un boulot alimentaire.

- Les offres valables sont rares?

- Par les temps qui courent, plutôt oui.

À ce moment précis, le serveur apporta leur assiette et ils mangèrent un moment en silence.

- C'est tout simplement délicieux, mentit Laura, qui en réalité, n'avait guère d'appétit tant son estomac était noué par la tension.

- En effet, approuva Derek en savourant visiblement chaque bouchée.

Il trempa ses lèvres dans sa coupe de vin et ajouta :

- Pour en revenir à ce que je disais, vous n'aimeriez pas faire du cinéma?

Cette fois, Laura éclata de rire franchement.

- Grand Dieu, non! Je n'ai pas le talent nécessaire et surtout pas l'envie!

- Vous êtes tout à fait déconcertante. N'importe quelle fille sauterait sur l'occasion…

- Peut-être, mais pas moi. C'est un monde qui m'est étranger et que je ne souhaite pas connaître. Même si cela peut vous sembler ridicule, je ne vis vraiment que lorsque je me dévoue pour mes malades.

Derek sembla méditer sur ses paroles, puis il murmura en la dévisageant intensément :

- J'ai beaucoup pensé à vous, Laura, ces dernières semaines…

Voyant qu'il n'obtenait pas la réaction désirée, il poursuivit d'une voix caressante :

- Dans ce cas, vous devez vous demander pourquoi je n'ai pas essayé de vous revoir?

Elle hocha la tête gravement.

- Pour tout vous dire, j'avais peur de tomber amoureux de vous.

Le cœur de Laura fit une embardée dans sa poitrine.

- Et maintenant? demanda-t-elle en tremblant imperceptiblement.

- Maintenant, c'est arrivé et je n'y peux rien. J'ai lutté toutes ces semaines bien inutilement.

Elle ne sut si elle devait rire ou pleurer.

- Vous rêvez de gloire et de fortune, alors que je n'aspire qu'à exercer le métier que j'ai choisi et ce, dans l'anonymat le plus absolu.

- Pour l'instant, je ne suis ni riche, ni célèbre, et j'ai peu de chance de le devenir. Vous ne pouvez donc pas me repousser pour cette raison.

Il lui saisit soudainement les mains par-dessus la table et les serra avec fougue.

- Voulez-vous de moi, Laura?

- Oui, souffla-t-elle sans pouvoir s'en empêcher.

- Alors, vous devez nous donner une chance.

Laura aurait voulu refuser, mais son cœur ne demandait que lui.

- Vous bouleversez tous mes projets! protesta-t-elle sans conviction.

- Pourquoi?

- J'ai déjà prévenu Harold qu'après le commercial et les photos, je rentrais chez moi. C'est seulement à cette condition que j'ai accepté ce travail.

Derek manifesta sa surprise.

- C'est une décision plutôt étonnante considérant le succès que vous obtenez.

- Je ne vois pas les choses de cette façon. Jouer les modèles n'était que temporaire pour moi et il semble qu'ici, la situation va s'éterniser.

- Et si je vous demande de rester pour moi? fit Derek d'une voix pressante.

Elle n'hésita qu'un instant.

- Alors, je resterai.

Visiblement heureux, il lui donna un tendre baiser par-dessus la table.

Peu de temps après, ils quittèrent le restaurant, main dans

la main et se retrouvèrent dans la voiture de Derek. Aussitôt, il la serra très fort dans ses bras et l'embrassa passionnément. Laura répondit avec ardeur à ses caresses, tout en songeant qu'elle ferait n'importe quoi pour le rendre heureux.

Au bout d'un long moment, il la repoussa fermement contre son siège en murmurant à son oreille :

- Nous ferions mieux de partir pendant que j'ai encore ma raison...

Laura lui sourit malicieusement, fière de son pouvoir sur lui. Ils se promenèrent sans but tout en discutant pour mieux se connaître puis Derek la reconduisit sagement à la pension de Madame Finlay.

- Travailles-tu au studio d'Harold, demain? s'informa-t-il en la tutoyant le plus naturellement du monde.

- Oui, nous commençons les photos pour la campagne de publicité. Je devrais être libre vers six heures, répondit-elle en savourant leur nouvelle intimité.

- Je viendrai te chercher, alors.

Les yeux de la jeune femme s'illuminèrent de joie à cette perspective.

- Je t'attendrai avec impatience, souffla-t-elle.

Ils échangèrent un dernier baiser brûlant puis se séparèrent à regret.

***

De retour à Brooklyn, dans son minuscule appartement, Derek n'arriva pas à trouver le sommeil. La culpabilité le tenaillait et pourtant, Dieu sait qu'il n'avait guère l'habitude de s'embarrasser de principes quand la situation l'exigeait. Il se leva, s'alluma une cigarette et revécut en pensée l'entretien qu'il avait eu avec Paul Duc-Aubray, quelques semaines auparavant.

- D'après Harold Fisher, vous êtes le seul qui avez le pouvoir de convaincre Laura Sinclair de ne pas quitter New York et de signer un contrat à long terme avec nous.

- Mais pourquoi tenez-vous tant à elle? Il y a des centaines de filles qui vendraient leur âme pour vous représenter!

- Quand j'ai une intuition, j'y tiens et je suis convaincu qu'elle possède le nouveau visage qui plaira aux femmes de tous les âges et de tous les milieux. Nous avons l'intention de lancer une nouvelle gamme de produits et je crois que le succès sera assuré si nous réussissons à la mettre sous contrat.

- Je ne veux pas la blesser. Laura est une fille bien, qui n'a rien à voir avec toutes les minettes insignifiantes qui abondent dans le milieu.

- C'est justement la raison pour laquelle elle nous intéresse autant. Réfléchissez, Monsieur Shaw. Avec le rôle que nous vous ferions obtenir, vous auriez enfin la chance de faire vos preuves, au lieu de végéter comme vous le faites depuis trop longtemps.

- Vous connaissez le point faible de chacun, n'est-ce pas?

- C'est essentiel pour construire un empire. Alors, quelle est votre décision?

- C'est bon, je ferai ce que vous me demandez.

- Je vois que vous êtes un homme intelligent. Quand vous aurez rempli votre mandat, nous ferons pression sur Harrison et il n'aura pas d'autre choix que de vous choisir.

Maintenant, il était pris dans l'engrenage et il ne pouvait ni ne voulait reculer. Au moins, il était facile de jouer la comédie avec Laura car elle était si diablement belle, que comme tout homme sain d'esprit, il se sentait attiré par elle. Mais de là à parler d'amour, et surtout l'amour comme elle devait le concevoir, c'était une toute autre histoire! Depuis longtemps, il s'était juré de ne jamais tomber dans ce piège et ce ne serait certes pas Laura Sinclair qui parviendrait à le faire dévier de sa route, malgré tout le charme de son innocence. Il espéra seulement qu'elle ne souffrirait pas trop lorsque le moment viendrait où il disparaîtrait de sa vie…

***

CHAPITRE 5

L e lendemain, en ouvrant son courrier, Laura reconnut avec bonheur l'écriture du Père Gabriel. Elle décacheta vivement l'enveloppe et lut avec avidité la courte missive.

Ma très chère Laura,

J'espère que tu te portes toujours à merveille. Excuse le retard de ma lettre mais je voulais te confirmer une nouvelle importante. Il y a quelques mois, j'ai fait une demande à l'Évêché pour partir en mission en Afrique. Ils ont finalement accédé à ma requête, comprenant que les Africains avaient sans doute plus besoin de moi que mes paroissiens croyants et bien portants. Aussi, avant mon départ prévu dans trois semaines, je prendrai quelques jours de vacances et j'ai l'intention d'aller te rendre visite à New York. J'espère que tu seras heureuse de venir m'accueillir à l'aéroport La Guardia. Je t'enverrai un télégramme pour te prévenir du jour et de l'heure de mon arrivée.

Je t'embrasse avec tendresse,

Père Gabriel.

Laura, qui s'était d'abord attristée du départ de son bienfaiteur pour le bout du monde, était maintenant folle de joie à l'idée de le revoir bientôt. Elle avait tellement de choses à lui raconter, et particulièrement qu'elle était passionnément amoureuse.

Elle regarda sa montre et sursauta. Il était près de neuf heures et elle n'avait toujours pas appelé son taxi. Maintenant qu'elle gagnait un très bon salaire, elle pouvait se permettre le luxe de ne plus courir les tramways. Le cœur léger, elle pensa que la vie lui souriait comme jamais auparavant.

À neuf heures dix, le taxi jaune la déposa devant l'immeuble de la Cinquième Avenue. Lorsqu'elle pénétra dans le studio d'Harold, elle vit immédiatement Paul Duc-Aubray qui discutait vivement avec le photographe. Un frisson désagréable la parcourut; elle n'aimait pas cet homme qui lui rappelait un oiseau de proie avec ses cheveux noirs corbeau et ses yeux perçants, qui semblaient soupeser constamment l'interlocuteur. Lorsqu'il l'aperçut, un sourire carnassier étira ses lèvres minces.

- Bonjour, Laura! Comment allez-vous?

- On ne peut mieux. Salut, Harold.

- Bonjour, mon lapin!

- Harold me confiait justement votre désir de quitter New York, dit Paul Duc-Aubray avec consternation.

Laura ne put s'empêcher de penser que quelque chose sonnait faux.

- En effet, j'en avais l'intention, mais j'ai décidé de reporter mon départ à une date indéterminée, répondit-elle en se sentant sur la défensive.

- Comme tu me fais plaisir, mon chaton! s'écria Harold avec emphase. Puis-je savoir le pourquoi de ce revirement soudain?

Elle ne voulait à aucun prix parler de Derek devant Paul

Duc-Aubray.

- Je t'expliquerai plus tard.

- Le hasard fait bien les choses, poursuivit ce dernier. Je venais justement ici pour vous faire une offre.

- Vraiment? dit Laura en masquant son manque d'intérêt.

- Que diriez-vous de venir discuter avec moi dans un endroit tranquille?

Laura allait refuser, mais Harold s'interposa vivement.

- Prenez mon bureau, je dois quitter pour faire une séance de photos. Je vous promets que vous ne serez pas dérangés!

Laura n'eut pas d'autres alternatives que d'accepter. Elle vit Paul Duc-Aubray s'installer confortablement dans le fauteuil du photographe et elle prit place en face de lui. Il lui exposa alors sa proposition.

- D'ici peu, nous comptons lancer sur le marché une nouvelle gamme de produits. Pour les personnifier, nous cherchons une jeune femme qui possède une beauté fraîche et une classe innée, choses dont la nature vous a amplement pourvue. Nous vous offrons donc de continuer avec nos nouveaux produits, ce que vous avez déjà accompli pour notre dernier parfum, avec en plus, des tournées promotionnelles à travers tout le pays.

Il marqua une pause, s'attendant visiblement à une réaction de sa part qui ne vint pas. Nullement découragé, il poursuivit :

- Si vous acceptez, vous toucherez le triple de vos honoraires actuels plus un pour cent du chiffre d'affaires net, sur un contrat de cinq ans. En échange, nous vous demandons l'exclusivité totale de vos services durant toute la durée de notre association.

Laura fit semblant de réfléchir à la proposition.

- Écoutez, je suis très flattée par votre offre et je l'apprécie à sa juste valeur, mais croyez-moi, ce n'est vraiment pas de cette façon que j'envisage les cinq prochaines années de ma vie. Je n'ai aucun attrait pour la vie publique et tout ce que je souhaite, c'est exercer à nouveau ma vraie profession.

En entendant ces mots, le sourire de Paul Duc-Aubray se figea brusquement mais il ne se laissa pas démonter.

- Je ne m'attendais pas à ce que vous me donniez une réponse immédiatement. Prenez le temps de mesurer tous les impacts et je vous contacterai à nouveau d'ici quelques semaines.

- Je ne crois pas que ce soit nécessaire.

- J'insiste. Après tout, ce n'est pas tous les jours qu'une jeune femme reçoit une telle offre! Prenez le temps d'y réfléchir sérieusement.

***

Après sa journée de travail, Laura guetta anxieusement la vieille Studebaker de Derek. Aussi, qu'elle ne fut pas sa surprise de le voir arriver au volant d'une superbe Lincoln Séphir noire. Il l'embrassa puis ouvrit la portière avec un sourire triomphant. Elle prit place à l'intérieur avec ravissement.

- Elle est magnifique! Est-elle à toi?

- Non, elle appartient à un de mes amis mais je compte bien m'en acheter une semblable très bientôt. Je commence enfin à récolter les fruits de mon dur labeur! plaisanta-t-il en mettant le contact.

- Tu as obtenu un rôle important?

- Pas encore mais presque. Si tout se passe comme prévu, je signe le contrat dans quelques semaines.

- Un film ou une pièce de théâtre?

- Un film. Le théâtre est ma véritable passion, mais il faut bien que je prenne ce qui passe.

- De quoi s'agit-il exactement?

Il concentra son attention sur la circulation durant quelques instants puis répondit :

- Une grosse production, une adaptation du best-seller : *Le tueur à gages.*

- Et tu interprèterais le premier rôle, demanda-t-elle, impressionnée.

- Exactement. N'est-ce pas inespéré?

La jeune femme songea qu'elle risquait de le perdre s'il devenait célèbre, mais elle s'efforça de cacher sa crainte sous un masque joyeux.

- Je suis tellement heureuse pour toi!

Il lui adressa un tendre sourire.

- Maintenant, que dirais-tu de venir préparer un petit repas dans mon appartement? Comme je t'ai dit hier, je demeure à Brooklyn Heights et je t'avertis à l'avance, ce n'est pas très luxueux.

- Si tu me promets d'être sage, j'en serai ravie! répondit-elle sur un ton enjoué.

L'appartement de Derek était totalement impersonnel et ne contenait que le strict minimum, mais la vue sur Manhattan était féerique.

- Tu n'as jamais pensé à faire un peu de décoration? demanda Laura qui avait envie de le taquiner un peu.

- Pas vraiment, car habituellement, je ne viens ici que pour dormir. Naturellement, si tu en as envie, tu pourras apporter ta touche féminine.

- Attention, tu ne me feras pas cette offre deux fois!

- Pour le moment, viens donc dans mes bras, fit Derek avec une voix enjôleuse.

Elle s'y blottit avec bonheur.

- Enfin seuls tous les deux, murmura-t-il en s'emparant de ses lèvres et en caressant sensuellement son dos.

Un peu étourdie, elle s'écarta de lui et dit en plaisantant :

- Tu as peut-être oublié, mais je suis venue ici pour préparer notre souper et non pour succomber à ton charme dévastateur!

- C'est moi qui essaies désespérément de ne pas succomber au tien!

- Pour l'instant, énumère-moi plutôt les provisions dont tu disposes.

- J'ai bien peur de ne pas avoir grand-chose. La plupart du temps, je mange en dehors.

- As-tu au moins de quoi faire une omelette?

- Je pense.

- Alors, ça ira.

Pendant qu'elle battait l'omelette, elle ajouta les restes d'un jambon qu'elle avait déniché dans le réfrigérateur. Comme ils avaient fait un saut dans une boulangerie pour acheter une baguette de pain et des petits gâteaux, ce fut finalement un festin de roi.

Après le repas, ils débarrassèrent ensemble la table, puis s'installèrent sur l'unique fauteuil de la pièce.

- Maintenant, j'aimerais que tu me parles un peu de ton travail, dit Derek en lui passant un bras autour des épaules.

- Oh! il n'y a rien de spécial à raconter. Harold a pris toute une série de photos telle que j'apparais dans le commercial, pour les affiches publicitaires.

- Bientôt, beaucoup de gens te reconnaîtront dans la rue, observa Derek.

Laura fit la grimace.

- J'espère bien que non! Si c'est le cas, je n'aurai qu'à sortir sans maquillage pour passer incognito.

Derek la considéra pensivement.

- Je me demande si tu es bien réelle. La majorité des femmes vendraient leur âme pour avoir une telle chance!

- Si tu veux dire... être dans tes bras, je suis tout à fait d'accord!

Il leva les yeux au ciel.

- Quels sont tes projets, maintenant?

- Continuer avec Harold en attendant une ouverture dans un hôpital. En passant, Paul Duc-Aubray est venu me trouver aujourd'hui.

- Ah oui? Que te voulait-il? demanda Derek avec intérêt.

- Devenir une espèce de Miss Duc-Aubray avec tous les avantages rattachés au titre, et ce, pour les cinq prochaines années!

Il ouvrit de grands yeux en entendant ces mots.

- Que lui as-tu répondu?

- Rien encore. J'aurais voulu refuser tout de suite, mais il a insisté pour que je réfléchisse sérieusement à sa proposition.

- Il a tout à fait raison! Tu me décevrais beaucoup, Laura, si tu laissais passer une telle occasion.

- Mais pourquoi?

- Si tu avais suivi mon parcours, tu ne cracherais pas sur l'argent!

- Il ne s'agit pas que d'argent. Je refuse de mener une vie publique et de passer mes journées à faire quelque chose qui m'ennuie mortellement!

- Alors, tu es idiote! lança-t-il furieusement. Qu'est-ce que nous ficherons ensemble si je deviens célèbre, hein?

Laura, sentant la colère l'envahir à son tour, se leva brusquement.

- Tu n'as aucun droit de me parler sur ce ton! Je veux que

tu me ramènes tout de suite à la pension!

Au prix d'un violent effort, Derek reprit le contrôle de lui-même et dit d'une voix apaisante :

- Tu as raison, excuse-moi de m'être emporté. Vois-tu, je trouve cette offre tellement exceptionnelle que j'ai du mal à comprendre que tu veuilles la laisser passer.

- Et toi, que dirais-tu si on t'offrait un contrat en or pour devenir comptable au cours des cinq prochaines années? riposta-t-elle avec un éclair de rébellion au fond des yeux.

Derek éclata d'un rire spontané.

- Promouvoir des produits de beauté est tout de même moins ennuyeux, non?

- Pas pour moi, Derek.

Il jugea plus sage de capituler pour l'instant et lui tendit les bras.

- Reviens ici. Nous avons mieux à faire que de nous disputer comme des chiffonniers.

Laura ne put résister à l'appel suppliant de ses magnifiques yeux bleus. Vaincue, elle se laissa aller contre lui, mais sans parvenir à chasser tout à fait le sentiment de malaise qui commençait à s'infiltrer en elle.

***

Après une nuit agitée, Laura s'éveilla très tôt avec la désagréable impression que rien n'était résolu. Elle aimait Derek de tout son être, mais continuer avec lui signifiait peut-être une expérience dont elle pourrait bien sortir brisé. Elle laissa échapper un long soupir, puis se leva pour prendre un bain. Elle descendit ensuite à la cuisine et se joignit à Mary, une des pensionnaires de Madame Finlay, qui buvait un café en parcourant le *New York Times*.

- Salut, Mary! Où est Madame Finlay?

- Je ne sais pas. Elle ne s'est pas montrée ce matin.

- C'est étrange. Elle ne se lève jamais passé six heures.

- Elle est peut-être sortie.

- Je ne crois pas, elle aurait laissé une note. Je vais aller voir si elle est dans sa chambre. Elle est peut-être malade.

Laura frappa doucement.

- Madame Finlay, est-ce que tout va bien?

Elle n'obtint aucune réponse.

- Madame Finlay, reprit-elle plus fort, répondez-moi!

Comme le silence persistait toujours, Laura tourna la poignée. Pleine d'appréhension, elle s'approcha du lit et découvrit la vieille dame parfaitement immobile, les yeux exorbités vers le plafond. Le cœur serré, elle toucha sa main glacée et comprit que la mort remontait à plusieurs heures.

- Mary! hurla Laura.

Cette dernière accourut, affolée.

- Mon Dieu, qu'est-ce qui se passe!

- Elle est morte, articula faiblement Laura.

- Oh non!

Laura se ressaisit la première. Après tout, elle avait été souvent confrontée à ce genre de situation, sauf que cela s'était toujours passé en milieu hospitalier.

- Il faut appeler une ambulance et contacter sa fille. Pendant ce temps, je vais la préparer.

- Tout de suite!

Quand la procédure habituelle fut terminée avec les ambulanciers et que le corps fut emporté pour l'attestation du décès par un médecin, Laura appela au studio.

- Harold, je ne vais pas pouvoir travailler aujourd'hui.

- Ça ne va pas, mon poussin?

Sans préavis, elle éclata en sanglots.

- J'ai trouvé Madame Finlay morte dans son lit… un infarctus, sans doute.

- Mon pauvre chaton! Veux-tu que j'aille te retrouver?

- Non, ce n'est pas nécessaire, je suis avec Mary. Dis seulement à Derek de venir me rejoindre ici, ce soir, quand il viendra me chercher au studio. Je ne crois pas que je puisse réussir à le contacter.

- Tu peux compter sur moi. Bon courage, mon ange!

***

Margaret Finlay débarqua à la pension une heure plus tard. C'était une femme mûrissante peu amène, qui arborait un air hautain. Elle écouta Laura et Mary lui raconter les événements du matin sans qu'aucune émotion ne transparaisse sur son visage dur. Elle enveloppa ensuite les deux jeunes femmes d'un regard froid et déclara :

- Bien que je sois attristée par la mort de ma mère, je tiens cependant à mettre les choses au clair. Cette maison m'appartient dorénavant et j'ai l'intention de la convertir en immeuble à logements. Le site est idéal et ce sera certainement plus rentable que vos maigres pensions. Autrement dit, vous pouvez commencer à chercher immédiatement une autre chambre et transmettre le message aux autres.

Mary demeura bouche bée devant ce manque de civisme mais Laura ne se laissa pas démonter.

- N'ayez aucune crainte, Mademoiselle Finlay, maintenant que votre mère n'est plus là, ce sera avec le plus grand plaisir que je quitterai les lieux!

- Tant mieux! lança-t-elle en quittant la pièce d'un pas guindé.

***

Ne voyant pas Laura à l'extérieur, Derek stationna sa voiture et se rendit directement au studio d'Harold. Il trouva ce dernier en train de photographier une superbe blonde en maillot de bain. Il profita un moment du spectacle avant que le photographe ne l'aperçoive et lui fasse signe de l'attendre dans son bureau. La blonde lui adressa un sourire dévastateur auquel il répondit avec sa séduction habituelle. N'eut été de Laura, il aurait certainement profité de l'aubaine.

Après quelques minutes d'attente, Harold apparut dans l'encadrement de la porte.

- Où est Laura?

- Elle n'est pas venue aujourd'hui car imagine-toi que Madame Finlay a trépassé durant son sommeil! Inutile de te dire qu'elle était plutôt bouleversée!

- Je vais aller la retrouver tout de suite, dit vivement Derek.

- Prends ton temps, elle est avec une copine de la pension. Dis-moi plutôt comment ça se présente, je meurs de curiosité!

Derek le méprisa intérieurement pour son attitude malsaine mais après tout, il ne valait guère mieux. Il répondit néanmoins d'une voix sèche :

- J'ai fait l'erreur de perdre patience mais tout devrait rentrer dans l'ordre dès ce soir.

- Tu y as intérêt, mon vieux…

- Inutile de me le rappeler. Bon, je vais la retrouver.

- Attends, je vais te montrer la première série de photos! lança Harold avec excitation.

Derek le suivit dans une petite pièce adjacente. Un mur entier était tapissé de photos agrandies de la campagne de publicité du nouveau parfum.

- Elle est formidable, souffla-t-il. Même en poupée

sophistiquée, elle dégage une candeur irrésistible.

- Et c'est ce qui la rend unique! commenta le photographe. Sans cela, elle ne serait qu'une beauté parmi tant
d'autres.

- Si elle savait ce qui se trame derrière son dos, sa candeur s'envolerait vite!

- La perte de l'innocence est l'une des choses les plus
douloureuses de l'existence. Mais que veux-tu, cher ami?
Nous sommes tous passés par là…

Il y avait une telle intonation désabusée dans la voix
d'Harold, que Derek le regarda avec attention. C'était la première fois qu'il voyait en lui autre chose qu'un clown super-
ficiel.

- Je me trompe ou il y a un être humain qui se cache derrière ton déguisement?

Le photographe s'esclaffa.

- Je te défends bien de raconter cela à qui que ce soit!

***

Laura avait passé le reste de la journée à rassembler ses
affaires, car elle avait décidé de se mettre en quête d'un
appartement dès le lendemain. Elle était seule à la maison,
car Mary était retournée au travail et les deux autres pensionnaires n'étaient pas encore rentrées.

Vers six heures trente, elle entendit la sonnette d'entrée et
se précipita pour aller ouvrir en espérant que c'était Derek.
En le voyant, elle se jeta dans ses bras avec un bonheur infi-
ni.

- Comme je suis heureuse de te voir!

- Crois-tu que je t'aurais laissée seule? demanda Derek en
lui souriant avec tendresse.

Elle se serra plus fort contre lui.

- Amène-moi, je t'en prie. J'ai besoin de sortir d'ici!

- Veux-tu venir chez moi? Tu pourras tout me raconter tranquillement.

- D'accord.

Lorsqu'ils furent arrivés à l'appartement, Derek lui servit un cognac.

- C'est miraculeux pour se remettre d'émotions fortes. Maintenant, dis-moi ce qui s'est passé.

Tout y passa. Laura lui parla de la découverte du cadavre de Madame Finlay, de son affection pour cette vieille dame qui l'avait choyée comme une bonne grand-mère et finalement, de son odieuse fille qui les jetait carrément dehors.

Derek la berça doucement contre lui jusqu'à ce qu'il la sente se détendre, puis il aborda les questions pratiques.

- Pour la question du logement, tu devrais t'acheter une petite maison. Il y en a justement une à vendre tout près d'ici. Tu devrais également faire l'acquisition d'une voiture pour être totalement indépendante.

- À t'entendre, on croirait que je suis riche! s'exclama-t-elle en trempant les lèvres dans sa coupe de cognac.

- Mais tu n'as qu'un mot à dire pour cela...

Le visage de la jeune femme se rembrunit instantanément. Derek s'en aperçut et maîtrisa difficilement son agacement.

- Laura, tiens-tu vraiment à moi?

- Tu le sais bien...

- Alors, tu dois t'habituer au genre d'existence que j'entends mener.

- En devenant un modèle célèbre? demanda-t-elle sombrement. Tu veux donc à tout prix que j'accepte la proposition de Paul Duc-Aubray?

- Exactement. De cette façon, tu comprendras les mille et une contraintes qui perturberont invariablement ma vie.
- Si tu réussis à percer…
- Je réussirai.

Laura se sentit soudainement à bout de forces.
- Tu veux me transformer, tu ne m'acceptes pas telle que je suis, constata-t-elle avec amertume.

Derek la prit tendrement par les épaules.
- Au contraire, je t'aime et je te respecte telle que tu es. Mais si tu ne signes pas ce contrat, je comprendrai alors que notre amour n'a pas la moindre chance de survivre, expliqua-t-il en prenant pleinement conscience qu'il jouait le tout pour le tout.

Laura sentit les battements de son cœur s'accélérer follement à la seule pensée que Derek pourrait mettre un terme à leur relation, mais elle savait aussi qu'elle ne devait pas lui donner une réponse définitive avant d'avoir mûrement réfléchi à chaque implication de ce contrat à long terme.
- Je comprends ta position. Je te demande seulement de me laisser seule quelque temps, jusqu'à ce que je prenne ma décision, sans pression de ta part, répondit-elle d'une voix remplie de tristesse.

Derek voulut la reprendre dans ses bras mais elle le repoussa au prix d'un grand effort de volonté.
- Ramène-moi à la pension, s'il te plaît.

***

Le lendemain, Laura se préparait à aller travailler lorsqu'elle reçut un télégramme.

Arrive vendredi 15 stop vol 144 stop Père Gabriel.

En lisant la missive, elle se sentit aussitôt réconfortée. Son cher ami se manifestait toujours dans sa vie au moment où elle avait le plus besoin de lui...

***

CHAPITRE 6

À quarante-six ans bien sonnés, le Père Gabriel prenait l'avion pour la première fois de sa vie. Heureusement, le vol se déroula admirablement bien mais il ne put se départir d'un profond sentiment d'insécurité durant toute sa durée. Quand le Boeing se posa enfin sur la piste d'atterrissage de l'aéroport La Guardia, il dégrafa sa ceinture avec un profond soupir de soulagement et remercia le Seigneur d'être encore de ce monde.

Une demi-heure plus tard, quand il en eut terminé avec les formalités à la douane, il récupéra ses bagages puis se dirigea d'un pas alerte vers l'aérogare, où il espérait que Laura l'attendait.

Il la cherchait anxieusement des yeux parmi les nombreuses personnes qui envahissaient les lieux, quand il l'aperçut enfin lui adressant de grands signes de la main.

Au fur et à mesure qu'il se rapprochait d'elle, il s'étonna de constater à quel point elle avait changé. Sa beauté s'était épanouie à un point tel qu'elle transcendait maintenant tout ce qui l'entourait, et il savait que cette transformation n'était pas uniquement due à un savant maquillage ou à des vêtements luxueux.

Quand il la rejoignit enfin, elle lui sauta au cou et l'embrassa sur les deux joues avec exubérance.

- Oh! Père Gabriel, vous ne pouvez imaginer à quel point je suis heureuse de vous retrouver!

- Pas autant que moi, ma chère enfant, fit-il en rougissant, car les gens commençaient à les regarder avec insistance.

- Comment avez-vous trouvé le voyage en avion?

- C'est une merveilleuse invention mais je préfère mille fois avoir les deux pieds sur la terre ferme!

Laura éclata de rire. Elle se sentait tellement heureuse de l'avoir avec elle!

- Suivez-moi, j'ai réservé une voiture pour la semaine.

Après avoir empilé les valises du prêtre dans le coffre arrière, ils s'installèrent confortablement à l'avant et Laura démarra le véhicule.

- Vous restez combien de temps? demanda-t-elle avec entrain.

- Cinq jours. Je reprends l'avion mercredi prochain.

- C'est court, mais ça va être formidable de se retrouver seuls tous les deux, loin des commérages! J'ai une foule de choses à vous raconter! J'ai réservé deux chambres au *Larchmont Hotel* à Greenwich Village. Un endroit charmant et pas trop cher, en plus.

- Est-ce que tu habites toujours dans une petite pension?

- Oui, mais plus pour longtemps. Madame Finlay est décédée et je dois quitter les lieux avant la fin du mois. Votre arrivée m'a donné l'envie d'organiser une petite escapade secrète où personne ne saura où nous trouver!

Durant toute la durée du trajet, le Père Gabriel s'étonna de la démesure qui l'entourait comparé à la ville de Québec.

- Je serais bien incapable de me débrouiller seul ici! constata-t-il avec affarement tandis qu'elle se frayait un chemin à travers la circulation effrénée.

- J'avoue qu'au début, on a l'impression de débarquer sur une autre planète mais on s'habitue assez vite, malgré tout.

Peu de temps après, la jeune femme emprunta une rue tranquille où se trouvait une petit hôtel de style européen, bordé d'arbres majestueux.

- Nous voici à destination! annonça-t-elle fièrement.

Elle aida le Père Gabriel à s'installer dans une jolie petite chambre décorée avec des meubles en rotin naturel, puis ils sortirent pour aller dîner.

- Où m'amènes-tu, maintenant?

- Vous verrez bien!

Quelques minutes plus tard, elle se stationna devant un restaurant italien réputé pour son excellente cuisine à des prix imbattables. Le propriétaire lui-même les conduisit à une table recouverte d'une jolie nappe à carreaux rouges, située près d'une fenêtre. Sur sa recommandation, ils commandèrent des raviolis à la sauge et au parmesan, ainsi qu'une bonne bouteille maison de vin rouge.

- Maintenant, racontez-moi pourquoi vous avez choisi de vous exiler en Afrique, demanda Laura un peu plus tard, en s'attaquant à son assiette avec appétit.

Le Père Gabriel prit le temps de réfléchir avant de répondre.

- La monotonie de mon existence, je crois, mais surtout le fait de ne pas me sentir vraiment utile...

- C'est impossible, vous m'avez tellement aidée moi-même!

- Mais toi, tu étais une petite fille vulnérable. Tu sembles avoir beaucoup changée depuis ton arrivée ici.

- Pas autant que je le voudrais...

Le prêtre perçut un accent de détresse dans sa voix.

- Si tu me disais plutôt ce qui te rend malheureuse?

Laura le dévisagea avec surprise.

- J'oublie toujours que vous pouvez lire en moi comme dans un livre ouvert. Avez-vous deviné également que je suis amoureuse?

Le Père Gabriel encaissa le coup sans rien laisser paraître de la douleur que lui causait cette révélation.

- Non. Sait-il, au moins, qu'il est le plus privilégié des hommes? demanda-t-il en s'efforçant de sourire avec naturel.

- Je ne sais pas, nous sommes tellement différents dans nos aspirations! Je compte grandement sur vous pour m'éclairer sur ce que je dois décider.

- Dans ce cas, il vaut mieux que tu me racontes tout depuis le début.

Laura s'efforça de résumer de son mieux les événements survenus dans sa vie depuis sa rencontre avec Derek.

- Vous comprenez, expliqua-t-elle, il veut changer ma façon d'être et je ne suis pas sûre d'arriver à devenir ce qu'il souhaite.

Le Père Gabriel joignit ses mains l'une contre l'autre par-dessus la table et y appuya le menton. Après un long silence, il redressa la tête et regarda la jeune femme droit dans les yeux.

- Telle que je te connais actuellement, il a raison de croire que vous n'avez aucun avenir ensemble si tu ne changes pas radicalement. Mais le problème le plus important est de savoir qui tu es réellement, Laura.

Elle le regarda sans comprendre.

- Je sais qui je suis, affirma-t-elle avec conviction.

- C'est ce que tu crois mais en réalité, tu es le fruit d'une éducation plutôt répressive. Les religieuses, et ensuite tante

Kate, t'ont enseigné que l'abnégation de soi et le dévouement envers les autres étaient les seules valeurs possibles mais qu'en est-il pour toi? Tu voudrais poursuivre ta profession d'infirmière en menant une petite existence anonyme, conformément au conditionnement que tu as toujours reçu, mais n'es-tu pas destinée à quelque chose de différent?

Laura demeura interdite devant cet exposé tout à fait inattendu.

- Il faut que tu comprennes que cette firme de cosmétiques n'aurait jamais offert un tel contrat à une jeune femme ordinaire. Tous ceux qui t'entourent ont compris que tu avais de grandes possibilités. Tous, sauf toi.

- Je ne suis pas heureuse quand j'exerce ce métier, protesta-t-elle.

- Je te crois, car tu as grandi en croyant qu'il était mal d'exploiter sa beauté et d'attirer l'attention sur soi.

Laura ne put s'empêcher de rire devant la justesse de cette dernière remarque.

- Là-dessus, vous marquez un point, concéda-t-elle.

Le Père Gabriel vida sa coupe de vin en se disant que l'alcool le rendait décidément intarissable.

- J'espère que je ne t'ennuie pas trop avec toutes mes théories?

- Au contraire, vous m'êtes d'un grand secours même si je ne sais toujours pas ce que je dois faire…

- Faisons alors une supposition : Tu retournes à Québec exercer ta profession d'infirmière et tu épouses, quelques années plus tard, un gentil garçon qui te fera de beaux enfants. Es-tu bien sûre que tu ne regretteras jamais Derek et la vie que tu aurais pu mener à ses côtés?

Le regard de Laura se voila de tristesse.

- Il est certain que je serais très malheureuse si je ne

devais plus jamais le revoir, rétorqua-t-elle douloureusement.

Le prêtre ferma les yeux un instant pour avoir la force de prononcer les paroles qui allaient suivre.

- Alors, va au bout de cet amour, Laura, avec tout ce que cela comporte de sacrifices. Je prie seulement pour que cet homme soit digne de toi.

***

Laura et le Père Gabriel passèrent cinq jours inoubliables. Ils parcoururent Times Square en tous sens, traversèrent le pont de Brooklyn à pieds en s'émerveillant de son architecture, montèrent jusqu'à la terrasse d'observation vitrée de l'Empire State Building, et ils se promenèrent en toute tranquillité dans Central Park. Laura se fit également un devoir de lui faire visiter des églises célèbres telles que *St.Paul's Chapel* et *St. Patrick's Cathédral*, le siège de l'archevêché de New York.

De plus, ils achetèrent des billets pour aller voir une comédie musicale sur Broadway et assistèrent même à un match de base-ball au Yankee Stadium. Le temps demeurant toujours au beau fixe, ils mangèrent la plupart du temps sur les terrasses extérieures où ils passèrent de longues heures à discuter et à rire en se remémorant des souvenirs communs.

Enfin, les vacances se terminèrent et ils se retrouvèrent trop vite à l'aéroport de New York, sur le point de se quitter définitivement.

- Vous allez tellement me manquer, Père Gabriel! dit Laura en se sentant envahie toute entière par un désarroi sans nom.

Il tenta de sourire vaillamment tout en songeant qu'il aurait donné n'importe quoi pour lui demander de partir avec lui. En Afrique, on avait toujours un besoin criant d'infirmières qualifiées.

- C'est la vie, il faut suivre son chemin. Espérons seulement que les nôtres seront appelés à se croiser de nouveau, dit-il avec une fausse sérénité.

Il serra ensuite les mains de Laura dans les siennes.

- Je dois partir, maintenant. Je te promets d'essayer d'établir une correspondance.

Laura lui sourit à travers les larmes qu'elle ne parvenait plus à contenir.

- Bon voyage, Père Gabriel, prenez bien soin de vous. Je ne pourrais pas supporter qu'il vous arrive quelque chose de mal.

Après une courte hésitation, il prit le visage de la jeune femme entre ses mains et le contempla intensément comme s'il voulait s'imprégner de son image à tout jamais. Puis, il l'embrassa tendrement sur le front avant de s'éloigner d'un pas digne.

***

Laura appuya sur le bouton de sonnette de l'appartement de Derek. Ce dernier ouvrit la porte précipitamment.

- Où est-ce que tu étais cachée ces derniers jours! s'écria-t-il furieusement. Même Harold ne savait pas où te trouver!

Laura entra et ferma tranquillement la porte.

- Est-ce ainsi que tu accueilles la porte-parole exclusive des cosmétiques Duc-Aubray? demanda-t-elle malicieusement.

En entendant ces mots, Derek demeura un moment stupéfait. Puis, il l'empoigna dans ses bras et l'embrassa fougueusement.

- Tu verras, mon amour, je ferai tout pour te rendre heureuse!

- J'y compte bien! Il ne faudrait tout de même pas que tu m'abandonnes en chemin, plaisanta-t-elle d'une voix légère.

Pour toute réponse, Derek la serra étroitement contre lui.

***

CHAPITRE 7

Mai 57

L'année avait filé à une vitesse vertigineuse. Laura était devenue une personnalité en vue à New York avec ses commerciaux télévisés, ses photos publiées dans les plus grands magazines et ses tournées promotionnelles à travers tout le pays.

Elle regrettait souvent sa vie simple d'autrefois mais à ces moments-là, elle songeait aux milliers de gens qui avaient de bien meilleures raisons qu'elle d'être insatisfaits de leur sort. Elle déplorait, cependant, de ne voir Derek que parcimonieusement, prisonniers comme ils étaient de leurs obligations respectives. Ce dernier s'affairait à terminer le film qui devait lancer sa carrière, et il y consacrait toutes ses énergies.

Un soir, miraculeusement, ils dînèrent en tête-à-tête dans le luxueux appartement que Laura avait loué dans l'Upper East Side. Elle s'était donné un mal fou pour préparer elle-même le consommé, l'entrée d'escargots, les langoustines grillées et une succulente mousse aux fraises pour couronner le tout.

- C'est fantastique! s'exclama Derek en savourant la dernière bouchée de son dessert. Tu es une véritable fée.

- Je suis assez satisfaite de mes talents culinaires, admit Laura tout en appréciant le compliment. Veux-tu terminer avec un café cognac?

- Volontiers, mais si ça ne te dérange pas trop, j'aimerais le boire en regardant l'interview de Juan Manuel Fangio qui va être diffusée dans quelques minutes sur ABC.

- C'est le pilote argentin qui vient de remporter le grand prix de Monaco?

- C'est exact et je crois bien que je suis son plus grand fan!

Laura l'embrassa légèrement sur les lèvres et le poussa gentiment hors de la salle à dîner.

- Va t'installer au salon. Je vais t'apporter ton café puis nettoyer tranquillement la cuisine.

- Merci, tu es un ange!

Quand tout fut rangé, Laura alla se blottir contre Derek sur le grand canapé moelleux que lui avait offert Harold lors de son déménagement.

- Alors, cette entrevue?

- C'était passionnant! Je rêve du jour où je rencontrerai Fangio en chair et en os. J'ai vu également une fille sublime qui annonçait le nouveau rouge à lèvres Duc-Aubray.

- Ne m'en parle pas. Les commerciaux sont toujours si pénibles à tourner…

- Changement de propos, as-tu déjà fait de l'équitation, mon ange?

- Oui, mais il y a une éternité que je n'ai pas eu l'occasion de monter. Pourquoi me demandes-tu cela?

Derek prit un air de conspirateur.

- Bon, il est temps de te dévoiler ma surprise. J'ai pensé que nous pourrions nous offrir un week-end au grand air et j'ai pris l'initiative de tout organiser.

En entendant ces mots, les yeux de Laura brillèrent du plaisir anticipé. Elle ressemblait tout à coup à une petite fille devant un paquet cadeau.

- Quand? s'empressa-t-elle de demander.

- Dès demain. Pour une fois que nous sommes libres tous les deux...

- C'est merveilleux! s'exclama-t-elle en grimpant sur les genoux de Derek.

Il lui donna de petits baisers le long du cou.

- Ce soir, nous allons nous coucher très tôt et dès l'aube, je viendrai te chercher. Nous prendrons ensuite le train.

- Mais où allons-nous?

- Dans le Vermont. J'ai un ami qui possède un ranch et il m'a invité à de nombreuses reprises.

- Qui est-ce?

- Jerry Colléco.

Laura fut impressionnée.

- Le joueur de football? s'étonna-t-elle en se demandant si Derek ne se payait pas sa tête.

Il s'amusa de l'effet produit sur la jeune femme.

- Mais oui, nous avons fréquenté la même école à l'époque où nous portions encore des culottes courtes, se fit-il un plaisir de préciser.

- Eh bien, je vais être ravie de le rencontrer en personne!

- Oui, mais attention, si tu lui fais les yeux doux, je te flanque en bas de ton cheval!

- Jaloux? le taquina-t-elle en lui tirant tendrement une oreille.

- Terriblement.

- Pourtant, tu n'as rien à craindre des autres hommes. Je n'aimerai jamais que toi pour le reste de ma vie.

À l'intensité de son regard, Derek comprit qu'elle le

croyait vraiment. Heureux et ému, il murmura :

- Je ne te mérite pas, mais ne change pas, surtout…
- Jamais.

***

Jerry Colléco possédait un ranch à faire rêver. La maison de style colonial était entourée de verts pâturages qui s'é-tendaient à perte de vue, et derrière l'écurie, on pouvait admirer de superbes chevaux Morgan qui galopaient dans un vaste enclos.

Le vieux régisseur qui les avait cueillis à la gare, les abandonna devant la maison.

- Le patron ne va pas tarder à venir vous retrouver, mar-monna-t-il en s'éloignant d'un pas traînant après avoir déposé leurs bagages sur le vaste perron.

- Charmant personnage, commenta Derek en retenant un fou rire.

La porte de l'écurie s'ouvrit à ce moment-là et Jerry fit son apparition, extrêmement impressionnant en chair et en os avec son mètre quatre-vingt-quinze et son imposante muscu-lature. Ses cheveux blonds, décolorés par le soleil, flottaient au vent et ses yeux bleus délavés brillaient d'intelligence dans son visage viril, tanné par le grand air.

- Derek, vieux comparse! Ça fait un sacré bout de temps, hein? lança-t-il en lui serrant vigoureusement la main.

- Trop longtemps! Jerry, je te présente Laura Sinclair.

- Qui ne la reconnaîtrait pas? observa-t-il avec humour. Les gars ont épinglé votre photo dans la chambre des joueurs! Vous êtes différente en personne, moins voyante, mais encore plus belle.

- Merci. Je suis très contente de vous rencontrer. Votre

ranch est d'une beauté à couper le souffle!

- J'y consacre le plus de temps possible. Voyez-vous, c'est ma deuxième passion après le football.

- Tu oublies les femmes! protesta Derek en lui assénant une grande claque sur l'épaule.

- J'ai bien peur qu'elle n'occupe que la troisième place! Évidemment, si j'avais une amie comme Laura...

- Inutile de faire du baratin, vieux. Tu n'as aucune chance avec elle!

Jerry leva comiquement les yeux au ciel.

- C'était déjà comme ça à l'école. Derek s'accaparait de la plus jolie fille et on n'avait plus qu'à regarder ailleurs!

Laura et Derek éclatèrent de rire.

- Que dirais-tu de nous offrir à boire au lieu de débiter tes mensonges habituels? demanda ce dernier.

- Volontiers! Qui m'aime me suive!

Après avoir visité brièvement la maison, ils s'installèrent tous les trois à l'intérieur d'une magnifique verrière, avec un verre de bière glacée. La pièce était fraîche et accueillante avec une vue imprenable sur la montagne.

- Alors, ma vieille branche, qu'est-ce que tu fais de bon? demanda Jerry avec un intérêt sincère.

- En ce moment même, je termine une grosse production. C'est ma première véritable chance de percer.

- J'en suis heureux pour toi. Tu ne l'as pas volé!

- Ça, tu peux le dire! Et toi, comment ça va avec les Jets?

- Rondement. Mon agent est en train de me négocier un contrat de trois ans, et après, je crois que je vais être mûr pour la retraite.

- Vous vous occuperiez exclusivement de votre ranch? demanda Laura avec une envie non dissimulée.

- Si Dieu le veut, c'est bien ce que j'aimerais faire! Et

vous, comptez-vous tenter votre chance au cinéma?

- Surtout pas! La publicité me suffit amplement...

Jerry les enveloppa tous les deux du regard.

- C'est dommage, vous formeriez un couple spectaculaire à l'écran.

- Quand tu connaîtras mieux Laura, tu te rendras compte qu'elle déteste la célébrité, expliqua Derek sur un ton narquois.

Une note d'amertume avait percé dans sa voix et Jerry, diplomate, changea de sujet.

- Montez-vous à cheval, Laura? Et puis, zut, est-ce que je peux te tutoyer?

- Bien sûr. Pour répondre à ta question, je crois que je m'en tire assez bien, mais il y a des lunes que je ne suis pas montée!

- Je vois. J'ai exactement la monture qu'il te faut. Êtes-vous prêts à partir, tous les deux?

- Tu ne viens pas avec nous? s'étonna Derek.

- Malheureusement pas, vieux. J'ai de sérieux problèmes d'intendance à régler avant mon départ, prévu dans trois jours.

Le cheval de Derek, un splendide Alezan noir, piaffait d'impatience hors de son box. Laura n'était pas en reste non plus, avec une belle jument baie qui semblait tout aussi pressée d'aller courir. Ils partirent au petit trot puis lorsque la piste s'élargit, Derek se tourna vers sa compagne.

- Prête?

- Prête!

Ils relâchèrent les rennes et partirent au grand galop. Aussitôt, une indescriptible sensation d'ivresse les submergea tous les deux. Au bout d'une heure, ils s'arrêtèrent dans un petit boisé pour permettre à leur monture de se reposer un peu.

Derek aida Laura à descendre puis il attacha les chevaux à un arbre.

- C'était merveilleux! Je vivrais éternellement ici, pas toi? demanda la jeune femme avec ravissement,

- J'ai bien peur que la fureur de la ville me manquerait rapidement.

Il désigna l'herbe tendre.

- Viens, allons nous étendre un moment.

Aussitôt allongé contre la jeune femme, Derek chercha fiévreusement sa bouche et elle lui répondit avec une ardeur égale à la sienne. Puis, emporté par une vague de passion incontrôlable, il promena ses lèvres le long de son cou et elle gémit doucement, tandis qu'il défaisait un à un les boutons de son corsage.

Soudain, il s'écarta d'elle et dit d'une voix haletante :

- Chérie, tu peux encore tout arrêter... Après, je ne réponds plus de rien.

Laura le ramena contre elle et murmura d'une voix exaltée :

- Pour rien au monde, je ne voudrais que tu t'arrêtes...

***

Plus tard, quand ils retombèrent côte à côte, épuisés mais heureux, Derek se souleva sur un coude et la contempla longuement.

- Tu es si belle, murmura-t-il comme pour lui-même.

- Je t'aime et je suis heureuse que tu sois le premier, déclara-t-elle avec une certaine timidité.

- Tu sais, c'est le plus beau cadeau que tu pouvais offrir à un homme orgueilleux comme moi...

Il se pencha et reprit tendrement ses lèvres offertes.

- Je t'aime, Laura, comme je n'ai jamais aimé aucune autre femme.

- Je te crois et je sais que notre amour durera toute la vie.

- Dans ce cas, accepterais-tu de devenir ma femme?

Laura le dévisagea, complètement prise au dépourvu, même si elle rêvait de cet instant depuis longtemps.

- Tu parles sérieusement? questionna-t-elle d'une voix chargée d'espoir.

- Pourquoi pas? Nous sommes très différents, mais nous ne pouvons pas nous passer l'un de l'autre. Alors, pour une fois dans ma vie, je veux faire les choses correctement.

- Si c'est à cause de ce qui vient de se passer…

- Non, ce qui vient de se passer n'a fait que raffermir nos liens. Il n'est pas question d'obligation, répliqua-t-il avec fermeté.

- Alors, je serai la plus heureuse au monde de t'épouser!

- Voilà ce qu'il fallait me répondre tout de suite.

Ils s'embrassèrent avec fougue puis Laura se blottit contre son épaule.

- J'ai terriblement envie de dormir un peu, murmura-t-elle en s'étirant paresseusement. Ces derniers mois ont sapé toute mon énergie…

- Laisse-toi aller, mon amour. Pour une fois, rien ne nous presse.

Derek caressa doucement ses cheveux jusqu'à ce qu'elle s'endorme. Puis, il étudia amoureusement ses traits dans le sommeil en se demandant comment il n'avait pas compris qu'il tomberait infailliblement amoureux d'elle. Il éprouvait un grand amour pour la jeune femme, mais en même temps, il craignait qu'elle ne soit une entrave à ses ambitions. De plus, si jamais elle découvrait le marché qu'il avait conclu derrière son dos, comment réagirait-elle? Perdrait-elle toute confiance en lui? Non, il se refusait de penser à cela car il ne pourrait supporter de ne plus voir ses yeux briller d'adoration pour lui… Épuisé, il s'endormit à son tour.

**

Laura s'éveilla la première. Encore engourdie de sommeil, elle revécut en pensée les moments magiques qu'elle venait de vivre. Bien sûr, cette première relation charnelle s'était avérée plus douloureuse qu'elle ne l'avait imaginée, mais elle pressentait déjà que l'amour physique avec Derek serait prodigieux. Derek, cet homme extraordinaire qui deviendrait bientôt son mari! Elle n'arrivait pas encore à y croire tout à fait…

Elle ramassa un brin d'herbe et lui chatouilla le nez avec insistance. Il ouvrit les yeux et lui sourit avec béatitude.

- Il est temps de repartir, beau cavalier!

Ils s'habillèrent rapidement, puis Laura lui passa les bras autour du cou avec un regard débordant d'amour.

- Quand prévois-tu que nous pourrons nous marier? s'enquit-elle avec empressement.

- D'ici deux mois, environ. Je pourrai prendre des vacances avant le lancement du film. Est-ce que cela te conviendrait?

- Cela nous mène en septembre, calcula-t-elle mentalement, j'arrangerai donc mon horaire en conséquence. Tu pourras t'installer dans mon appartement, il est bien assez grand pour deux!

- Inutile, je veux que nous ayons notre propre maison.

- Vraiment? À quel endroit penses-tu?

- Westport, peut-être? Un grand nombre des gens du

milieu qui ont réussi vivent là-bas.

Laura faillit protester mais elle se ravisa. Après tout, si elle voulait que leur union soit une réussite, mieux valait commencer à faire des concessions dès maintenant!

- Je suis d'accord avec tout ce que tu décideras. L'important, c'est d'être ensemble.

- Sages paroles! Maintenant, allons annoncer tout ça à mon copain Jerry. J'ai hâte de voir la tête qu'il va faire!

**

Jerry n'aurait pas été plus étonné si on lui avait annoncé la fin du monde.

- Ben ça alors, je n'arrive pas à y croire! Derek Shaw qui se décide à plonger!

Laura fit mine d'être vexée.

- Ce n'est pas très flatteur pour moi! Je ne suis pas digne de devenir sa femme, d'après toi?

- Bon Dieu, non, ce n'est pas ce que j'ai voulu dire! Sacré Derek, ça ne valait pas la peine de te vanter d'être un irréductible, hein?

L'irréductible en question fit une moue faussement désabusée.

- J'ai quand même résisté jusqu'à l'âge de trente et un ans, non?

- Ouais, ce n'est pas si mal, concéda Jerry en lançant un clin d'œil malicieux en direction de Laura.

Il se leva brusquement et se pencha vers cette dernière.

- Maintenant, il est grand temps d'embrasser l'adorable fiancée!

- Pas trop longtemps! plaisanta Derek.

Jerry prit le visage de Laura entre ses grandes mains et

l'embrassa affectueusement sur les deux joues. Il serra ensuite la main de son ami avec force.

- Je vous souhaite tout le bonheur du monde, dit-il d'une voix chargée d'émotion. Derek, je ne connais pas beaucoup Laura, mais je crois qu'elle est la meilleure chose qui pouvait t'arriver…

Les effusions terminées, ils ouvrirent une bouteille de Dom Pérignon et fêtèrent dignement l'événement.

***

Cinq semaines s'écoulèrent. Laura et Derek avaient visité quelques maisons, mais aucune n'avait retenu leur intérêt. Puis, par un beau dimanche ensoleillé, Derek alla chercher la jeune femme sous prétexte de faire une ballade dans Westport. Après avoir roulé quelque temps en bordure de l'océan, il s'arrêta devant une lourde grille en fer forgé, la déverrouilla puis engagea sa voiture dans une grande allée bordée de fleurs blanches qui menait à une vieille maison victorienne en briques rouges. Malgré de visibles rénovations, elle avait gardé un cachet suranné qui séduisit immédiatement Laura. Elle remarqua également la haute haie de conifères qui entourait le vaste terrain et les arbres centenaires qui camouflaient la façade de la maison pour protéger l'intimité des habitants.

- C'est un endroit idyllique! s'exclama-t-elle en ouvrant de grands yeux, mais si tu veux que je sorte de la voiture, tu devras me dire pourquoi tu m'as amenée ici.

- C'est bon, je capitule. Cette maison appartient à un écrivain que je connais bien. Comme il est en train de faire fortune avec son dernier roman, il trouve que l'endroit n'est plus assez cossu pour lui. En somme, cette merveille est à vendre.

- Il est complètement fou!

- De plus, il est en tournée de promotion actuellement et il m'a confié les clefs moyennant quelques petits services. Voilà, tu sais tout.

Satisfaite, Laura s'élança hors du véhicule en s'écriant :

- Viens vite me la faire visiter!

Quand la lourde porte d'entrée fut déverrouillée, ils pénétrèrent dans un vestibule de dimension respectable qui conduisait à la salle de séjour. Celle-ci était très vaste mais donnait une impression de chaleur avec ses immenses fenêtres à carreaux et sa majestueuse cheminée en marbre. Ils se rendirent ensuite à la bibliothèque, puis dans la somptueuse salle à dîner qui communiquait avec une cuisine spacieuse et entièrement réaménagée. Celle-ci était largement éclairée par une splendide baie vitrée qui offrait une vue unique sur la plage et les environs. Une magnifique véranda venait également d'être ajoutée à l'arrière de la maison.

Laura ne se tenait plus de joie.

- Je suis folle de cette maison! Il faut tout faire pour qu'elle soit à nous!

- Tu sais, je suis certain que nous pourrons nous offrir plus un jour.

- Oh non! je ne pourrai jamais me lasser de celle-ci!

Elle fixa son attention sur l'imposant escalier en chêne qui menait à l'étage supérieur et s'écria vivement :

- Viens vite voir l'autre palier!

Il y avait quatre chambres à coucher mais celle des maîtres était plus spacieuse et agrémentée d'une cheminée en pierres. De plus, une porte-fenêtre s'ouvrait sur un petit balcon surplombant la mer. Venait ensuite une vaste salle de bain communicante, construite essentiellement de marbre aux teintes claires.

- Il y a même une autre salle de bain pour les chambres d'amis, lui annonça Derek.

- C'est beaucoup plus de travail qu'un appartement en ville, constata Laura en se rappelant soudainement leur horaire surchargé.

- Nous allons engager une gouvernante qui vivra avec nous et s'occupera de tout.

- Oh non, pas question de violer notre intimité! Une femme de ménage et un jardinier suffiront amplement.

- Plus une secrétaire, un attaché de presse et un chauffeur lorsque je serai célèbre!

Laura fit la moue.

- Cesse un peu avec ta folie des grandeurs.

- Et toi, cesse de jouer les éteignoirs.

- Moi ? Un éteignoir? J'essaie plutôt de garder les pieds sur terre! riposta-t-elle aussitôt.

Derek éclata de rire.

- Viens dans mes bras, mon amour. Nous aurons tout le temps de nous chamailler lorsque nous serons mariés…

***

Un mois plus tard, le 16 septembre 57, ils se marièrent religieusement dans la plus stricte intimité d'une petite chapelle à Westport. Seuls Harold et Jerry assistèrent à la cérémonie, car Laura avait tenu à garder le secret afin qu'ils ne soient pas importunés par les curieux et les journalistes. Derek s'était montré d'abord réticent à l'idée d'un mariage aussi intime, mais il s'était finalement rendu à ses arguments. Après tout, il risquait de provoquer moins d'engouement chez les femmes à la sortie de son film, si son mariage était fortement publicisé.

Après la célébration, ils allèrent fêter l'événement tous les quatre chez *Sardi*, l'un des restaurants le plus en vogue à New York.

Beaucoup de gens s'arrêtèrent à leur table, mais ils ne dévoilèrent le secret à personne. Cette petite conspiration les amusa beaucoup.Vers dix heures, Derek mit un terme à la petite fête.

- Si nous ne voulons pas rater notre vol de nuit pour les îles Fidji, nous avons intérêt à décamper au plus vite! observa-t-il d'une voix ferme.

- Seigneur, ne prononce pas ce nom! se lamenta Harold. Il y a des années que je rêve d'aller visiter ces îles enchanteresses!

- Pourquoi ne le fais-tu pas? s'étonna Laura.

- Jack ne veut rien entendre. Il dit qu'il préfère la crasse de New York aux virus et aux insectes gros comme des oiseaux!

Jerry adressa un clin d'œil complice à Laura.

- Si tu veux, je pourrais bien t'accompagner, proposa-t-il au photographe.

- Ah! un mot de toi, mon bel Adonis, et je quitte tout!

Un immense éclat de rire salua la réplique d'Harold. Ils terminèrent leur coupe de champagne en vitesse et quittèrent le chic restaurant dans l'euphorie totale. Trois heures plus tard, l'avion qui transportait les nouveaux mariés quitta l'aéroport La Guardia sous une pluie battante.

***

Derek et Laura étaient étendus l'un près de l'autre sur la plage dorée. Ils attendaient le coucher du soleil qui offrait, à chaque fois, un spectacle d'une rare beauté.

- Ces deux semaines ont filé incroyablement vite, constata Derek avec regret.

- C'est toujours ainsi quand on est heureux, répondit Laura en lui caressant l'épaule.

- Je n'avais jamais été heureux avant toi, confessa-t-il en plongeant son regard dans le sien.

Soudain, il la prit dans ses bras et la serra très fort contre lui.

- Je t'aimerai toujours, Laura, quoiqu'il puisse survenir dans notre vie.

- Je suis sûre qu'il ne peut rien nous arriver de mal.

- Voyons, mon amour, tu parles comme si l'existence était un jardin de roses…

- Non, mais je sais que je saurai préserver notre bonheur.

- C'est mon souhait le plus cher, murmura-t-il en la serrant encore plus fort contre lui.

***

La première du film : *Le tueur à gages,* eut lieu une semaine après le retour du jeune couple. Le tout New York y assista et acclama le film comme la meilleure production des cinq dernières années. Une réception monstre suivit au *Club 21* et Derek fut sans conteste le héros de la fête. Il se sentit grisé par l'admiration de tous ces gens qui hier encore, l'aurait traité avec la plus complète indifférence. Laura passa la soirée pratiquement seule, à écouter les bavardages insipides de gens qu'elle ne connaissait pas. Le lendemain, les critiques les plus redoutables s'accordèrent à dire que le jeu de

Derek était impressionnant, et chose rare à New York, ils lui prédirent à l'unanimité une carrière exceptionnelle.

CHAPITRE 8

Septembre 58

R ichard Harrison était devenu producteur de films au début des années cinquante. Ses deux premiers longs métrages avaient remporté un succès éclatant, mais depuis, la chance avait tourné et il n'avait produit que des navets. En 1956, il avait englouti tout l'argent dont il disposait pour s'approprier les droits d'adaptation du best-seller de l'année : *Le tueur à gages*. La situation aurait pu être précaire mais Harrison était un homme astucieux; à défaut d'argent, il possédait de solides relations.

Sa première ressource fut d'aller trouver Georges Duc-Aubray, le président de la firme de cosmétiques du même nom pour lui demander de financer l'adaptation ciné-matographique du roman. Le choix s'était avéré judicieux, car Duc-Aubray possédait un sens des affaires infaillible et il avait flairé tout de suite le potentiel de son retour d'in-vestissement. Naturellement, le conseil d'administration devait passer au vote mais le magnat était confiant. Trois semaines plus tard, Harrison avait obtenu une réponse affir-mative moyennant un fort pourcentage des bénéfices bruts et le choix du premier rôle masculin.

Il s'était rebellé tout d'abord contre la deuxième exigence, mais c'était à prendre ou à laisser et il n'avait eu d'autre choix que d'abdiquer. Quelques jours plus tard, Georges Duc-Aubray lui avait annoncé qu'il avait porté son choix sur Derek Shaw, un jeune comédien pratiquement inconnu à l'époque. Harrison avait vu rouge. Qu'on lui impose une valeur sûre passait encore, mais un acteur miteux, pas question! Il avait épuisé tous les arguments pour le persuader qu'un grand nom serait une garantie supplémentaire du succès, mais le P.D.G. était demeuré inflexible.

La suite des événements devait lui donner raison : en l'espace d'un an, Shaw était devenu une vedette à part entière, et il ne lui manquait plus qu'un autre grand rôle pour consolider sa place parmi les premiers. Pourtant, un mystère planait et Harrison tenait à découvrir la clé de l'énigme. Georges Duc-Aubray avait refusé de dévoiler la raison pour laquelle il tentait mordicus à Derek Shaw, et malgré sa petite enquête, il n'avait rien tiré de personne. Mais maintenant, il possédait un atout dans son jeu : durant la dernière année, il s'était beaucoup lié à Paul Duc-Aubray, le fils du grand patron. Tout comme son père, il s'avérait impossible de le manipuler, mais sous le sceau de l'amitié, Paul lui ferait certainement des confidences....

***

Après une partie de tennis particulièrement acharnée, Paul Duc-Aubray et Richard Harrison prirent un verre au bar de leur club très select de Manhattan.

- J'ai entendu dire que tu te lançais dans une nouvelle production? s'enquit Paul avec intérêt.

- On ne peut rien te cacher, admit Richard tout en reluquant le postérieur de la serveuse qui s'éloignait.

- Qu'est-ce que c'est, cette fois-ci?

- Je regrette, c'est encore confidentiel…

- Allons, je croyais qu'on était entre amis!

Harrison fit semblant de réfléchir avant de lui dévoiler son projet.

- Bon, je vais tout te dire parce que j'ai confiance en toi. Il s'agit d'un film historique sur Cléopâtre et Marc-Antoine et j'ai l'intention d'y investir ma chemise.

- Ouais, ça peut être rentable mais suicidaire aussi. Penses-tu à Derek Shaw pour jouer Marc-Antoine?

Le regard du producteur se durcit imperceptiblement.

- Oh non! Maintenant que j'ai de l'argent, plus personne ne pourra me l'imposer, celui-là! rétorqua-t-il sèchement.

Paul Duc-Aubray ne s'offusqua pas de ce reproche cinglant.

- Je sais que tu fais allusion à mon père mais admets que son choix s'est avéré excellent, plaida-t-il d'une voix apaisante.

- Je ne peux pas prétendre le contraire, mais la tête de cet arriviste ne me revient tout simplement pas. Sans parler de sa femme qui se permet de me regarder avec froideur à chacune de nos rencontres!

- Laura ne m'a jamais témoigné de sympathie à moi non plus, mais tu peux m'en croire, mon vieux, je l'attends au prochain tournant!

Paul Harrison saisit sa chance au vol.

- Pourtant, elle est la porte-parole exclusive de vos produits et ton père a fait en sorte que son mari devienne quelqu'un. Je n'y comprends absolument rien!

Paul Duc-Aubray lui adressa un sourire caustique.

- Je m'étonne que tu n'aies jamais su le fin mot de l'histoire, fit-il avec ironie.

Richard Harrison commençait à perdre espoir lorsque son ami ajouta :

- Comme je sais que tout ceci restera strictement entre nous, je vais satisfaire ta curiosité.

La jubilation du producteur augmentait au fur et à mesure qu'il découvrait toute l'affaire.

- Mais pourquoi Shaw a-t-il épousé cette pimbêche, alors? se désola-t-il lorsque Paul Duc-Aubray eut terminé son récit.

- C'est là où le bât blesse, avoua-t-il. J'attendais avec impatience le moment où il la laisserait tomber, mais cet imbécile est tombé amoureux d'elle pour de bon!

- C'est pitoyable! Et tante Harold, qu'est-ce qu'elle a gagné en échanges de ses précieuses informations?

- Un contrat fructueux, comme tu peux l'imaginer.

Richard fit tourner pensivement les glaçons dans son verre et reprit :

- Que comptes-tu faire à présent pour faire mordre la poussière à la belle Madame Shaw?

- Que peut-on faire à quelqu'un qui fait grimper nos ventes en flèches ? J'attends seulement le moment où nous n'aurons plus besoin d'elle. Elle paiera cher son attitude méprisante à ce moment-là, conclut Paul Duc-Aubray avec un sourire prometteur.

***

CHAPITRE 9

D erek Shaw tournait en rond, ulcéré, dans la splendide salle de séjour de sa maison à Westport.

- Il me faut absolument ce rôle, Laura, si je veux maintenir ma place au box-office! On m'a préféré Paul Newman pour *L'homme de l'Ouest* mais cette fois-ci, ça ne se passera pas comme ça! Je largue mon agent et dorénavant, je vais m'occuper de mes affaires tout seul!

- Si tu n'obtiens pas ce rôle, tu en auras un autre, répliqua-t-elle calmement. Après tout, ton rêve premier était de triompher au théâtre et non au cinéma.

- Bon Dieu, fais-tu exprès? Tu sais très bien que je n'ai pas eu d'offres intéressantes de ce côté-là! Dans l'immédiat, je veux le rôle de Marc-Antoine parce que je suis convaincu qu'il est taillé de toutes pièces pour moi!

Laura se sentit gagnée par l'irritation. Tout était toujours sur mesure pour son mari!

- Peut-être que Richard Harrison voit les choses autrement? suggéra-t-elle d'une voix neutre.

- La bonne blague! Harrison est trop intelligent pour ça. Je pense plutôt qu'il a une dent contre moi et tu n'y es pas étrangère…

- Moi? s'insurgea la jeune femme. Qu'est-ce que j'ai à y voir, je te prie?

- Bon sang, tu devrais te voir quand tu te trouves à une réception où il est aussi présent. Tu ne te donnes pas beaucoup de mal pour cacher ton antipathie!

- Je ne suis pas une hypocrite! D'ailleurs, comme tu sors seul la plupart du temps, je ne vois pas comment je peux te nuire à ce point!

Derek avala de travers.

- Tu crois peut-être que ça me plaît de sortir continuellement sans toi parce que tu as un horaire chargé, et que tu dois te lever tôt chaque matin?

- Il faut croire que oui, car tu acceptes systématiquement toutes les invitations aux réceptions mondaines, et les présidences d'honneur des galas de charité orchestrés par les femmes de grands producteurs!

- Tu oublies que je dois entretenir mes relations pour continuer à travailler !

- Bien sûr, c'est tout ce qui compte pour toi, l'accusa-t-elle avec rancœur.

- Je ne t'ai jamais fait croire que j'étais différent! Et puis, tu ne peux nier que tu en profites aussi. Nous vivons dans une belle maison à Wesport, nous roulons en voiture de luxe et tu possèdes une garde-robes somptueuse, sans compter que je dois payer le loyer d'un bureau à New York, parce que tu ne veux pas que ma secrétaire et mon attachée de presse travaillent ici …

- Tu ne mentionnes pas que j'apporte aussi ma large contribution pour éponger toutes ces dépenses, coupa Laura. De toute façon, je n'ai pas besoin de toutes ces choses pour être heureuse.

Derek lui lança un regard noir de colère.

- Je me demande ce que je fabrique avec une femme-enfant comme toi!

Devant cette injure, Laura se leva brusquement de son fauteuil mais Derek la devança.

- Inutile de t'enfuir dans ta chambre, c'est moi qui sors!

Il quitta la pièce à grandes enjambées et claqua violemment la porte derrière lui. Peu après, la jeune femme entendit sa voiture démarrer à toute vitesse. Elle se prit alors la tête entre les mains ; ils n'étaient mariés que depuis un an, et les discussions de la sorte surgissaient de plus en plus régulièrement, élargissant à chaque fois le fossé entre eux. Sachant d'instinct que leur mariage se détériorait lentement, elle se promit encore une fois de redoubler d'efforts pour améliorer la situation. Elle se rendait compte qu'elle se comportait avec maladresse, mais Derek était le premier homme qu'elle aimait de tout son être et elle aurait voulu qu'il ne vive que pour elle, tout comme elle ne vivait que pour lui. Pour l'instant, leur passion réciproque arrangeait beaucoup de choses mais cela aussi finirait par s'émousser avec le temps. Elle n'osa pas imaginer l'avenir qui les attendait s'ils ne parvenaient pas à trouver une autre terrain d'entente…

***

À trente-deux ans, Marlène Gaynor pouvait se vanter d'être la vedette la plus rentable du box-office. Elle estimait d'ailleurs qu'elle méritait largement cet honneur, puisque pendant dix ans, elle n'avait reculé devant aucune humiliation pour parvenir à ce statut privilégié.

Récemment, Richard Harrison lui avait offert le rôle fort convoité de Cléopâtre dans sa dernière production. La jeune femme s'était montrée enthousiasmée à cette perspective, estimant qu'elle avait de nombreux points en commun avec la célèbre reine dont celui de toujours obtenir ce qu'elle voulait. C'était vrai, du moins jusqu'à sa rencontre avec Derek Shaw. Elle s'était entichée de l'acteur après avoir vu sa performance dans : *Le tueur à gages*, et s'était arrangée par la suite pour le faire inviter à une réception donnée en son honneur. Sa fascination augmenta encore d'un cran, lorsqu'elle eut l'occasion de bavarder avec lui et de constater qu'il ne semblait pas particulièrement attiré par elle. Plutôt que de se sentir vexée par cette apparente indifférence, elle avait senti une intense excitation la gagner, et elle avait poussé l'audace jusqu'à lui suggérer de quitter la réception pour un endroit plus intime. Derek Shaw l'avait remerciée poliment pour l'invitation mais lui avait répondu froidement qu'il se trouvait très bien là où il se trouvait.

Furieuse et incrédule, elle avait tourné les talons et l'avait ignoré tout le reste de la soirée.

Pendant plusieurs jours, elle avait ruminé l'affront qu'elle avait subi, mais elle fut incapable d'abandonner l'idée de le séduire à tout prix afin de satisfaire sa convoitise. Maintenant, avec l'offre de Harrison, le vent venait de tourner…

***

Marlène se donnait un dernier coup de peigne lorsqu'elle entendit le carillon de l'entrée. Ayant donné congé à sa gouvernante, elle alla ouvrir elle-même, un sourire resplendissant sur ses lèvres écarlates.

- Derek, comme je suis contente que tu aies pu venir! s'exclama-t-elle chaleureusement. Le gardien de l'immeuble ne t'a pas embêté, j'espère?

- Non, il m'a reconnu aussitôt.

Il jeta un regard admiratif sur son corps sculptural, moulé étroitement dans une robe d'intérieur en satin chatoyant.

- Tu es très en beauté, remarqua-t-il galamment.

- Merci. Viens t'asseoir et prenons un verre.

Un peu nerveusement, il prit place sur la causeuse de la salle de séjour et accepta une coupe de cognac.

- Tu m'as rejoint au téléphone pour me parler d'un rôle, attaqua-t-il aussitôt. De quoi s'agit-il, exactement?

Marlène réfréna sa colère devant la brutalité de la question qui indiquait clairement qu'il n'était venu la voir que pour parler affaires.

Tout comme lui, elle alla droit au but.

- Aimerais-tu jouer Marc-Antoine?

Les yeux de Derek lancèrent des éclairs.

- Tout le monde sait que Harrison ne me porte pas particulièrement dans son cœur. Je ne vois pas comment je pourrais obtenir le rôle, répondit-il d'une voix chargée de ressentiment.

Marlène lui adressa un sourire enjôleur.

- Es-tu au courant qu'il m'a offert le rôle de Cléopâtre sur un plateau d'argent?

- Non, mais la rumeur circulait…

- Eh bien, sache que je peux exiger que tu sois mon partenaire pour conclure l'affaire.

Derek sentit le piège se refermer sur lui. Il se doutait à quoi il s'exposait en acceptant l'invitation de la star, mais il n'avait pu se résoudre à se passer de son aide.

- Je vois… Que demandes-tu en échange?

Marlène plongea son regard gris dans le sien avec toute la séduction dont elle était capable.

- Une aventure avec toi… dit-elle d'une voix rauque.

- Pourquoi moi? Tu n'as qu'à claquer les doigts pour

avoir tous les hommes que tu désires.

- Tous, sauf toi.

Le visage de Derek s'affaissa légèrement.

- Ton offre est très tentante, Marlène, mais je ne veux pas tromper ma femme.

- Voyons, qui le saura? Je peux me montrer extrêmement discrète quand il le faut. Si tu savais le nom de certains de mes amants…

Elle se rapprocha de Derek et lui passa les bras autour du cou.

- Pense à tout ce que tu vas gagner. Sans compter qu'il te faut absolument ce rôle si tu ne veux pas risquer de retomber dans l'oubli…

Il regarda fixement le beau visage de l'actrice et la peur de laisser passer une telle occasion fut la plus forte. Vaincu, il s'empara férocement de ses lèvres invitantes.

***

Derek jeta un coup d'œil à sa montre. Couché à plat ventre, il se reposait dans l'immense lit de Marlène et cette dernière lui caressait langoureusement le dos.

- Je crois bien que tu es le meilleur amant que je n'ai jamais eu. J'envie presque ta femme…

Derek lui décocha un regard glacial.

- Je t'interdis de parler d'elle, fit-il d'une voix dure.

L'actrice éclata d'un rire maintes fois étudié, celui qui charmait le plus ses admirateurs.

- Tu ne crois pas qu'il est un peu tard pour les remords? ironisa-t-elle.

- Il ne s'agit pas de ça. Je veux tout simplement la laisser en dehors de notre affaire.

- J'aimerais quand même savoir pourquoi tu l'as épousée.

Derek ne put retenir une remarque cinglante.

- Aussi invraisemblable que cela puisse paraître à une fille comme toi, la seule raison est que je l'aimais!

Les yeux de la jeune femme se voilèrent de ressentiment.

- Tu me juges mal. J'ai aimé moi aussi, mais je l'ai payé trop chèrement.

Derek haussa les épaules avec indifférence. Il se leva et se mit à s'habiller lentement.

- Si tu veux bien m'excuser, il faut que je rentre chez moi.

- Tu peux rester toute la nuit, si tu en as envie. Je sais que ta femme se trouve à Los Angeles en ce moment.

- Non, je préfère rentrer au cas où elle essaierait de me contacter.

- Comme tu veux, répliqua Marlène en cachant sa déception sous un masque d'indifférence.

Comme elle faisait mine de se lever aussi, il ajouta :

- Inutile de me raccompagner, je connais le chemin.

Il hésita puis ravalant son orgueil, il ajouta :

- Quand vas-tu contacter Harrison?

Marlène s'étira voluptueusement en savourant le plaisir de le voir mendier ainsi.

- Ne t'inquiète pas, mon chéri, je suis une femme qui tient toujours parole. Je te ferai signe très bientôt. Nous avons encore tellement de choses à partager…

***

Laura se sentit au comble du bonheur de se retrouver à la maison après deux longues semaines d'absence. Derek la couvrit de baisers fiévreux et elle s'abandonna totalement entre ses bras, tandis qu'il la conduisait dans la chambre à coucher.

Après leur longue étreinte, ils se contemplèrent avec amour.

- Tu ne peux imaginer à quel point je suis heureuse d'être auprès de toi! Ces deux semaines de promotion m'ont semblé interminables, soupira Laura en s'étirant paresseusement dans le lit à colonnes de leur chambre à coucher.

- Moi aussi, mon cœur, tu m'as terriblement manqué.

Il se redressa sur un coude et ajouta :

- Maintenant, il est temps de t'annoncer une grande nouvelle!

- Quoi donc?

Derek prit son temps pour répondre afin de la faire languir un peu.

- Je vais jouer Marc-Antoine! lâcha-t-il finalement, avec un air triomphant.

Laura demeura estomaquée, partagée entre la joie et l'appréhension.

- Comment as-tu réussi à convaincre Richard Harrison? demanda-telle en fronçant les sourcils.

Cette fois, Derek détourna les yeux et dit très vite :

- Ce n'est pas moi mais Marlène Gaynor qui a réussi l'exploit. Elle va jouer Cléopâtre, précisa-t-il en la regardant à nouveau dans les yeux.

Laura ressentit un vague malaise.

- Je ne comprends toujours pas son rôle dans cette histoire…

Derek n'eut aucun mal à lui fournir la réponse.

- Marlène est la star qui va porter la production sur ses épaules, expliqua-t-il calmement. Alors, tu peux imaginer le pouvoir qu'elle détient lorsqu'il s'agit du choix de son partenaire principal…

La jeune femme se sentit envahie par une violente vague

de jalousie, qu'elle tenta de maîtriser de son mieux.

- Pourquoi t'avoir choisi? Vous n'êtes même pas des amis, que je sache…

- L'amitié n'a rien à voir là-dedans. La Gaynor ne vit que pour le succès de ses films et elle croit que je suis le meilleur Marc-Antoine qu'on puisse trouver.

- Où aura lieu le tournage?

Cette fois, Derek se demanda comment lui présenter les choses. Il se mit à la recherche de ses cigarettes pour gagner un peu de temps.

- Les scènes intérieures se tourneront principalement en studio à New York. Pour les scènes extérieures, qui sont nombreuses, c'est une autre histoire… En fait, le gros du travail se déroulera au Caire.

Laura avala difficilement sa salive.

- Combien de temps?

- Deux mois, trois tout au plus…

Cette fois, elle garda le silence, trop effondrée pour ajouter quoi que ce soit.

- Ma chérie, ça fait partie de mon métier. Je ne suis pas un plombier qui rentre tous les soirs à cinq heures, dit Derek en tentant de caresser une longue mèche de ses cheveux cuivrés.

Laura se dégagea brutalement.

- Je sais tout cela, mais je suis incapable d'envisager une séparation aussi longue! Tu n'avais pas le droit d'accepter le rôle dans ces conditions!

- Au contraire, je serais mentalement dérangé de laisser passer une telle chance! Et si tu ne te comportais pas comme une petite fille immature, tu comprendrais parfaitement la situation!

- Je comprends surtout que tu es capable de m'abandonner trois longs mois et je ne trouve pas cela rassurant!

Derek soupira, excédé.

- Écoute, laissons tomber le sujet pour le moment. Quand tu auras pris le temps de réfléchir, nous en reparlerons.

Blessée et furieuse, Laura lui tourna le dos en silence.

***

CHAPITRE 10

Février cinquante-neuf n'en finissait plus. Malgré le froid sibérien qui s'était abattu sur New York au cours des derniers jours, Laura et Harold avaient magasiné toute la matinée, avant de s'engouffrer dans un élégant hôtel particulier de l'East Side qui abritait une charmante pizzeria. Après maintes tergiversations, ils optèrent pour une savoureuse pizza de style toscan et un vin italien de grand cru.

- Tu ne peux pas savoir le bien que me procure ces quelques heures en ta compagnie, déclara Laura en trempant les lèvres dans sa coupe de vin.

- Moi aussi, mon lapin, j'apprécie ce bon moment d'autant plus que j'étais très déprimé ce matin en apprenant la mort de Buddy Holly.

- Mourir si jeune dans un accident d'avion, c'est vraiment tragique. C'est une leçon pour nous tous d'apprécier la vie à sa juste valeur, même si c'est parfois difficile...

Harold la considéra attentivement et demanda doucement :

- Ça ne va pas très fort, n'est-ce pas?

Laura s'absorba dans la contemplation d'un splendide vitrail et murmura du bout des lèvres :

- En effet, ça ne va pas du tout…

Le photographe hésita un moment puis il décida de lui livrer le fond de sa pensée.

- Mon poussin, tu es belle, célèbre, bien nantie financièrement et comme si ça ne suffisait pas, tu es l'épouse de l'un des hommes les plus séduisants de la planète. Qu'est-ce qu'il te faut de plus pour être heureuse? questionna-t-il avec un sourire candide.

La jeune femme se sentit heurtée par ce reproche à peine déguisé.

- Je sais que tout semble parfait vu de l'extérieur mais je croyais que toi au moins, tu comprendrais! Je travaille d'arrache-pied à faire un métier qui m'ennuie mortellement et je n'ai pas vu mon mari depuis deux mois! Avoue que ce n'est guère reluisant…

Harold posa une main compatissante sur ses doigts crispés au rebord de la table.

- Je sais très bien que tout n'est pas parfait, ma beauté, mais c'est notre lot à tous. Pour le moment, essayons de voir les choses avec un peu d'optimisme. Tu n'aimes pas ton travail mais dans moins de trois ans, tu auras terminé ton contrat et tu seras alors libre de faire tout ce que tu veux. Peut-être même deux ou trois bébés qui seront aussi beaux que leurs parents. Charmante perspective, n'est-ce pas? Tant qu'à Derek, ce nouveau grand rôle lui apportera sûrement le statut qui lui permettra de choisir réellement ce qu'il veut faire. Donc, les longues séparations comme celles que vous vivez en ce moment devraient se faire rares. Tu vois qu'il y a beaucoup d'espoir dans tout cela, non?

Laura se sentit réchauffée par cet encouragement qui lui ouvrait une autre avenue que celle de ses idées noires.

- Tu es mon seul ami, Harold. J'avais bien besoin qu'on

me remette les idées en place.

Un peu mal à l'aise, le photographe s'agita sur sa chaise.

- Et ce cher Derek, comment va-t-il? poursuivit-t-il pour chasser les remords indésirables qui menaçaient de l'envahir.

- Il m'appelle au moins deux fois par semaine même si la communication est très difficile à établir. Il dit que le tournage se fait dans des conditions difficiles et qu'il est impatient de rentrer à la maison.

- Tu vois que tu n'es pas la seule à t'ennuyer à mourir! Tandis que j'y pense, j'organise une petite soirée mardi prochain pour l'anniversaire de Jack, et je tiens absolument à ce que tu te libères!

Laura sortit son agenda de son sac et y jeta un rapide coup d'œil.

- Oui, ce devrait être possible. Jerry est justement en ville la semaine prochaine et je vais lui demander de m'accompagner.

- Fantastique! J'ai tellement hâte de porter le nouveau cafetan brodé que je viens d'acheter!

- Oui, il est vraiment bien, approuva Laura en s'amusant de la frivolité outrancière du photographe.

Ce dernier consulta sa montre Cartier et poussa une exclamation horrifiée.

- Dieu du ciel, il est déjà deux heures! Je vais être en retard à mon rendez-vous chez le coiffeur!

- Dans ce cas, file tout de suite. Je vais m'occuper de l'addition.

- Tu es un chou mais la prochaine fois, ce sera mon tour!

Sur ce, Harold l'embrassa distraitement sur les deux joues et s'esquiva en vitesse. Peu de temps après, Laura sortit à son tour et entra dans un kiosque à journaux qui se trouvait juste en face. Elle vit un grand quotidien qui parlait du tournage de *Cléopâtre et Marc-Antoine* et s'empressa de l'acheter.

De retour à la maison, elle se déshabilla, enfila une tenue confortable et s'installa devant la cheminée avec le journal. Elle se rendit directement à la page huit où l'on donnait tous les détails du tournage. Avec un serrement au cœur, elle contempla Marlène Gaynor, vêtue uniquement d'une tunique en soie rouge qui moulait étroitement chacune de ses courbes voluptueuses. La photo suivante la montrait en compagnie de Derek, alias Marc-Antoine, dans une pose des plus suggestives.

Décidément, son mari ne devait guère s'ennuyer avec une femme pareille. En ravalant sa rancœur, elle tourna la page et reçut un coup dans l'estomac ; on voyait les deux partenaires tendrement enlacés dans une boîte de nuit à la mode, et une deuxième photo les avait surpris marchant main dans la main dans les rues d'Alexandrie. Une légende accompagnait les clichés :

Si l'on en croit les rumeurs de plus en plus persistantes, il semblerait que Derek Shaw file le parfait amour avec la divine Marlène Gaynor. On sait que son épouse des dix-huit derniers mois, la ravissante porte-parole des cosmétiques Duc-Aubray, est restée seule à New York, prétextant des engagements à respecter. Il sera sûrement intéressant de suivre le déroulement de cette nouvelle idylle…

Laura ferma rageusement le journal et appela Jerry à son hôtel.

***

Laura se contempla avec une extrême attention dans le grand miroir sur pied de sa chambre à coucher. Ses longs cheveux bruns dorés tombaient en boucles souples sur ses épaules dénudés et ses yeux mordorés brillaient de mille feux grâce à une nouvelle ombre à paupières parsemée de poussières d'or. Pour rehausser sa confiance en elle, elle portait le magnifique collier en diamants que lui avait offert Derek lors de son dernier anniversaire, ainsi qu'un fourreau de satin violet qui soulignait la minceur de son corps élancé.

Satisfaite du résultat final, elle descendit au salon pour attendre Jerry.

Ce dernier arriva un quart d'heure plus tard, très élégant avec son manteau en cachemire et son complet marron foncé taillé sur mesure.

- Hum, je vais faire des jalouses! plaisanta-t-elle en l'accueillant.

- Et toi, tu es superbe! dit-il en l'enveloppant d'un regard ébloui.

- Je te remercie. Veux-tu prendre un verre avant de partir? Nous avons encore le temps.

- Volontiers. Je prendrais bien un doigt de porto.

La jeune femme prépara son verre puis se versa une bonne rasade de whisky sans glace.

- Il y a longtemps que tu bois comme ça? observa Jerry en se grattant un sourcil.

Laura sursauta et vida la moitié de son verre dans la bouteille.

- Je ne m'étais pas rendue compte que j'avais rempli mon verre à ce point... dit-elle d'une voix mal assurée.

- Si tu as des problèmes, tu sais que tu peux m'en parler, insista-t-il en la scrutant intensément.

Laura eut un sourire de dérision.

- Tu dois bien te douter que tout ne va pas pour le mieux entre Derek et moi...

- En effet, j'ai cru remarquer une certaine tension la dernière fois.

Soudainement, elle tourna les talons et alla chercher le fameux journal.

- Regarde la page huit, s'il te plaît.

Au bout d'un moment, Jerry referma tranquillement le journal.

- Ça ne veut strictement rien dire. Les journaux racontent n'importe quoi pour vendre leur salade.

- Je ne dis pas le contraire mais les photos ne mentent pas, elles.

- Bof, c'est la façon classique pour mousser la publicité d'un film.

- Je ne suis pas convaincue qu'il s'agit seulement d'une stratégie de promotion.

- Où veux-tu en venir?

- Quand Derek est parti pour Le Caire, nous étions plutôt en froid. Je soupçonne donc qu'il ait trouvé consolation entre les bras de la belle Marlène, expliqua-t-elle avec une note de désespoir dans la voix.

Jerry secoua la tête.

- Cette poule ne t'arrive même pas à la cheville! Je doute fort que Derek ait pu te tromper avec elle, dit-il avec conviction.

Laura leva vers lui des yeux remplis d'espoir.

- Tu le penses vraiment?

- Évidemment! Pour le moment, tu vas oublier tes doutes non fondés, et nous allons essayer de bien nous amuser chez notre charmant couple d'amoureux. D'accord?

Elle éclata de rire malgré elle.

- À vos ordres, mon beau chevalier!

***

Comme à chaque fois, les salons d'Harold et Jack fourmillaient d'invités prestigieux. Environ deux heures après une arrivée fort remarquée, Laura laissa Jerry au bon soin d'une jeune chanteuse en vogue, et s'esquiva à l'anglaise dans la bibliothèque.

Elle se promenait tranquillement entre les rayons, feuilletant ici et là des recueils de poésie, lorsqu'elle s'aperçut qu'elle n'était plus seule. Elle se retourna lentement et tenta de dissimuler son irritation en voyant Sylvia Mason venir vers elle. C'était la dernière épouse en date de Richard Harrison et Laura la trouvait aussi sympathique qu'un serpent à sonnettes.

- Je vois que je ne suis pas la seule à avoir eu besoin de me reposer du bruit, observa-t-elle avec un sourire charmeur.

- Oui, cela devient infernal après un certain temps, admit Laura tout en espérant que l'intruse ne s'éterniserait pas trop.

- Je ne pensais pas vous retrouver ici ce soir.

- Moi non plus. Je vous croyais au Caire avec Richard.

- J'aurais bien voulu mais j'étais prise par le tournage de mon dernier film.

L'actrice lui lança un regard inquisiteur et poursuivit d'une voix suave :

- Vous devez trouver le temps bien long sans Derek, n'est-ce pas?

- Bien sûr, mais comme vous devez vous en douter, mon horaire est extrêmement chargé. De toute façon, je ne peux pas empêcher mon mari de gagner sa vie, n'est-ce pas?

Sylvia Mason ne put résister au désir d'ébranler sa belle assurance.

- Le problème est de réussir à garder nos maris fidèles avec des croqueuses d'hommes comme Marlène...

Laura ne se laissa pas démonter.

- Peut-être que mon mari n'a pas envie de se faire croquer? suggéra-t-elle d'une voix glaciale.

- À votre place, je ne me bercerais pas trop d'illusions. Marlène a plus d'un tour dans son sac pour obliger un homme réticent à céder à ses désirs...

- Vraiment? Vous a-t-elle déjà donné quelques leçons? rétorqua Laura tout en s'inquiétant de la tournure que prenait la conversation.

Sous l'insulte, les yeux de l'actrice se rétrécirent dangereusement. Elle dévoila alors ce qu'elle avait juré de garder secret.

- Ne vous êtes-vous jamais demandé comment Derek avait obtenu le rôle de Marc-Antoine, alors que Richard ne voulait pas entendre parler de lui? riposta-t-elle en guettant sa réaction.

- Derek ne m'a jamais caché que c'est Marlène qui est intervenue en sa faveur.

- J'ai bien l'impression qu'il a oublié de préciser que c'était en échange de ses faveurs sexuelles...

Laura tenta en vain de dissimuler le tremblement soudain de ses mains.

- Vous n'êtes qu'une menteuse! lança-t-elle d'une voix à peine audible.

Sylvia Mason éclata d'un rire cinglant.

- Si vous n'êtes pas complètement idiote, vous savez que c'est la pure vérité!

Au prix d'un immense effort, Laura réussit à dire avec dignité :

- Maintenant que vous avez craché votre venin, je vous serais reconnaissante de me laisser seule.

La jeune femme hésita un court instant puis jugea préférable de se retirer. Laura s'effondra alors dans un fauteuil et demeura longtemps prostrée, vidée de toute substance. Après ce qui lui parut être une éternité, une main puissante se posa doucement sur son épaule.

- Laura, je te cherchais partout! Qu'est-ce que tu fais ici, toute seule?

La jeune femme se leva et enveloppa Jerry d'un regard inexpressif.

- Amène-moi vite d'ici... Je t'en prie.

- Bien sûr mais tu ne veux pas prévenir Harold?

- Non, je lui téléphonerai demain. Va chercher nos manteaux et arrange-toi pour que personne ne te voit. Vite!

Durant le trajet en voiture, Laura s'enferma dans un mutisme complet. Lorsqu'ils furent enfin à destination, Jerry entra dans la maison avec elle.

- Maintenant, tu vas m'expliquer ce qui s'est passé, lui ordonna-t-il avec fermeté.

Il l'entraîna sur un canapé confortable et la prit dans ses bras tandis qu'elle éclatait en sanglots déchirants. Puis, elle se calma peu à peu et parvint à lui raconter le terrible épisode.

- Es-tu certaine que ce soit la vérité? s'enquit Jerry après l'avoir écoutée attentivement.

- Oui, j'en suis absolument sûre. Il a suffit que cette vipère me le dise en face pour que tout m'apparaisse dans une clarté aveuglante.

- Le salaud, gronda Jerry d'une voix sourde. Rien ne peut l'arrêter quand il s'agit d'atteindre son but!

- Si seulement je pouvais m'empêcher de l'aimer... Maudit soit le jour où j'ai décidé de rester dans ce pays!

Sa première rancœur passée, Jerry se sentit obligé de défendre son ami de toujours.

- Même si je condamne ce qu'il a fait, je me dois de te

dire qu'il n'est pas entièrement responsable. Tu sais, j'ai été témoin de sa misère. Son père, un homme brutal, ne travaillait pratiquement jamais et le peu qu'il gagnait, il le dépensait à la taverne du coin. Quant à sa mère, elle n'était qu'une pauvre loque , trop malade pour faire quoi que ce soit. Quand elle est morte, Derek s'est enfui de la maison en emmenant sa sœur avec lui.

Laura fut grandement étonnée par ces révélations. Jusqu'à ce jour, elle n'avait rien su de l'enfance de son mari qui se refusait toujours à en parler.

- Quel âge avait-il à ce moment-là?

- Derek n'avait pas plus de quinze ans et Vivien à peine quatorze.

- Mon Dieu, deux enfants... Que s'est-il passé par la suite?

- Eh bien, pendant des années, je n'ai pas eu de nouvelles d'eux. Puis, un beau jour, j'ai reçu une lettre me disant qu'ils se trouvaient à Long Beach pour l'été et qu'ils réussissaient à survivre. L'automne suivant, Derek est revenu seul à New York et il a commencé à suivre les cours de l'*Actors Studio* par les soirs. À partir de ce moment-là, nous ne nous sommes plus jamais perdus de vue.

- Derek m'a parlé une fois de sa sœur qui vit à Rome.

- C'est Vivien. À cette époque, elle a rencontré un homme riche originaire d'Italie et l'a épousé. C'est tout ce que Derek a bien voulu me dire.

Laura serra longuement la main de Jerry dans la sienne puis poursuivit d'une voix brisée par le chagrin :

- Je suis peinée d'apprendre tous ces détails, mais cela n'excuse en rien la trahison de Derek.

- C'est vrai...

Presque malgré lui, il prit le visage de Laura entre ses

mains et l'embrassa très doucement sur les lèvres.

- Tu es une femme merveilleuse. C'est injuste que tu sois tombée sur le mauvais numéro...

Instinctivement, comme s'il avait le pouvoir de la délivrer de sa douleur, elle se serra contre lui.

- J'ai envie que tu me fasses tout oublier cette nuit, murmura-t-elle en le suppliant des yeux.

La mâchoire de Jerry se contracta violemment sous l'effet du désir, mais il trouva la force de la repousser avec délicatesse.

- Dieu sait si j'ai envie de profiter de ta détresse, Laura, mais je ne le ferai pas.

- Pourquoi? demanda-t-elle d'une toute petite voix.

- Parce que Derek est mon ami et que tu l'aimes encore, malgré tout. Ton état d'âme ne durera pas et tu le regretterais par la suite, répondit-il en maudissant chaque mot prononcé.

- Tu as raison, excuse-moi. Le mieux est que je prenne un somnifère et que j'aille dormir.

- Es-tu sûre que je peux te laisser seule?

- Bien sûr, ne t'inquiète pas pour moi. Je n'en suis pas encore au suicide.

Jerry réajusta gauchement sa cravate en soie.

- Bon, je préfère partir pendant que j'en ai encore le courage, fit-il dans une pauvre tentative pour la faire sourire. De toute façon, j'ai une longue route à parcourir pour retourner à New York.

- Ce serait quand même plus raisonnable si tu dormais ici. Je te promets que je n'irai pas te retrouver dans ta chambre, plaisanta Laura en luttant désespérément contre les larmes.

- Comme je ne suis pas capable de te promettre la même chose, je préfère m'en aller.

Il lui donna un rapide baiser sur la joue et se leva à regret

- Surtout, téléphone-moi si je peux t'aider en quoi que ce soit.

- Promis, je n'y manquerai pas.

Après son départ, Laura se servit un double whisky en songeant qu'elle aurait mieux fait d'épouser un homme loyal comme Jerry. Bientôt, une bienheureuse langueur se répandit dans tous ses membres. Plus elle buvait, plus la douleur s'estompait. Avec un ou deux somnifères pour dormir, le bonheur serait complet. Elle crut entendre la sonnerie persistante du téléphone, mais elle ne se donna pas la peine d'aller répondre. Ce ne pouvait être que Derek et quant à elle, il pouvait bien aller au diable.

*****

Jerry avait toutes les misères du monde à concentrer son attention sur la route. En réalité, il écumait de rage contre Derek. Quand on avait le privilège d'être aimé par une femme comme Laura, on n'avait pas le droit de se comporter comme le dernier des lâches. Il se demandait encore comment il avait trouvé le courage de défendre son ami d'enfance, plutôt que d'essayer de conquérir sa femme. Était-ce de la loyauté ou de la bêtise? Sous le coup de l'émotion, il se sentait bien incapable de répondre à cette question. Mais il savait à présent une chose avec certitude ; sans s'en rendre compte, il était tombé amoureux de Laura dès le jour où elle était venue à son ranch avec Derek. La voir aussi désespérée l'avait profondément bouleversé, et lui avait fait prendre conscience qu'il était temps pour lui de garder ses distances avec le couple…

*****

Pour la dixième fois peut-être, Derek essaya d'appeler chez lui de sa chambre d'hôtel. L'opératrice revint en ligne une fois de plus.

- Je suis désolée, Monsieur Shaw, mais il n'y a toujours pas de réponse.

- Cela ne fait rien, merci.

Fou de rage, il déposa brutalement le combiné. Sa femme osait passer la nuit dehors, à faire Dieu sait quoi! Dévoré par la jalousie, il préférait ne pas songer à sa propre conduite.

C'est à ce moment précis que Marlène entra dans sa chambre par la porte communicante, vêtue uniquement d'un déshabillé noir ultra léger.

- Laisse donc ce stupide téléphone et viens t'étendre tout près de moi…

- Excuse-moi mais je n'ai pas la tête à ça.

La star lui décocha un regard empoisonné.

- Très bien, il y en a d'autres qui seront sûrement ravis de profiter de ma compagnie! lança-t-elle d'une voix acide en claquant violemment la porte derrière elle.

***

Le lendemain, Marlène se montra d'une humeur exécrable toute la journée. Elle trouva le moyen de rater toutes ses scènes au grand désespoir du réalisateur qui n'osait même plus compter les prises.

Au moment de la pause du soir, Derek l'évita carrément et alla s'asseoir avec Steve Lewis, un acteur fort sympathique qui avait décroché un petit rôle dans la production.

- La salope, fit remarquer le jeune acteur avec hargne. Je suis sûr qu'elle a fait exprès de bousiller cette journée de tournage. Comme si on n'était pas assez pressé d'aller se faire voir ailleurs!

Derek, qui se savait responsable du comportement de Marlène, se contenta d'acquiescer en silence. Profondément dégoûté, il se fit le serment de ne plus jamais se mettre à la merci de quiconque pour obtenir un rôle.

***

Marlène Gaynor prenait l'apéritif dans la luxueuse suite de Richard Harrison. Pour une fois, ce dernier semblait d'excellente humeur.

- J'ai visionné les rushes aujourd'hui, ce sera un film extraordinaire! estima-t-il avec une foi inébranlable.

- J'espère bien! rétorqua Marlène en avalant une bouchée de caviar. Si nous pensons à tous les problèmes techniques que nous avons dû résoudre, sans parler du dépassement du budget initial…

Ce dernier point la contrariait particulièrement, puisqu'elle avait accepté un cachet moindre en échange d'un pourcentage sur les recettes.

- Et cette chaleur impitoyable! renchérit Richard Harrison. Je ne peux pas croire que nous pourrons rentrer chez nous dans moins d'une semaine. En tout cas, je ne remettrai plus jamais les pieds dans ce foutu pays!

- Et moi non plus! s'accorda à dire la plantureuse actrice. Si tu savais comme j'ai hâte de brûler cette maudite perruque noire!

Harrison songea qu'en effet, elle était beaucoup mieux en blonde.

- Au fait, ta petite aventure avec Shaw va-t-elle se poursuivre à New York? demanda-t-il tout en sachant pertinemment que les deux stars ne se parlaient plus en dehors du travail.

Marlène afficha une moue dédaigneuse.

- Surtout pas! Trois mois ont largement suffi, crois-moi.

- Toujours la même. Tu te lasses continuellement de tes amants…

- Celui-là plus que les autres! Il ne pense qu'à sa charmante petite épouse.

- Il faut dire que tu t'es mesurée à une adversaire de taille, cette fois-ci, dit malicieusement le producteur qui savait qu'elle détestait la comparaison avec les autres femmes.

- Je m'en fiche éperdument! lâcha-t-elle trop vite. S'il n'en tient qu'à moi, elle peut le garder pour l'éternité.

Harrison décida qu'il s'était assez amusé à ses dépens et attaqua les choses sérieuses.

- Changement de propos, que dirais-tu d'être la vedette de mon prochain film?

- Pas avec Shaw, j'espère?

- Bien sûr que non! Si jamais on trouve le moyen de me l'imposer une troisième fois celui-là, je fais un malheur!

- Ce ne sera sûrement pas moi. Tu peux être sûr que je n'interviendrai jamais plus pour personne.

- Voilà une sage décision, répliqua Harrison avec un sourire faussement paternel.

En réalité, il ne pardonnait pas à l'actrice d'avoir usé de chatage contre lui, mais à ce stade-ci, il ne pouvait pas se permettre de le laisser voir. Plus tard, il se présenterait bien une occasion où il aurait la chance de lui rendre la monnaie de sa pièce. Chaque chose en son temps.

CHAPITRE 11

Mars 59

Derek sentit la colère bouillonner en lui lorsqu'il se rendit compte que Laura ne l'attendait pas à l'aérogare. Il n'avait pas réussi à la rejoindre au cours des deux dernières semaines, et pourtant, la secrétaire de Duc-Aubray lui avait assuré qu'elle se rendait normalement au travail tous les jours. Il devenait fou à essayer de deviner la raison de ce brusque silence. Était-ce une nouvelle crise de petite fille mal sevrée ou bien avait-elle rencontré quelqu'un d'autre? En tout cas, il ne faisait aucun doute qu'elle avait reçu son télégramme. Comble de malchance, il était rentré deux jours avant l'équipe de tournage, ce qui avait pour résultat qu'il n'y avait personne pour le reconduire à la maison. À tout hasard, il appela chez lui et n'obtenant aucune réponse, il se décida à rentrer en taxi.

Heureusement pour lui, le chauffeur était un homme jovial à la conversation agréable. Il avait reconnu Derek malgré ses lunettes noires mais il eut la délicatesse de ne pas l'abrutir de questions. Il se permit une seule remarque sur Laura.

- Ma femme et mes deux filles achètent tous les produits qu'annoncent votre épouse. Nous la trouvons extraordinairement jolie!

Derek se força à sourire.

- Je suis bien d'accord avec vous, convint-il du bout des lèvres.

Au bout d'une heure, ils arrivèrent enfin à destination. Le chauffeur aida Derek à transporter ses bagages à l'intérieur et ce dernier le gratifia d'un large pourboire. Puis, exténué par le décalage horaire, il prit une bière importée dans le réfrigérateur et alla s'installer devant le téléviseur.

Aux nouvelles de début de soirée, il écouta avec indifférence le président Eisenhower déclarer qu'il ne retirerait pas ses troupes de Berlin, et apprit avec regret le décès de Raymond Chandler, son auteur de prédilection pour les romans de série noire. Il s'endormit profondément au moment où le lecteur annonça qu'un terrible cyclone avait dévasté l'île de Madagascar et fait 3,300 morts.

Derek se réveilla quelques heures plus tard et constata que le téléviseur était éteint. Il tourna la tête et vit que Laura était assise de biais face à lui. Son premier réflexe fut de s'élancer pour la prendre dans ses bras, mais il fut stoppé net dans son élan par son regard glacial. Il remarqua alors combien elle avait mauvaise mine avec ses traits tirés et les larges cernes qui se dessinaient nettement sous ses yeux.

- Quel accueil enthousiaste! M'aurais-tu oublié après seulement quelques mois, mon amour? dit-il ironiquement en se sentant transpercé par la déception.

- Malheureusement non.

- Il faut dire que tu as l'apparence d'une femme qui fait la fête tous les soirs, poursuivit-il sur le même ton acidulé. Mon retour dérange peut-être tes projets…

Laura se sentit ulcérée en entendant ces accusations injustifiées.

- Comment oses-tu m'insulter, toi qui t'es prostitué pour un rôle! cria-t-elle avec hargne, perdant tout contrôle d'elle-même.

Le visage de Derek devint terreux. Il se leva en chancelant et l'agrippa solidement par les épaules.

- Qui t'a raconté ces sottises? demanda-t-il d'une voix blanche.

Laura lui jeta un regard méprisant.

- Sylvia Mason, l'épouse de Richard Harrison, répondit-elle d'une voix trop calme.

Derek comprit qu'il ne servirait à rien de nier l'évidence. Anéanti, il se laissa tomber à côté d'elle et tenta de s'expliquer.

- Mon amour, cette histoire sordide n'a rien à voir avec toi. Marlène n'a jamais compté une seconde pour moi. Nous nous sommes servis l'un de l'autre comme c'est pratique courante dans le métier.

À bout de force, Laura se mit à pleurer sans retenue.

- Tu me fais horreur, gémit-t-elle entre deux sanglots étranglés.

Ne sachant pas quoi faire pour la calmer, Derek tenta de la prendre dans ses bras. Elle le repoussa aussitôt avec violence.

- Je t'interdis désormais de me toucher même du bout des doigts! D'ailleurs, j'ai transféré toutes tes affaires dans la chambre d'amis la plus éloignée de la nôtre!

- Laura, je t'en supplie…

- Non, je ne veux plus rien entendre. Je monte me coucher et ne t'avise surtout pas de me suivre!

Elle alla s'enfermer dans la salle de bain et s'empressa d'avaler trois somnifères. Tout, plutôt que de supporter cette douleur monstrueuse.

Durant les semaines qui suivirent, ils vécurent comme deux étrangers. Derek n'était pratiquement jamais à la maison, puisqu'il devait faire la promotion de *Cléopâtre et Marc-Antoine* à travers tout le pays. Laura, quant à elle, travaillait principalement à New York, ce qui lui permettait de rentrer chaque soir et de boire jusqu'à l'heure du coucher. Ils étaient profondément malheureux l'un sans l'autre, mais le fossé était devenu si large entre eux qu'il semblait désormais impossible de le franchir.

Un soir, Laura lisait tranquillement dans la bibliothèque en savourant un verre de scotch lorsqu'elle entendit claquer la porte d'entrée. Elle leva la tête et vit son mari pénétrer dans la pièce.

- Tu rentres tôt, observa-t-elle en détournant aussitôt les yeux.

- Je me suis arrangé pour me libérer. Sais-tu avec qui j'ai dîné, aujourd'hui?

- Aucune idée, répondit-elle en se replongeant dans sa lecture avec une fausse indifférence.

Derek se força à continuer malgré sa froideur apparente.

- Jerry! annonça-t-il d'une voix qui se voulait enjouée. Il nous invite pour le week-end. Qu'en penses-tu?

- Vas-y, si tu veux. Moi, je préfère rester seule ici, dit-elle en avalant une longue gorgée d'alcool.

Avec une soudaine détermination, Derek s'empara de son verre et le déposa sur une table basse.

- J'espère que tu te rends compte que nous ne pouvons plus continuer ainsi, dit-il en l'enveloppant d'un regard pénétrant.

- Oui, l'atmosphère est plutôt étouffante, concéda-t-elle en tremblant imperceptiblement.

D'une façon inattendue, Derek se pencha vers elle et la

prit tendrement par les épaules.

- Je voudrais te parler sans que tu m'interrompes. Es-tu d'accord?

Elle hocha la tête et il prit place à côté d'elle.

- Bon.

Il prit une profonde inspiration et s'alluma une cigarette.

- Depuis mon retour du Caire, nous ne faisons plus que vivre dans la même maison. Je ne sais pas ce que tu ressens à ce propos, mais moi je ne pourrai plus le supporter très longtemps.

- Je ne le pourrai pas non plus.

- Dans ce cas, il y a deux possibilités qui s'offrent à nous. Nous séparer définitivement ou continuer sur de nouvelles bases. Personnellement, je souhaite continuer plus que jamais.

- Pourtant…

- Non, coupa fermement Derek, laisse-moi plaider ma cause jusqu'au bout. Tu pourras me demander ensuite tout ce que tu voudras.

- Bien.

- Premièrement, je suis conscient que tu as toutes les raisons du monde de me détester. En agissant d'une manière aussi dégradante pour obtenir un rôle important, j'ai trahi ta confiance et j'ai bafoué notre mariage. Je sais que c'est un acte impardonnable, mais si tu veux bien me donner une deuxième chance, je te jure que de telles situations ne se reproduiront jamais plus. Je ne sais que dire d'autre sauf que je t'aime éperdument, et que ces dernières semaines ont été les plus dures de ma vie…

Complètement chavirée, Laura ne put que garder le silence un long moment. Maintenant que sa colère s'était atténuée, elle se sentait incapable de résister plus longtemps.

- Je t'aime toujours, avoua-t-elle d'une voix brisée mais je doute que nous arrivions à combler le vide qui nous sépare. Tu as une carrière passionnante qui te laisse peu de temps pour nous...

- Justement, je t'annonce en primeur que je viens de décrocher le rôle d'Hamlet dans une grosse production sur Broadway. Au cours de la prochaine année, je ne vais pas bouger de New York!

- Mais c'est merveilleux!

- Tu vas voir, nous allons repartir à zéro, poursuivit Derek avec enthousiasme, et dès la fin de ton contrat, nous allons essayer d'avoir un bébé. Mais tu dois cesser de boire immédiatement...

Pour la première fois depuis longtemps, il vit les yeux de sa femme s'illuminer de bonheur.

- Un enfant... il y a tellement longtemps que j'en rêve.

- Ce rêve deviendra bientôt réalité. Si nous le voulons vraiment tous les deux, nous serons plus heureux que nous ne l'avons jamais été auparavant.

Vaincue, Laura l'entoura de ses bras et contempla amoureusement ses yeux si bleus.

- Tu m'as tellement manqué, laissa-t-elle échapper avec un long soupir de regret.

- Si j'avais su, je ne me serais pas langui de toi si longtemps, souffla Derek en se mettant à l'embrasser passionnément.

Quelques instants plus tard, il la souleva doucement dans ses bras et la transporta dans leur chambre. Lorsqu'ils furent débarrassés de leurs vêtements, il caressa son corps entier en frissonnant de plaisir.

- Dieu que j'avais envie de toi... articula-t-il d'une voix rauque.

Comment aurait-elle pu refuser ce qu'il lui offrait? Malgré toute la douleur qu'il pouvait lui causer, elle savait au plus profond d'elle-même qu'il n'y aurait jamais que Derek qui compterait pour elle.

- Je t'aime tellement, souffla-t-elle, éperdue.

Ce n'est que lorsque l'aube pointa à l'horizon qu'ils s'endormirent enfin.

**

CHAPITRE 12

VIVIEN

Rome,
Août 60

Franco Cortini termina ses vingt longueurs de piscine en un crawl impeccable. Le visage soucieux, il sortit lentement de l'eau et aperçut au même moment, Max Rossi, le professeur de tennis de son fils, qui venait dans sa direction.

- Bonjour, Monsieur Cortini. Magnifique journée, n'est-ce pas? dit-il aimablement.

- En effet. Riccardo vous attend déjà sur le court.

- Parfait, je vais le rejoindre de ce pas. Au revoir!

De nouveau seul, Franco s'étendit sur une des chaises qui longeaient la magnifique piscine bleue turquoise. Il songea à sa femme et se sentit envahie aussitôt par une sensation d'étouffement. *Vivien.* Il l'avait aimée dès le premier regard et il l'aimait toujours, mais ce n'était en rien comparable à ce feu intérieur qui lui dévorait les entrailles depuis sa rencontre avec Nico, le nouveau barman de l'*Excelsior* . Cette fois, rien à voir avec les aventures sordides qui avait jalonné sa vie au cours des dernières années mais en quelque sorte, c'était bien pire. Dans quelques heures, il se rendrait à l'aéroport pour effectuer un voyage d'affaires de cinq jours à Paris, et fortuitement, son jeune amant serait assis à côté de lui dans l'avion et séjournerait également au *Plaza Athénée*. Il se sentit exalté à cette perspective, mais en même temps, profondément dégoûté de lui-même.

***

Après le cours, Max Rossi s'émerveilla une fois de plus du style flamboyant de son jeune élève.

- Il n'y a pas de doute, tu es vraiment doué! Plus tard, tu pourrais même envisager une carrière professionnelle si tu le voulais.

Riccardo éclata de son rire juvénile si communicatif.

- Je pense bien que mon père a d'autres projets pour moi!

- C'est vrai, j'oubliais que tu es le seul héritier de son empire.

- Heureusement, il me reste encore quelques bonnes années avant d'être initié aux affaires! Vous voulez boire quelque chose de frais avant de partir?

- Merci, tu es gentil mais je suis déjà en retard pour mon autre leçon.

- À la semaine prochaine, alors!

- Oui, pratique bien en attendant. Au revoir!

Max Rossi regagna sa voiture en songeant que le jeune garçon était demeuré d'une simplicité désarmante, malgré le luxe qui l'avait entouré depuis sa naissance. Sa mère était sûrement la pierre angulaire de cette réussite, puisqu'elle-même était l'incarnation du charme et de la joie de vivre. Décidément, Franco Cortini avait bien de la chance de posséder une famille pareille.

***

Vivien Cortini était complètement ravagée. Elle venait de découvrir que l'homme qu'elle avait épousé, quinze années auparavant, était bien différent de ce qu'il semblait être. Il avait réussi à le cacher soigneusement jusqu'ici, mais en réalité, son mari aimait les hommes. Une lettre très explicite, découverte par hasard, avait levé le voile sur cet aspect peu reluisant de sa double vie. Bien sûr, elle avait déjà entendu des rumeurs malveillantes sur certains mariages de convenance, mais elle n'aurait jamais cru que cela puisse s'adresser à elle, un jour.

Avec le recul, elle devait admettre que Franco ne s'était jamais montré très démonstratif au lit, mais elle était tellement éprise et inexpérimentée qu'elle s'était toujours contentée de ce qu'il pouvait lui donner. De plus, ils avaient eu un fils dès la première année de leur union, et c'est sur lui qu'elle avait déversé son trop plein d'affection.

Maintenant, tout s'écroulait autour d'elle et il n'y avait personne pour partager son désespoir et sa honte. Elle pensa à son frère qui lui manquait cruellement en ce temps de crise. Elle aurait tellement voulu ne pas vivre si loin de lui…

Un jour qu'ils tentaient désespérément d'immerger de leur misère, ils s'étaient fait le serment de ne jamais se quitter, mais le destin en avait décidé autrement. Lorsqu'elle avait rencontré Franco, elle était tombée follement amoureuse de lui et l'avait suivi en Italie dès la fin de la guerre. Douloureusement, elle se rappela le temps lointain de son innocence…

***

C'était en 1944. Après avoir vagabondé longtemps, Vivien et Derek s'étaient fixés à Long Beach où ce dernier s'était décroché un emploi de plongeur dans un hôtel ultra-chic sur West Ocean Boulevard.

- Oh! Derek, c'est désespérant à la fin! J'aurai dix-huit ans la semaine prochaine et j'ai encore l'air d'un garçon manqué!

Derek considéra avec amusement sa cadette d'un an.

- À mon avis, tu es un bien joli garçon! plaisanta-t-il.

- Ne te moque pas de moi, le supplia-t-elle. Tu es grand, musclé et beau comme un dieu. Je vois bien comment toutes les filles te regardent lorsque nous sommes à la plage!

- Est-il si important pour toi d'être le point de mire de tous les garçons?

- Oui, j'aimerais savoir l'effet que ça produit! Crois-tu qu'en mangeant un peu plus, j'arrondirais davantage?

Le visage de son frère se ferma.

- Il faut dire qu'avec la vie que nous avons menée ces dernières années, n'importe qui n'aurait que la peau et les os...

- Oh, ce n'est pas ce que j'ai voulu dire...

- En tout cas, il est hors de question que tu travailles aussi cet été. Tu vas enfin te reposer un peu.

- Je ne suis même pas fatiguée! Et puis, avec ce que tu gagnes à l'hôtel, ce sera difficile de tout payer.

- Ne t'inquiète pas. Pour quelques mois, nous arriverons quand même à vivre décemment. Nous avons eu la chance de dégotter cette petite pension à proximité de mon travail et elle ne coûte pas trop cher. De plus, tu as accès à l'une des plus belles plages de Long Beach. Que demander de plus?

Il jeta un coup d'œil à sa vieille montre ébréchée.

- Il est grand temps que j'aille travailler sinon, je vais être en retard et le vieux est capable de me ficher dehors comme un chien.

Derek lui donna un léger baiser sur la joue et sortit d'un

pas vif. Vivien prit alors sa serviette de bain élimée et se rendit à la plage. Elle se baigna un moment puis elle étendit la serviette sur le sable brûlant et s'assit au soleil pour lire une revue que lui avait prêtée gentiment la logeuse. C'est à ce moment-là qu'elle le vit...

Confortablement installé sur une chaise de plage, il discutait gaiement avec un groupe de jeunes gens. Il était visiblement de nationalité latine avec ses yeux et ses cheveux noirs qui se mariaient agréablement avec son teint olivâtre. Vivien lui donna près de la trentaine.

Soudain, comme s'il avait senti son regard persistant, il tourna la tête de son côté et plongea son regard de velours dans le sien. Vivien devint rouge comme une pivoine et se détourna vivement. Puis, ne pouvant plus tenir, elle risqua à nouveau un regard en coin. Comme le jeune homme n'avait pas cessé de l'observer, il lui adressa un large sourire qui découvrit de superbes dents blanches.

Terriblement confuse, elle reporta son attention sur la pointe de ses pieds. Un peu plus tard, en l'entendant saluer ses amis, elle leva brusquement la tête. Il lui adressa alors un petit signe de la main et elle le vit regagner l'hôtel où son frère travaillait. *Mais non, je ne suis pas déçue. Il n'est pas si extraordinaire que ça, après tout*, tenta-t-elle de se convaincre.

***

Le lendemain, Vivien se rendit à nouveau sur la plage. Elle fouilla discrètement les lieux du regard et constata avec dépit que le bel inconnu demeurait invisible. Elle soupira comiquement en s'étendant sur le sable chaud du midi, mais à peine eût-elle fermé les yeux quelques instants qu'elle sentit un doigt lui toucher légèrement l'épaule. La jeune fille sursauta violemment et considéra le nouvel arrivant ; c'était le bel inconnu de la veille.

- Excusez-moi, Mademoiselle, je ne voulais pas vous effrayer mais j'ai eu l'impression que vous cherchiez quelqu'un... dit-il malicieusement.

Dépitée, elle se sentit rougir jusqu'à la racine des cheveux. Heureusement, son esprit vif vint à son secours.

- Votre impression est exacte. J'ai donné rendez-vous à une amie mais je ne sais pas si elle va venir. Vous comprenez, elle a toujours la tête dans les nuages, expliqua-t-elle en se redressant maladroitement.

L'inconnu sembla apprécier sa vive répartie.

- Puis-je vous tenir compagnie en attendant, Mademoiselle?

- Shaw. Vivien Shaw. Et vous, quel est votre nom?

- Franco Cortini. Êtes-vous en vacances avec vos parents? s'informa-t-il d'une voix mélodieuse.

- Pas du tout! Je vis ici avec mon frère qui travaille justement dans les cuisines de l'hôtel où vous séjournez, répondit-elle avec fierté.

- Mais vous semblez si jeune! Quel âge avez-vous donc?

- Presque dix-huit ans. Dans six jours exactement.

Franco éclata d'un rire joyeux.

- C'est bien ce que je disais, vous n'êtes qu'une enfant!

Vivien se sentit terriblement vexée.

- Vous vous trompez complètement! Malgré ma petite taille, je suis une femme à part entière! s'indigna-t-elle en ignorant à quel point elle était belle avec ses joues empourprées.

- Certainement. Je n'ai pas pu résister au désir de vous taquiner un peu, confessa-t-il d'une voix faussement contrite.

Il reporta son attention sur la mer si invitante.

- J'ai bien envie de me baigner un peu. Pas vous?

La jeune fille songea à son frère qui désapprouverait vivement cette rencontre, mais elle ne put résister à la tentation. De toute façon, son instinct lui disait qu'elle pouvait faire confiance à ce charmant compagnon improvisé.

- Allons-y! lança-t-elle gaiement.

Ils passèrent un après-midi formidable à s'amuser comme des enfants. Franco semblait visiblement séduit par son esprit et son charme particulier.

- Je ne me rappelle pas la dernière fois où je me suis senti aussi bien! Vous êtes la fille la plus vivifiante que je n'ai jamais rencontrée! s'exclama-t-il spontanément.

Vivien était en extase.

- Est-ce qu'on pourra se voir demain aussi? demanda-t-elle avec une candeur irrésistible.

Franco secoua tristement la tête.

- J'ai bien peur que non. Je suis ici pour travailler même si j'ai volé un après-midi de congé.

- Quel genre de travail? s'enquit-elle, dévorée par la curiosité.

- L'hôtellerie. J'achète ou je fais construire des hôtels un peu partout dans le monde.

La jeune fille le dévisagea, interloquée.

- Vraiment? Je croyais que c'étaient des vieux croûtons qui traitaient ce genre d'affaires!

Franco pouffa de rire.

- Vous êtes vraiment incroyable! Mais je vous avouerai que c'est mon père qui a fondé la société à Rome et il me surveille encore étroitement. Actuellement, nous vivons à San Francisco mais dès la fin de la guerre, nous rentrerons en Italie.

- À votre avis, va-t-elle durer encore longtemps?

- C'est difficile à prévoir mais l'armée allemande s'affaiblit et Mussolini vient d'être renversé, ce qui est indéniablement un signe encourageant.

- Moi, tout ce que je demande, c'est que mon frère ne soit jamais obligé d'aller se battre dans un pays lointain. Vous savez, je n'ai que lui au monde.

Songeur tout à coup, Franco fronça les sourcils.

- Il faudra que vous me racontiez tout cela en détails. Pour le moment, il faut vraiment que je vous quitte, dit-il d'une voix tendre.

Voyant la déception se peindre sur le visage de la jeune femme, il ajouta aussitôt :

- Je dîne ce soir avec des gens terriblement ennuyeux. Cependant, je pense pouvoir me libérer après-demain. Si vous êtes d'accord, nous nous retrouverons tôt le matin, au même endroit sur la plage.

- Je suis tout à fait d'accord! accepta-t-elle aussitôt.

Il déposa un petit baiser sur son front et la quitta à regret.

***

Le soir venu, Franco Cortini se mit au lit dans sa suite luxueuse avec un sentiment d'exaltation. Enfin, le miracle avait eu lieu. La maladie honteuse qui le rongeait depuis la puberté ne serait plus bientôt qu'un mauvais souvenir. Pour la première fois de sa vie, il se sentait attiré par le sexe opposé. Ses parents, qui se désespéraient de ce célibat inexplicable, auraient une surprise de taille lors de son retour à San Francisco. Cette fois, une jolie fiancée l'accompagnerait.

***

Ils se retrouvaient à chaque fois que Franco avait un moment de libre. Bien que leurs rencontres soient toujours demeurées chastes, il était inévitable que la jeune femme tombe amoureuse de lui avec toute l'ardeur de ses dix-huit ans.

Maintenant, elle appréhendait de plus en plus le jour prochain de leur séparation. Un soir, moins d'une semaine avant le départ du jeune homme, ils dînèrent dans un charmant petit restaurant en bordure de la mer. Vivien portait la seule robe convenable qu'elle possédait, et elle se sentait diminuée face à son compagnon si bien vêtu.

- Je voudrais être très élégante pour vous, soupira-t-elle en considérant d'un œil maussade sa robe fleurie en coton bon marché.

- Je vous assure que vous êtes tout à fait adorable!

Vivien s'amusa alors à imiter les gestes d'une grande dame sophistiquée qu'ils avaient croisée en entrant dans le restaurant.

- Vous êtes d'une drôlerie! lança Franco en étouffant son rire. Je ne m'amuse vraiment qu'avec vous!

- J'en suis heureuse, car vous aurez un agréable souvenir à emporter à San Francisco…

Franco la considéra gravement.

- Serez-vous très malheureuse lorsque je partirai? demanda-t-il tout en connaissant déjà la réponse.

Vivien ne savait pas dissimuler ses sentiments.

- À mourir, lâcha-t-elle sombrement.

- Dans ce cas, venez avec moi!

La jeune femme faillit tomber au bas de sa chaise.

- Vous voulez que j'aille avec vous! répéta-t-elle d'une voix incrédule.

- Mais oui. En fait, je vous demande de m'épouser.

Le silence tomba entre eux comme une roche.

- Ça alors, je ne m'attendais vraiment pas à cela! articula Vivien en se remettant lentement de sa surprise. Mais votre famille? Je ne suis même pas de votre milieu!

- Aucune importance. Cela peut paraître invraisemblable, mais mes parents sont les gens les plus simples qui soient. Lorsqu'ils feront votre connaissance, ils seront séduits autant que moi.

- Je m'étonne que vous ne portiez pas de lunettes. Je ne possède rien qui attirent les hommes habituellement...

- Croyez-moi, ceux qui ne s'arrêtent qu'aux formes planctureuses sont des imbéciles. Avec votre corps gracieux, vous n'avez vraiment rien à envier à personne!

Vivien buvait littéralement ses paroles lorsque son visage changea du tout au tout.

- Ciel, mon frère... Je ne lui ai jamais parlé de nos rencontres!

- Mais pourquoi?

- J'avais peur qu'il m'empêche de vous voir, avoua-t-elle timidement. Il est très protecteur à mon endroit et il aurait cru à coup sûr qu'un homme comme vous ne pouvait chercher qu'à exploiter mon innocence.

- Cela aurait pu arriver. Heureusement pour vous, je n'ai rien du grand méchant loup.

- Je sais et je l'ai deviné dès le premier regard, affirma Vivien en lui souriant avec dévotion. Dès ce soir, je vais attendre le retour de mon frère et lui expliquer la situation entre nous deux.

- Vous acceptez donc de m'épouser?

- Oh oui!

- Le mariage devra se faire à San Francisco...

Vivien sentit son cœur se serrer.

- Pauvre Derek, il ne pourra pas être présent.

- S'il le désire, il sera le bienvenu chez nous, dit généreusement Franco.

- Je sais, mais il ne peut pas se permettre de prendre des vacances en ce moment. Il veut s'inscrire à des cours d'art dramatique à New York, cet automne, et c'est très cher…

- Je peux lui avancer la somme.

- Il n'acceptera jamais.

- Vous serez très triste de le quitter, n'est-ce pas?

- Terriblement. Considérez que c'est le premier grand sacrifice que je fais pour vous.

- Vous êtes merveilleuse, ma chérie. Je vous assure que je ferai tout ce qui est en mon pouvoir pour vous rendre heureuse.

***

Derek arpentait la petite chambre de long en large.

- Bon sang, je ne peux pas croire que tu aies attendu jusqu'à aujourd'hui pour me raconter cette histoire insensée! explosa-t-il.

- Je t'ai déjà expliqué que j'avais peur que tu m'interdises de le revoir!

- Et comment! Un homme de la haute société et de douze ans ton aîné, en plus!

- Pourtant, ce même homme veut se marier avec moi! répliqua obstinément la jeune femme.

- Je te l'accorde, mais cette histoire ne me dit rien qui vaille!

- Derek, essaie de comprendre. Je l'aime infiniment et je veux tenter ma chance!

- J'ai peur qu'il ne s'agisse que d'une toquade de gamine,

Vivien.

Elle s'élança vers lui et lui saisit fermement les deux mains.

- Regarde-moi, Derek, je suis une femme, à présent. J'ai grandi et je suis capable de savoir ce que je désire! déclara-t-elle d'une voix pasionnée.

- Alors, comprends-moi à ton tour. J'ai veillé sur toi pendant des années et voilà que tu veux partir dans une ville étrangère, avec quelqu'un dont j'ignore tout.

- Je sais mais je crois que le moment est venu de vivre chacun notre vie. Je t'aime de tout mon être et rien n'effacera jamais cela, mais je ne peux pas rester toujours auprès de toi afin de ne pas t'inquiéter...

Derek la contempla longuement et capitula. Peut-être, après tout, que le destin lui offrait une chance unique de se sortir de l'existence misérable qui avait été la sienne depuis sa naissance.

- Tout ce que je souhaite, c'est que ton intuition soit bonne au sujet de ce type...

- Tu peux lui faire confiance!

- Bon, quand verrais-je ton futur époux?

Les yeux de sa jeune sœur étincelèrent.

- Dès demain, si tu peux.

- Ça tombe bien, je termine à sept heures, demain soir. Arrange un rendez-vous où tu veux.

Vivien l'embrassa bruyamment sur les deux joues.

- Tu verras, il est fantastique! s'exclama-t-elle avec exubérance.

En fin de compte, rien ne s'était déroulé comme elle l'avait prévu. Derek avait mal dissimulé sa méfiance envers Franco et ce dernier, percevant son sentiment, s'était considérablement refroidi. Vivien esquissa un sourire amer en songeant que son frère avait même eu l'insolence de dire à son futur mari que si quelque chose tournait mal pour elle, il veillerait à le lui faire payer personnellement...

L'arrivée de son fils l'arracha à ses souvenirs. Elle tenta aussitôt de se ressaisir afin de lui offrir un visage serein.

- Maman, je m'en vais à mon match de soccer et après, Roberto m'a invité à passer la nuit chez lui.

- D'accord, mais es-tu sûr que ses parents sont consentants?

- Mais oui, s'impatienta l'adolescent. C'est bien aujourd'hui que papa rentre de son voyage d'affaires à Paris?

Vivien s'efforça de contrôler sa voix.

- Oui, tard ce soir.

- Tu lui diras bonjour pour moi. À demain!

Les heures se traînaient interminablement. Pour la centième fois peut-être, Vivien jeta un coup d'œil sur la pendule du salon. Une heure du matin et Franco n'était toujours pas de retour. Elle ouvrit le journal et tenta de s'intéresser aux résultats des Jeux Olympiques qui se déroulaient à Rome cette année-là. Quelques jours auparavant, à l'instar des ses concitoyens, elle aussi avait vibré au rythme des jeux mais aujourd'hui, elle avait l'impression que l'essence même de la vie s'était retirée de son corps. Incapable de fixer son attention, elle referma le journal et se rendit à la cuisine pour se préparer un autre café bien fort.

Au moment où elle retournait au salon, Franco fit irruption dans la pièce, blême et les traits tirés.

- Bonsoir, Vivien. Pourquoi n'es-tu pas couchée? demanda-t-il avec lassitude.

- Je t'attendais. Nous avons à parler, ajouta-t-elle avec détermination.

- Seigneur Dieu, je suis claqué! Ça ne peut pas attendre à demain?

Il aperçut soudain sur la table du salon la lettre que lui avait écrite Nico quelques semaines auparavant. Vivien le vit se décomposer sous ses yeux.

- Où as-tu trouvé cela? demanda-t-il sans oser lever les yeux.

- Dans la poche intérieure d'un complet que j'avais jugé bon de faire nettoyer.

Franco s'affaissa dans un fauteuil et se cacha le visage entre les mains. Vivien se sentait elle-même au bord de l'évanouissement mais sa rage intérieure lui donna la force de continuer.

- J'étais sous le choc depuis la découverte de cette lettre… dégradante mais depuis, j'ai eu le temps de réfléchir et je tiens à tirer les choses au clair au sujet de notre fils.

Franco s'affaissa encore plus dans son fauteuil.

- Je donnerais tout au monde pour ne pas vivre ce cauchemar, dit-il douloureusement.

- Crois-moi, je donnerais encore bien davantage…

Elle essuya furtivement les larmes qui coulaient le long de ses joues et déclara d'une voix cassée :

- Je compte rentrer aux États-Unis avec Riccardo.

Il leva vers elle un visage hagard.

- Tu veux donc me détruire?

- Non, Franco, je ne veux pas quitter l'Italie pour me venger de toi, mais pour survivre à cette situation. À la lumière de ce que tu es réellement, tu as perdu le droit de me demander de rester ici.

Après un long moment de silence, il murmura d'une voix éteinte :

- Que vas-tu dire à Riccardo pour nous deux?

- Je vais lui faire croire que tu es tombé amoureux d'une autre femme. Je ne vois pas ce que je peux lui dire d'autre.

- Je te remercie. Tu as compris aussi bien que moi qu'il ne faudra jamais qu'il soupçonne la vérité…

Tout à coup, comme s'il prenait enfin conscience de la souffrance de sa femme, il se leva et la prit dans ses bras. Vivien n'eut pas la force de le repousser.

- Oh, ma chérie, pourras-tu jamais me pardonner le mal que je te fais? l'implora-t-il avec une sincérité désarmante.

- J'essayerai de toutes mes forces, promit-elle en tremblant. Tu sais, je ne réalise pas encore très bien ce qui nous arrive…

- C'est normal, tu n'as pas vécu l'enfer de ma double vie…

- Pourquoi ne m'as-tu jamais dit la vérité?

- Par lâcheté, j'avais trop honte pour te révéler cette autre partie de moi. D'ailleurs, jusqu'à ma rencontre avec Nico, je n'avais vécu que des aventures sans importance.

En entendant ces mots, elle se raidit comme une corde de piano. Franco le ressentit et la libéra.

- Quand l'as-tu connu? ne put-elle s'empêcher de demander malgré la douleur de la réponse anticipée.

- Il y a trois mois. Il travaille à l'*Excelsior*.

Vivien ne put en entendre davantage. Malgré le ravage que cela causait dans leur vie, cela crevait les yeux que son mari était amoureux fou de cet homme.

En silence, elle se dirigea vers l'escalier qui menait à leur chambre, mais au moment de monter, elle se retourna vers lui.

- Si Riccardo est d'accord, nous allons partir dès que tous les papiers seront en règle. Pour le divorce, j'aimerais que tout soit négocié par l'intermédiaire de nos avocats respectifs.

- Où as-tu l'intention d'aller?

- Chez mon frère, dans un premier temps. C'est la seule personne au monde sur qui je puisse entièrement compter...

- Tu peux être certaine que je veillerai à ce que votre niveau de vie soit maintenu.

- Oui, l'argent peut arranger beaucoup de choses, mais il sera impuissant à consoler ta mère de notre départ. D'ailleurs, c'est la seule personne que je vais vraiment regretter.

Un éclair de douleur traversa le visage défait de Franco.

- C'est terrible. Déjà qu'elle se remet à peine de la mort de papa...

- Dis-moi... est-ce qu'elle sait?

- Je pense qu'elle s'en est toujours douté mais elle ne m'a jamais posé la question. Ma mère est très croyante et ce sujet est tabou pour elle.

Il marqua un temps d'arrêt et poursuivit d'une voix torturée :

- Comment vais-je faire pour lui expliquer ton départ pour les États-Unis avec son unique petit-fils?

Vivien ne put retenir une remarque cinglante.

- Demande à Nico de résoudre ce problème. Moi, je ne peux rien faire pour elle, lança-t-elle avec des larmes de révolte dans les yeux.

Franco accusa le coup en baissant humblement la tête.

**

Vivien regardait son assiette sans avoir le courage de s'attaquer à son contenu, tandis que Riccardo avalait goulûment une énorme portion de cannelloni aux épinards.

- Papa ne dîne pas avec nous? interrogea-t-il en mâchant

énergiquement.

- Riccardo! Je t'ai dit mille fois de ne pas parler la bouche pleine!

- Excuse-moi, maman, mais tu n'as pas l'habitude de faire des manières quand nous sommes seuls tous les deux.

Vivien émit un petit rire.

- On devine mes origines modestes, hein?

- Un peu, mais moi, c'est comme ça que je t'aime.

Vivien l'enveloppa d'un regard tendre tout en songeant qu'elle ne pouvait plus se permettre d'attendre plus longtemps avant de lui parler.

- Dis-moi, reprit-elle doucement, aimerais-tu vivre à New York?

- Pourquoi me demandes-tu ça? Je n'y ai jamais pensé.

Sa mère prit une profonde inspiration.

- Mon chéri, ton père et moi allons divorcer, lança-t-elle précipitamment de peur de faire marche arrière.

L'adolescent ouvrit de grands yeux ahuris.

- Tu plaisantes? Je ne vous ai jamais vus vous disputer! s'exclama-t-il innocemment.

Vivien essaya de bien peser ses mots afin de le blesser le moins possible compte tenu des circonstances.

- Il ne s'agit pas de cela... il est arrivé à ton père quelque chose qui peut arriver à n'importe qui. Il est tombé amoureux de quelqu'un d'autre...

Voyant qu'il demeurait muet comme une carpe, elle continua sur sa lancée.

- Tu as quatorze ans, Riccardo, et tu es assez mûr pour comprendre que ce sera plus facile pour moi si nous allons vivre loin d'ici. Si tu es d'accord, je vais écrire à ton oncle Derek dès demain, pour lui demander s'il veut bien nous accueillir chez lui pendant quelques temps.

Riccardo commençait à assimiler l'ampleur des changements à venir.

- Mais c'est absurde, maman! Je suis sûr que papa t'adore! protesta-t-il d'une voix chargée d'incrédulité.

- Il m'aime toujours mais d'une manière différente. Tu ne dois pas lui en tenir rigueur tout comme je m'efforce de le faire moi-même.

- Facile à dire! Moi, je lui en veux terriblement et il va le savoir! En tout cas, je ne t'abandonnerai jamais et même si ça va être dur, je suis d'accord pour aller vivre avec toi à New York.

Éperdue de reconnaissance, Vivien alla embrasser son fils.

- Je t'aime, Riccardo. Avec ton soutien, je me sens capable de nous reconstruire une nouvelle vie.

L'adolescent se dégagea un peu brusquement.

- Pour le moment, je veux parler à mon père. Où est-il? s'informa-t-il d'une voix ferme où les dernières traces de l'enfance semblaient avoir disparues à jamais.

- À l'étage, dans son bureau.

- J'y vais tout de suite.

Riccardo ne se donna pas la peine de frapper et entra en coup de vent dans le somptueux bureau de son père.

- Comment as-tu osé faire ça à ma mère! s'exclama-t-il furieusement.

Franco sentit son cœur se serrer d'une façon insoutenable.

- Viens t'asseoir et essayons de parler calmement de la situation.

Son fils le foudroya du regard.

- Je vais partir avec maman aux États-Unis et je ne remettrai jamais les pieds dans cette maison! lança-t-il d'une voix pleine de défis.

Franco fit un effort surhumain pour garder son sang-froid.

- Même si tu es très fâché contre moi, tu demeures mon fils et je n'accepterai jamais de couper les ponts avec toi.

- Ce n'est pas ce que j'ai voulu dire, mais quand je viendrai à Rome, je vais habiter chez grand-maman afin de ne jamais rencontrer cette femme qui a détruit notre famille. Et quand tu viendras me voir à New York, jure-moi que ce sera sans elle!

- Bien sûr, voyons.

Franco s'approcha et voulut prendre son fils dans ses bras mais ce dernier se recula vivement.

- Ne me touche surtout pas!

Puis, il ajouta dans le but de blesser son père:

- Ce ne sera plus jamais pareil entre toi et moi. Je peux t'annoncer tout de suite que je ne travaillerai jamais avec toi et que je vais devenir un joueur de tennis professionnel!

Franco jugea préférable de ne pas s'argumenter avec lui. Pour le moment, il s'estimait heureux de cette première confrontation car son fils ne le rejetait pas complètement de sa vie. Avec beaucoup d'amour et de patience, il saurait bien le ramener à la raison.

***

CHAPITRE 13

Derek roula la lettre en boule et la jeta dans la cheminée de sa chambre.

- Bon sang, qu'est-ce que c'est que cette histoire! s'exclama-t-il furieusement.

Laura était assise à sa coiffeuse et finissait d'appliquer son rouge à lèvres.

- Qu'y a-t-il, mon chéri? demanda-t-elle, nullement impressionnée par l'accès de mauvaise humeur de son mari.

- C'est une lettre de ma sœur Vivien. Elle divorce après quinze ans de mariage, expliqua-t-il tout en essayant de retrouver son calme.

- Ce doit être grave...

- Vivien ne m'explique pas grand-chose dans sa lettre. Elle demande seulement si nous voulons bien l'accueillir avec son fils pour une période indéterminée.

- Bien sûr, il y a tellement longtemps que je souhaite la connaître!

- Bon, je tenterai de la rejoindre demain. À présent, nous ferions mieux de nous dépêcher, si nous ne voulons pas être en retard à l'anniversaire de l'abominable Madame Diamond.

- Elle est si terrible que ça?

- Pire encore. Sous prétexte qu'elle est la femme du producteur, elle essaie constamment de mettre son nez partout. Et comme si ce n'était pas assez, elle a autant d'allure qu'un clown!

Laura éclata de rire.

- Et moi, est-ce que mon allure te convient?

Son mari l'enveloppa d'un long regard appréciateur.

- Dans cette robe noire, tu es tout simplement divine… Finalement, nous avons encore un peu de temps, tu ne crois pas?

- Si tu le dis…

***

La fête battait déjà son plein lorsque Derek et Laura arrivèrent au somptueux hôtel *Le Carlyle*. Ils se laissèrent photographier de bonne grâce par les quelques journalistes qui traînaient autour dans l'espoir d'apercevoir des célébrités, puis ils furent accueillis pompeusement par Monsieur et Madame Diamond. Cette dernière portait une horrible robe de taffetas rose qui lui donnait un air ridicule et exhibait fièrement une énorme émeraude à son annulaire droit. Dès qu'ils purent s'éclipser sans paraître grossiers, les deux époux filèrent vers le bar pour s'approvisionner en champagne, puis se rendirent à la salle de réception adjacente.

Une exquise créature brune, ayant tout de la grâce d'une danseuse étoile, se précipita vers eux.

- Derek, te voilà enfin!

Il ne sembla nullement gêné par cet accueil plutôt expansif.

- Laura, je te présente Judy Gibson, ma partenaire principale dans *Escapade à New York*.

- Enchantée, Mademoiselle Gibson.

- Moi de même, Madame Shaw. Quel endroit magnifique, n'est-ce pas?

- En effet, j'adore ce décor style manoir anglais, acquiesça Laura en jetant un regard circulaire sur le luxe discret qui les entourait.

Juste à ce moment, l'orchestre attaqua un fox-trot.

- Oh, Derek, tu viens danser? Tu me l'as promis cet après-midi!

Il coula un regard admiratif vers la jeune comédienne et demanda pour la forme :

- Veux-tu m'excuser un moment, ma chérie?

- Bien sûr, prends tout ton temps, répondit-elle avec une pointe d'agacement dans la voix.

- Ne vous en faites pas, je vous le rendrai tout de suite après la danse! lança joyeusement la jeune femme.

Lorsqu'ils se furent éloignés en riant, une collègue de travail de Laura surgit à côté d'elle.

- Hello, Laura!

- Ah! Katie, je ne savais pas que tu serais ici ce soir.

- Je ne le savais pas non plus! Imagine-toi que Gary Moore m'a invitée à la dernière minute. Bien sûr, j'aurais dû refuser, mais Gary Moore! Sa dernière chanson s'est vendue à plus de deux millions d'exemplaires! Tu sais…

Laura n'écoutait plus. Elle regardait fixement son mari et cette brune ensorcelante qui dansaient si étroitement, qu'il aurait été impossible de passer une feuille de papier entre eux. Ulcérée, elle reporta son attention sur Katie pour l'entendre dire :

- Il faut que je te laisse, Laura, je vois Gary qui me cherche des yeux. Oh, comme il est excitant!

Laura lui sourit et soupira presque de soulagement. Cette

fille était gentille mais tellement stupide! Elle terminait sa flûte de champagne lorsqu'une main glacée lui effleura le cou. Elle sursauta violemment en se retournant.

- Sandra, tu m'as fait peur!

Sandra Lewis éclata d'un rire communicatif.

- Excuse-moi, mais je n'ai pas pu résister à l'envie de te surprendre. Tu semblais si loin d'ici…

- Je le voudrais bien!

- Tu n'es pas avec Derek?

Laura désigna la piste de danse d'un mouvement du menton.

- Je vois. Qui est cette nymphette qui se pend si discrètement à son cou?

- Judy Gibson. Après un an sur Broadway à jouer *Hamlet*, mon mari a décidé de s'aérer l'esprit en tournant une comédie romantique à la *Rock Hudson*. Cette copie très réussie d'Audrey Hepburn tient le rôle de l'ingénue…

- Eh bien, ce doit être vraiment un rôle de composition! Parfois, je deviens dingue à regarder toutes ces filles qui tournent autour de nos maris. Toi, au moins, tu es splendide mais moi, j'ai toujours l'air de la fille d'à côté.

Laura éclata de rire franchement.

- C'est incroyable de dire de telles sottises! Au contraire, tu es merveilleuse dans le genre authentique ce qui est rarissime par les temps qui courent…

- Merci pour l'effort. Tiens, voilà ton bel adonis qui se ramène par ici.

- Bonsoir, Sandra. Tu es très en beauté, ce soir!

- Ouais, un peu mieux que Madame Diamond, en tout cas. As-tu vu Steve? Je ne le vois nulle part dans la salle.

- Il doit être retourné au bar pour échapper à ta surveillance!

- Bien sûr, il était inutile de poser la question. Je vais aller le retrouver avant qu'il ne tienne plus sur ses jambes. Je te téléphone, Laura. À bientôt!

- Je me demande comment elle arrive à supporter ça, observa Laura dès qu'ils furent seuls.

- Elle sait que le succès de la série télévisée de Steve est phénoménal et qu'il a du mal à supporter la pression que cela engendre.

Les premières notes d'une valse s'égrenèrent dans l'air.

- On danse, chérie? offrit Derek.

- Si tu m'assures que ta belle amie ne sera pas trop jalouse, ironisa Laura.

- Ne sois pas ridicule, siffla-t-il entre ses dents en lui tendant la main.

Ils dansèrent un long moment en silence puis Laura ne put s'empêcher de déclarer :

- C'est étonnant de constater tout ce qui est permis pour toi et défendu pour moi…

- Si tu fais encore allusion à Judy, elle ne m'intéresse absolument pas. Tu n'as aucune raison d'être jalouse d'elle.

- Excuse-moi, j'ai dû avoir des hallucinations tout à l'heure. Même Sandra n'a rien remarqué…

Derek serra son épaule et elle retint de justesse un cri de douleur.

- Arrête, tu me fais mal! souffla-t-elle avec mécontentement.

- Alors, arrête de me chercher querelle pour des peccadilles!

Quand la danse prit fin, Laura se dégagea brusquement. À la minute même, un photographe très séduisant avec qui elle travaillait régulièrement vint la chercher pour un tango.

- À tout à l'heure, chéri! lança-t-elle avec un air moqueur.

Robert Parkson la dévorait littéralement des yeux.

- À chaque fois que je vous rencontre, je suis davantage séduit, dit-il d'une voix enjôleuse.

Laura se serra un peu plus contre lui.

- J'en suis flattée, répondit-elle en baissant les yeux.

Visiblement ravi de sa réaction, il resserra sensiblement son étreinte.

- J'ai toujours cru que vous étiez trop bien pour votre mari, poursuivit-il sur le ton de la confidence.

- Vraiment? Pourquoi cela?

Laura jeta un rapide coup d'œil autour d'elle et vit que Derek les observait avec des yeux rétrécis par une colère contenue. Tant mieux. Il était temps de lui donner une petite leçon.

- J'ai entendu dire qu'il ne rate jamais sa chance avec les femmes, s'enhardit le photographe.

- Robert, comme c'est mal d'écouter les ragots! rétorqua-t-elle en feignant la plus totale indifférence.

- Laura, vous ne pouvez pas l'ignorer! insista-t-il d'une façon malsaine.

- Ça suffit, maintenant! coupa-t-elle d'un ton qui n'admettait aucune réplique.

- Bon, continuez à faire semblant de ne rien voir si ça vous arrange, répliqua-t-il en ravalant sa déception.

Laura accueillit avec soulagement la dernière note de musique. Derek les rejoignit aussitôt.

- Vous me ferez le plaisir de laisser ma femme tranquille pour le reste de la soirée, fit-il sèchement à l'adresse de Robert Parkson.

Ce dernier leva un menton belliqueux.

- Vous êtes bien mal placé pour faire des remontrances, lança-t-il insolemment.

- Que voulez-vous dire? s'enquit Derek d'une voix dangereusement douce.

- Tout le monde sait que vous n'êtes pas un parangon de vertu!

Aussi vif que l'éclair, le poing de Derek s'écrasa sur la mâchoire du photographe et l'envoya valser par terre. L'orchestre cessa de jouer et tous les invités regardèrent le spectacle d'un œil avide. Laura se jeta devant Derek.

- Je t'en supplie, reprends le contrôle de toi-même et allons nous en d'ici! s'écria-t-elle avec un regard implorant.

Entre-temps, Robert Parkson s'était relevé, mais deux hommes le tenaient solidement pour l'empêcher de continuer la bagarre.

- Je vous conseille de ne pas vous retrouver sur mon chemin une autre fois! cracha Derek avant d'accepter de quitter l'immense salon en compagnie de Laura.

- Vous pouvez aller au diable! cria l'autre.

La jeune femme sentit les muscles de son mari se tendre sous sa main et dit précipitamment :

- Je t'en supplie, ignore-le… pour moi.

Il hésita puis finalement, il continua à marcher vers la sortie. Une fois à l'intérieur de la voiture, il serra le volant jusqu'à ce que ses jointures blanchissent.

Laura ne put contenir son indignation plus longtemps.

- Je n'ai jamais eu si honte de ma vie. Demain, tous les journaux à sensation vont tirer l'incident à la une!

- Tout ça est ta faute! Tu n'avais qu'à t'abstenir de danser comme une chatte en chaleur!

La jeune femme fulmina de rage.

- Tu m'as provoquée avec cette Judy Gibson! se défendit-elle férocement.

- C'est faux, tu cherchais seulement une occasion de te

coller à ce minable!

Résignée, elle se laissa aller contre son siège et ferma les yeux.

- Si tu veux bien, nous allons laisser tomber cette discussion stérile. Je suis terriblement fatiguée.

Durant le trajet de retour, Derek tenta de relancer la conversation mais Laura ne lui répondit que par monosyllabes. Sitôt rentrée à la maison, elle monta directement à leur chambre. Elle s'enveloppait dans un peignoir moelleux lorsque Derek apparut dans l'encadrement de la porte.

- Tu comptes faire la tête longtemps?

Laura soupira.

- Mais non. Les scènes de toutes sortes font partie de notre vie de tous les jours, non?

Derek s'approcha d'elle d'un pas lent.

- Tu ne crois pas que ça pourrait être différent?

Sans répondre, Laura s'affaira à défaire le lit.

- Pourtant, nous étions heureux au début de notre mariage, insista-t-il en défaisant son nœud papillon.

- Il s'est passé tant de choses. Depuis ton histoire avec Marlène Gaynor, nous avons essayé de recoller les morceaux mais rien n'est plus comme avant… Je n'arrive plus à te faire vraiment confiance.

- Je te jure que je te suis demeuré fidèle depuis notre réconciliation!

- Il n'y a pas que cela, je sens ma vie tellement vide de sens! J'ai de plus en plus de mal à lutter contre la déprime…

- Tu devrais peut-être envisager de te faire psychanalyser. Beaucoup de gens dans le milieu en ont fait l'expérience avec succès.

Laura explosa.

- Je n'ai pas besoin de ta foutue psychanalyse! Tout ce

que je veux, c'est ton amour et tu trouves rarement le temps de me le donner!

Derek soupira de découragement.

- Je t'ai déjà expliqué mille fois que je ne suis pas un fonctionnaire qui fait du neuf à cinq, mais un acteur très en demande. Ce n'est pas facile de concilier cela avec une vie de famille stable.

- Oh, je ne le sais que trop bien…

Il y avait un tel accent de détresse dans sa voix que Derek la rejoignit et l'entoura de ses bras.

- Ne perds pas courage, mon amour. Tu vas bientôt terminer ton contrat avec Duc-Aubray et nous pourrons essayer d'avoir l'enfant que tu désires tant.

- Non, je patiente depuis trop longtemps! C'est maintenant ou jamais!

Derek comprit à son expression déterminée qu'il ne pourrait pas tergiverser plus longtemps. Même si l'idée de devenir père ne l'enchantait pas outre mesure, il capitula.

- Bon, j'aurais préféré attendre encore un peu mais puisque c'est ce que tu veux, je suis d'accord aussi.

- C'est bien vrai? s'étonna Laura, instantanément radoucie.

En guise de réponse, Derek glissa les mains dans son peignoir et couvrit son cou de baisers fiévreux.

- Nous allons même faire une tentative dès maintenant…

Laura sentit ses sens s'enflammer à son contact.

- Tu me fais perdre la tête, souffla-t-elle en s'abandonnant totalement à son étreinte.

***

CHAPITRE 14

Le Boeing qui transportait les passagers du vol 146 atterrit à New York par une superbe journée d'automne. En tant que voyageurs V.I.P., Vivien et Riccardo furent accueillis dès leur descente d'avion par un représentant de la compagnie aérienne qui les conduisit immédiatement dans un salon privé.

- Ne vous inquiétez pas, nous nous occupons de toutes les formalités ainsi que de la récupération de vos bagages. Monsieur Shaw va venir vous retrouver ici sous peu. Désirez-vous quoi que ce soit en attendant?

- Non, merci. Vous êtes très aimable.

- C'est tout naturel. Avant de vous laisser, je tiens à vous souhaiter un merveilleux séjour parmi nous.

Dès qu'ils furent seuls, la mère et le fils éclatèrent de rire à l'unisson.

- Dis donc, maman, même l'argent de papa ne nous a jamais valu un tel traitement!

- Il faut dire que ton oncle Derek est devenu célèbre, depuis notre dernière visite!

Celle-ci avait eu lieu six années auparavant, quand ils avaient accompagné Franco lors d'un voyage d'affaires à

New York.

- Est-ce qu'il va venir nous chercher avec sa femme? J'ai hâte de voir si elle est aussi belle que dans les magazines.

- Je ne sais pas, mon chéri. Moi aussi, j'ai très hâte de la connaître.

Derek pénétra dans la pièce à ce moment-là et les contempla tous deux avec un bonheur sans mélange. Vivien conservait un air d'éternelle jeunesse avec ses cheveux noirs coupés très courts et ses yeux bleus limpides tandis que Riccardo était devenu un bel adolescent qui ne ressemblait absolument pas à sa mère avec ses traits un peu austère et son corps athlétique. Tout sourire, il tendit les bras vers sa sœur et elle s'élança vers lui avec des larmes débordantes de joie.

- C'est si bon de te retrouver! murmura-t-elle en savourant la chaleur de ses bras autour d'elle.

Profondément ému, il l'écarta de lui pour mieux la contempler.

- C'est incroyable, tu n'as absolument pas changé depuis notre dernière rencontre!

- Toi par contre, tu es d'une élégance! s'exclama Vivien en admirant le blazer en gabardine de haute confection et la montre Cartier.

Se rappelant soudain l'existence de son fils qui était demeuré muet jusque-là, elle s'exclama vivement :

- Reconnais-tu ton neveu?

Deek lui tendit cordialement la main.

- Heureux de te revoir. Tu es presque un homme maintenant!

Rien ne pouvait enchanter davantage Riccardo qu'une telle remarque.

- Merci, dit-il en lui serrant vigoureusement la main en

retour. Vous savez, j'ai vu votre film *Cléopâtre et Marc-Antoine* dernièrement. Vous étiez épatant!

- C'est à moi de te remercier maintenant! plaisanta Derek en songeant que ce jeune homme lui plaisait vraiment beaucoup.

- Tu es venu seul? interrogea Vivien.

- Oui, Laura n'a pas pu se libérer. Elle nous rejoindra plus tard à la maison.

Le trajet du retour fut très animé car Riccardo posait des questions sur tout ce qui différait de l'Italie. Lorsqu'ils arrivèrent à destination, Vivien s'extasia sur la beauté et l'environnement de la demeure.

- Quel endroit merveilleux!

- N'est-ce pas? Laura s'y plait beaucoup.

- Vous en avez de la chance de vivre au bord de la mer! s'exclama Riccardo avec excitation.

- Tu peux aller jeter un coup d'œil, si tu veux.

Le jeune homme s'éclipsa aussitôt.

- Pas trop fatiguée, mon ange? s'inquiéta Derek en remarquant la pâleur soudaine de sa sœur.

- Ça peut aller. Tu sais que j'ai toujours été débordante d'énergie.

- Oui et je suis diablement heureux de t'avoir ici!

- Je suis heureuse aussi…

- Bon, je vais rentrer les bagages. Nous continuerons à bavarder à l'intérieur.

- Attends, j'appelle Riccardo, sinon nous ne finirons jamais! dit-elle en songeant aux nombreuses valises.

Riccardo les aida à monter les bagages dans les chambres d'amis, puis ils décidèrent tous les trois de dîner dans l'immense véranda qui offrait une vue incomparable sur l'océan. Derek amusa beaucoup ses convives en revêtant un ridicule tablier blanc pour faire cuire des steaks sur le barbecue et tout un assortiment de légumes préparé à l'avance par la bonne.

- Ce sera le meilleur repas de votre vie! proclama-t-il gaiement.

- Je te crois sur parole! répondit Vivien sur le même ton tout en s'activant à mettre les couverts.

En fin de compte, Laura ne se manifesta qu'à l'heure du digestif. Quand Derek lui présenta Vivien, ce fut un coup de foudre instantané entre les deux femmes. Laura contempla avec admiration le petit visage mutin, les magnifiques yeux bleu foncé et la silhouette mince comme un fil. Même si elle ne possédait pas la beauté impressionnante de son frère, elle était extrêmement séduisante à sa façon.

- Vous semblez tellement jeune que j'ai peine à croire que vous êtes la mère d'un aussi grand garçon! s'exclama spontanément Laura.

- J'ai tout de même trente-trois ans bien sonnés! renchérit Vivien.

Elle tourna son regard vers son frère.

- Ta femme est merveilleusement jolie! Tu as raison d'être fier d'elle.

- Qui se ressemble s'assemble, énonça-t-il sur le ton de la plaisanterie.

Vivien lui pinça affectueusement la joue puis reporta son attention sur sa belle-sœur.

- Je sais que vous êtes la porte-parole des produits de beauté Duc-Aubray. Ce doit être passionnant!

- Pas autant qu'on pourrait le croire! Par exemple, j'ai eu une journée infernale aujourd'hui et c'est ce qui explique mon retard. Veuillez m'en excuser, d'ailleurs.

Elle sourit à Riccardo qui la contemplait avec des yeux

béats d'admiration.

- Je suis enchantée de t'accueillir ici, dit-elle en lui tendant gracieusement la main.

- Merci. J'ai vu des photos de vous dans des magazines américains à Rome. Mes amis n'ont jamais voulu croire que vous étiez ma tante!

- Eh bien, nous allons nous faire photographier ensemble et tu leur enverras la preuve par la poste!

- C'est une idée géniale! Ils vont tous crever de jalousie!

- Chéri, si tu montrais tes bonnes manières? suggéra Vivien.

- Je crois plutôt que je vais explorer les environs.

- D'accord mais ne t'éloigne pas trop, s'il te plaît.

- Mais oui, maman poule, se moqua-t-il gentiment en disparaissant aussitôt.

- Quel garçon extraordinaire, constata Laura en le regardant s'éloigner. Sa vie vient de changer du tout au tout et il se comporte avec un cran admirable.

Les yeux de Vivien s'embuèrent de larmes.

- Oui et c'est pour moi qu'il fait tout cela.

Après ce moment d'émotion palpable, ils passèrent la demi-heure suivante à bavarder joyeusement tous les trois. Puis, lorsque Riccardo rentra et déclara qu'il montait se coucher, Laura ne tarda pas à le suivre en prétextant la fatigue de la journée.

Vivien et Derek furent heureux de se retrouver seuls tous les deux, tout comme autrefois.

- J'adore ta femme, dit Vivien. Elle est d'une étonnante simplicité malgré son métier.

- C'est vrai, le succès n'a pas transformé Laura, approuva Derek.

- Mais toi, tu as changé, n'est-ce pas?

- Que veux-tu dire?

- Il émane de toi une dureté qui n'y était pas auparavant, je ne peux pas définir... répondit-elle d'une voix incertaine.

- Dans la jungle où je vis, il faut forcément se forger une carapace, sinon... Enfin, nous avons mieux à faire que de parler de ma nouvelle personnalité. Raconte-moi plutôt ce qui s'est réellement passé entre Franco et toi.

Les yeux de Vivien s'assombrirent aussitôt. Elle fut tentée un moment de taire la véritable cause de son divorce, puis elle jugea qu'il était préférable de se montrer totalement honnête vis-à-vis de son frère.

- Je crois que tu as le droit de savoir la vérité, mais il faut que tu me jures que ce que je te dirai restera strictement entre nous et qu'ensuite, nous n'en reparlerons plus jamais.

- C'est juré, fit Derek, intrigué par la soudaine gravité de sa sœur.

Tout au long du récit de Vivien, il eut peine à garder son sang-froid. Lorsque finalement elle s'arrêta, il ne put contenir son indignation.

- L'immonde salaud! Comment a-t-il osé t'infliger une chose pareille?

- Arrête, je t'en prie! J'ai déjà assez de mal à supporter tout ça...

- Excuse-moi, mais je méprise ces types qui se servent du mariage comme d'un paravent. Crois-moi, c'est assez fréquent dans le monde du spectacle.

Vivien le fit taire d'un geste.

- J'ai été heureuse pendant quinze ans. C'est plus que peuvent en espérer la plupart des gens.

Deek ne se laissa pas abuser.

- Et comment te retrouves-tu aujourd'hui? Sans parler de Riccardo...

Vivien ne put retenir ses larmes plus longtemps. Plein de compassion, Derek la prit dans ses bras et la berça longuement, retrouvant instinctivement les gestes d'autrefois, à l'époque où ils étaient deux enfants laissés à eux-mêmes.

- Je suis là, maintenant. Je ne te laisserai jamais tomber…

Lorsqu'il la sentit plus détendue, il sortit un mouchoir de sa poche et le lui tendit.

- Sèche tes larmes, ordonna-t-il doucement.

- Merci, ça va beaucoup mieux, dit-elle en souriant faiblement.

- Dans ce cas, nous ferions mieux d'aller nous coucher. La journée a été fertile en émotions fortes pour tout le monde.

- Tu as raison, je tombe de sommeil!

Bras dessus, bras dessous, ils se dirigèrent vers l'escalier qui menait à l'étage.

***

CHAPITRE 15

Six mois s'étaient écoulés depuis l'arrivée de Vivien à New York. Elle vivait maintenant à Manhattan dans un superbe appartement, et Derek lui avait fait décrocher un intéressant travail de relationniste dans une compagnie pharmaceutique en pleine expansion. Si elle avait douté de ses capacités au début, c'était maintenant chose du passé, car elle excellait dans l'art de la communication grâce à la vie mondaine qu'elle avait menée aux côtés de son ex-mari.

Riccardo, tant qu'à lui, poursuivait brillamment ses études dans un collège privé en tant que pensionnaire externe et se déclarait satisfait de sa nouvelle existence. Mise à part la blessure béante qu'elle cachait au fond d'elle-même, Vivien considérait également que la vie s'était montrée généreuse envers elle.

Ce jour-là, elle avait rendez-vous avec Laura au *Club 21* pour le lunch. La jeune femme occupait maintenant une place privilégiée dans sa vie car elle était devenue rapidement la sœur qu'elle n'avait jamais eue et il va sans dire que ses sentiments étaient pleinement partagés.

Quand elle pénétra dans le célèbre établissement, elle fut accueillie plutôt fraîchement par un maître d'hôtel à l'allure guindée. Elle sourit intérieurement en constatant qu'il la considérait visiblement comme indigne d'intérêt.

- Avez-vous une réservation, Madame? demanda-t-il sèchement.

Vivien lui offrit son sourire le plus candide.

- J'ai rendez-vous avec Madame Laura Sinclair.

Le cher homme se métamorphosa comme par enchantement.

- Bien sûr, Madame Shaw! Auriez-vous l'obligeance de me suivre?

Le visage de Laura s'éclaira dès qu'elle aperçut sa belle-sœur.

- Vivien, enfin! Je commençais à m'inquiéter.

- Excuse mon retard, j'ai été prise dans un embouteillage monstre! expliqua-t-elle tout en l'embrassant affectueusement sur les deux joues.

Laura reporta son attention sur le maître d'hôtel qui attendait patiemment à côté de la table.

- Ernest, voulez-vous m'apporter un autre martini? Et toi, Vivien, ce sera quoi?

- Un verre de vin blanc.

- Très bien, Mesdames, vous serez servies dans un instant.

Vivien pouffa de rire.

- On peut dire que tu as un nom magique! Si tu avais vu avec quels yeux il m'a regardée avant de savoir que j'avais rendez-vous avec toi!

Laura fit une moue désapprobatrice.

- C'est une des choses que je ne supporte pas à New York. Un contrat non renouvelé, un film qui ne marche pas au box-office et le vent tourne d'une façon spectaculaire. Du jour au lendemain, vous n'êtes plus rien.

- Très franchement, je préfère travailler dans une compagnie pharmaceutique. C'est moins glorieux mais beaucoup plus stable!

Laura la considéra avec tendresse.

- Sais-tu que tu es absolument radieuse?

- Tu es un amour de me dire cela. Toi, par contre, je te trouve le visage un peu trop chiffonné. Est-ce qu'il y a quelque chose qui ne va pas?

Laura sourit au serveur qui s'était approché de leur table avec les apéritifs et les menus.

Dès qu'elles furent à nouveau seules, Vivien revint à la charge.

- Tu n'as pas répondu à ma question, insista-t-elle doucement.

- Bof, c'est toujours la même rengaine. Derek travaille énormément et je ne suis toujours pas enceinte. Quand je pense que la première pilule contraceptive vient d'être mise en vente libre sur le marché américain, et que moi, je donnerais tout au monde pour avoir un enfant!

- Moi aussi, si le père était John Kennedy, plaisanta Vivien pour détendre l'atmosphère. À propos de Derek, reprit-elle, ne vient-il pas de terminer un film?

- En effet, mais quelques jours après, il était déjà en pleine répétition pour jouer *Henry V*.

Vivien se fit songeuse.

- Je suis certaine que cette course effrénée cache un profond sentiment d'insécurité. C'est comme s'il craignait que le succès l'abandonne tout à coup…

La voix de Laura se fit pressante.

- Il nous faut cet enfant, Vivien, sinon nous allons continuer à nous éloigner de plus en plus l'un de l'autre!

Sa belle-sœur lui prit amicalement la main.

- Cesse de t'angoisser de cette façon et laisse faire le

temps. Avant la fin de cette année, je suis persuadée que ta patience va être récompensée.

- J'essaie, tu sais. J'en suis même au point d'apprécier mon contrat avec Duc-Aubray pour ne pas penser à ça toute la journée.

- Oui, c'est une bonne chose, en effet, s'accorda à dire Vivien.

Elle hésita et ajouta :

- Ma chérie, je vois que tout ton univers tourne autour de mon frère et c'est très dangereux, car si vous vous séparez un jour, tu vas te retrouver totalement détruite. Crois-moi, je parle d'expérience…

- Je sais déjà tout cela, mais je n'arrive pas à prendre mes distances pour me protéger.

- Il va falloir que tu y arrives, pourtant. J'adore mon frère mais je sais qu'il ne fait pas partie de ces hommes qui font passer les sentiments en premier. Derek t'aime autant qu'il en est capable, mais ce n'est pas illimité comme toi.

Laura se fit violence pour refouler ses larmes.

- On ne peut pas dire que tu mets tes gants blancs… plaisanta-t-elle avec un pauvre sourire.

- Si je ne t'aimais pas autant, je me contenterais de te remonter le moral avec quelques paroles creuses.

- Et toi, est-ce que tu souffres encore de ton divorce?

Vivien eut un mouvement de recul.

- Excuse-moi, mais c'est la seule chose au monde dont je refuse de discuter. Tâchons plutôt d'oublier les choses tristes et profitons pleinement du bon moment que nous passons ensemble.

Elle détailla le menu avec intérêt.

- Que me suggères-tu?

- La salade de homard du Maine est fabuleuse. Et les

steaks tartares, aussi.

- La salade de homard fera tout à fait l'affaire. Si nous commandions tout de suite? Je meurs de faim!

***

En fin de journée, Laura tomba nez à nez avec Robert Parkson en sortant du building de la compagnie Duc-Aubray situé sur Madison Avenue. Depuis l'incident du *Carlyle*, elle se sentait extrêmement mal à l'aise en sa présence.

- Bonjour, Robert, fit-elle en continuant son chemin.
- Bonjour, Laura. Vous semblez bien pressée…
- Oui, je suis déjà en retard à un rendez-vous.
- Avec votre charmant mari?
- Je ne crois pas que cela vous concerne.

L'expression du photographe se fit malveillante.

- Écoutez, Laura, vous ne pouvez pas continuer à vous laisser ridiculiser de cette manière.
- Qu'est-ce que vous tentez d'insinuer?
- Judy Gibson.
- Je ne vous crois pas.
- Libre à vous. En tout cas, je vous aurai prévenue.

Laura poursuivit son chemin sans rien ajouter. Elle avait eu tort de l'écouter.

***

À la fin de la répétition, Derek fila à l'anglaise par une sortie secondaire du théâtre, afin de ne pas être importuné par quiconque.

- Derek, attends! cria Judy Gibson en se mettant à courir à perdre haleine.

Il se retourna et attendit la jeune femme. Quand elle fut à sa hauteur, elle déclara avec une moue charmante :

- Tu avais promis que tu viendrais visiter mon nouvel appartement! Peux-tu venir maintenant?

Derek hésita. Jusqu'ici, ils s'étaient rencontrés secrètement à quelques reprises mais toujours en terrain neutre. Finalement, la tentation l'emporta sur la prudence.

- Allons-y. Mais je n'ai pas beaucoup de temps.

Les yeux de la jeune comédienne brillèrent du plaisir anticipé.

***

Ils se rendirent dans l'Upper East Side sur la 75e rue.

- Tu as finalement opté pour le style Art déco, commenta Derek en jetant un regard appréciateur sur les vastes pièces.

- J'avoue qu'un film à succès comme celui que nous venons de tourner m'a aidé à ne pas lésiner sur la décoration! Veux-tu prendre un verre pour te détendre un peu?

- Oui, un bourbon si tu en as.

La jeune femme s'empressa de le servir et dit légèrement:

- Si tu permets, je vais aller me mettre à l'aise…

Derek s'approcha d'une étagère et admira un adorable bibelot en forme de chat siamois. Tout à fait Judy. Il se laissa tomber ensuite dans un fauteuil confortable tout en se méprisant une fois de plus pour sa faiblesse. Il aimait toujours Laura, mais son obsession à devenir mère avait considérablement refroidi l'ardeur de leurs rapports intimes. Avec Judy, il s'agissait essentiellement d'une passion physique, du moins en ce qui le concernait, et il avait la certitude de pouvoir y mettre un terme sans problème, dès qu'il se lasserait d'elle. Après tout, il avait résisté à ses avances durant le tournage de *Escapade à New York* et si elle n'avait pas réussi à décrocher un rôle dans *Henry V*, ils auraient poursuivi leur route chacun de leur côté sans qu'il en éprouve le moindre regret. Enfin, presque...

La jeune femme sortit de la chambre à ce moment-là, vêtue uniquement d'une courte chemisette noire qui lui collait à la peau et révélait ses jambes splendides. Ses cheveux bruns cendrés flottaient librement sur ses épaules et un sourire radieux éclairait son visage de madone.

Audacieuse comme toujours, elle vint se blottir amoureusement sur ses genoux.

- J'ai rêvé de ce moment toute la journée…

Avec un grognement de plaisir, Derek défit les boutons de sa chemisette et s'empara farouchement de sa bouche.

***

CHAPITRE 16

Le matin de son vingt-septième anniversaire, Laura se réveilla très tôt, car le soleil entrait en abondance dans sa chambre par la porte-fenêtre laissée ouverte. En constatant que la place de Derek était vide à ses côtés, elle décida de se lever et d'aller prendre une douche. Lorsqu'elle descendit, une délicieuse odeur de café lui chatouilla les narines et en entrant dans la cuisine, elle vit Derek occupé à préparer des crêpes sur une ballade de Frank Sinatra comme musique de fond.

Laura se sentit réchauffée par une telle attention de son mari, d'autant plus qu'il lui avait semblé lointain au cours des dernières semaines. Elle eut pourtant envie de lui demander si c'était pour se faire pardonner quelque chose, mais elle se contint. Aujourd'hui serait une journée différente des autres.

- Mon Dieu, j'ai peine à en croire mes yeux! s'exclama-t-elle gaiement.

Derek abandonna sa tâche et vint la prendre dans ses bras.

- Joyeux anniversaire, mon amour! lui souhaita-t-il en l'embrassant longuement, passionnément, comme il ne l'avait plus fait depuis longtemps.

Toute heureuse, Laura se dégagea et dit en riant :

- Je crois que ça sent le brûlé!

- Bon sang, les crêpes! s'écria Derek en s'emparant énergiquement du poêlon.

Puis, après avoir examiné le contenu avec un air maussade, il déclara :

- Je crois qu'il ne me reste plus qu'à recommencer...

- Laisse, je vais tout préparer, proposa-t-elle spontanément.

- Surtout pas! Tu vas t'asseoir bien sagement et me regarder faire, pour une fois.

La jeune femme s'exécuta de bonne grâce. Le petit déjeuner fut agréable et pour une fois, toute tension sembla envolée.

- Maintenant, pendant que je range tout, tu vas aller t'habiller. J'ai une surprise pour toi! ajouta-t-il malicieusement.

- D'accord, j'en ai pour dix minutes!

Elle redescendit vingt minutes plus tard, vêtue d'un short et d'un tricot blanc, les cheveux remontés en queue-de-cheval.

- Je suis prête!

Derek promena un regard admiratif sur son minois frais, sa taille élancée et ses longues jambes bronzés.

- Adorable... murmura-t-il.

- Je peux voir ma surprise, maintenant?

- Bien sûr! Suis-moi, mon ange.

Il la conduisit dans l'allée principale de la maison où était garé une superbe BMW décapotable de couleur bleu marine.

- Elle est à toi! lança-t-il fièrement.

Au comble de la joie, Laura l'embrassa avec enthousiasme et s'installa sur le siège du conducteur.

- Je t'amène faire un tour?

- Au bout du monde, si tu veux, répondit Derek en prenant place du côté passager.

Ils se promenèrent longtemps, ivres du vent et du soleil qui entraient à flots par la capote baissée.

- Cette voiture est un vrai bijou! Elle a dû te coûter une fortune.

- Il n'y a rien de trop beau pour ma femme.

Laura lui adressa un sourire rempli d'adoration et il eut affreusement honte, tout à coup, de son infidélité.

- Je crois que nous ferions mieux de retourner à la maison.

- Comme tu veux, dit Laura, un peu déçue.

Quand ils furent de retour, ils virent une demi-douzaine de voitures stationnées devant la maison.

- Derek! Tu as organisé une fête surprise?

- Oui et j'ai invité seulement des gens que tu aimes, répondit-il avec un soupçon d'ironie.

Laura lui adressa une petite grimace et descendit vivement du véhicule.

Tout le monde s'était rassemblé derrière la maison où chacun pouvait profiter de la mer et du soleil. Lorsque Laura fit son apparition, elle fut accueillie par des cris de joie et des applaudissements.

Il y avait Vivien accompagnée de Georges Powell, un charmant avocat d'assise à la retraite, Riccardo et sa petite amie du moment, Jerry et sa dernière conquête, une version en chair et en os de Barbie, Harold et Jack, Sandra et Steve (sobre pour une fois) et deux mannequins que Laura aimait bien, accompagnées de leur chevalier servant.

L'après-midi s'écoula en pleine euphorie, ponctué d'éclats de rire, de taquineries de toutes sortes et de bousculades dans la mer.

Le soir venu, tout le monde mit la main à la pâte pour préparer un immense barbecue.

Seule dans la cuisine, Laura s'affairait à laver des feuilles de laitue lorsque Jerry vint la retrouver avec des verres vides.

- Ouf, un vrai pot de colle, cette fille, se plaignit-il à voix basse.

Laura sourit avec amusement.

- Je connais bien des hommes qui aimeraient en être encombrée, rétorqua-t-elle sans la moindre sympathie.

- Je me doutais bien que ce ne serait pas ici que je trouverais du réconfort, fit-il en faisant la moue.

- En effet, tu es l'homme le moins à plaindre que je connaisse! renchérit-elle avec une lueur moqueuse au fond des yeux.

- Vilaine fille, tu ne sais rien de moi.

- J'en sais peut-être plus que tu penses. Est-ce que ta blessure à l'épaule t'empêchera de jouer longtemps?

- Non, pas plus de deux semaines. C'est une chance, sinon je serais à Chicago en ce moment même.

- Et tu aurais été déçu de manquer mon anniversaire?

- Tu le sais bien. Tu es la seule femme que j'aime vraiment…

Derek fit irruption tandis qu'il prononçait ces paroles.

- Au lieu de faire du plat à ma femme, qu'est-ce que tu dirais de m'aider à servir des consommations? demanda-t-il d'une voix suave.

- Quelle plaie, ces maris jaloux! rétorqua Jerry en soupirant à fendre l'âme.

Puis, devant le regard courroucé de son ami, il préféra s'esquiver sans demander son reste.

- Je crois que Jerry en pince vraiment pour toi, murmura Derek avec une mine songeuse.

- Ne dis pas de bêtises. Il aime tout simplement essayer son charme sur toutes les femmes, répliqua fermement Laura.

- En tout cas, je ne le laisserais pas seul avec toi trop longtemps…

- Pourtant, tu me laisses seule trop longtemps.

Devant ce reproche inattendu, les yeux de Derek devinrent de la glace bleutée.

- Je croyais que tacitement, nous avions conclu une trêve? dit-il d'une voix sourde.

- Tu as raison, excuse-moi. Voudrais-tu me sortir de la glace, s'il te plaît?

À la façon brusque dont il lui tendit le moule, elle comprit que la magie était irrémédiablement rompue.

***

Les derniers invités quittèrent la résidence des Shaw vers minuit. Laura frissonna en regagnant l'intérieur de la maison.

- Peut-on croire qu'il faisait vingt-huit degrés cet après-midi? Nous avons eu de la chance de jouir d'une aussi belle journée en mai.

- Pour ma part, je suis claqué. Viens vite t'étendre auprès de moi.

- Je préfère ranger un peu avant.

- Tout ça peut attendre à demain lorsque la bonne arrivera. Viens te coucher, répéta-t-il plus fermement en lui saisissant le poignet.

- Arrête de me donner des ordres! Je ne suis pas ton chien ou ta dernière maîtresse!

Elle regretta aussitôt d'avoir échappé ses dernières paroles en voyant les mâchoires de Derek se crisper violemment. Depuis un mois, elle se torturait jour et nuit à propos de l'insinuation de Robert Parkson, mais elle ne voulait surtout pas connaître la vérité.

- De quoi parles-tu? demanda Derek d'une voix sourde.

Laura pressa fermement ses mains l'une contre l'autre pour les empêcher de trembler. Après tout, peut-être valait-il mieux en avoir le cœur net car cette incertitude la rendait folle.

- On raconte que tu couches avec Judy Gibson...

Derek sentit les battements de son cœur s'accélérer à une vitesse folle. Pourtant, il la regarda droit dans les yeux et répliqua d'une voix mesurée :

- Ce sont de pures calomnies.

- Je voudrais en être sûre.

- Je regrette, je ne me battrai pas avec toi pour te convaincre. Ou tu prends ma parole ou tu écoutes les envieux qui cherchent à détruire notre mariage. À toi de choisir.

Laura se sentit déchirée entre l'évidence et ce qu'elle désirait croire de toutes ses forces.

- Je sais que les derniers mois n'ont pas été faciles entre nous, surtout à cause du bébé qui ne vient pas... Mais crois-moi, si je savais avec certitude que tu me trompes, je ne pourrais pas le supporter... Je crois même que ça me tuerait, acheva-t-elle pitoyablement.

Sa douleur était telle que Derek la ressentit au plus profond de lui-même. Il tendit les bras vers elle et elle s'y réfugia en pleurant silencieusement.

- Tu es la femme que j'aime, Laura, et la seule que je n'ai jamais aimée, murmura-t-il d'une voix brisée par le remords.

- J'ai tant besoin de toi... Avec le bébé, j'aurais au moins l'impression qu'une partie de toi serait toujours avec moi.

Il desserra son étreinte et plongea son regard dans celui

de sa femme.

- Il ne faut surtout pas que tu abandonnes. Tu termines ton contrat en septembre et tu pourras alors te reposer comme tu le mérites après ces cinq années de travail acharné. Quand tu auras refait tes forces, je suis certain que tu n'auras aucune difficulté à tomber enceinte.

Laura se laissa bercer par ces douces paroles qui mettaient un baume sur sa blessure.

- Tu le crois vraiment? demanda-t-elle, à nouveau pleine d'espoir.

- Oui, mon amour. Je le crois vraiment, affirma Derek tout en songeant qu'il mettrait un terme à sa liaison avec Judy dès la première occasion. Il se jura même qu'à partir de cette minute, il s'efforcerait d'être à la hauteur de ce que sa femme méritait.

***

L'occasion pour Derek de rompre avec Judy se présenta une semaine plus tard, lorsque Laura s'envola pour Beverly Hills afin d'effectuer une tournée de promotion éclair dans les magasins offrant la gamme des produits Duc-Aubray.

Après avoir quitté l'aéroport de New York, il se rendit directement chez la jeune comédienne en espérant la trouver chez elle.

Elle ouvrit la porte à la deuxième sonnerie et fut transportée de bonheur en apercevant Derek.

- Quelle merveilleuse surprise! Tu peux rester longtemps?

Derek arbora un masque sévère.

- Je suis venu pour te parler. Ce ne sera pas très long.

Judy le dévisagea avec acuité.

- Très bien, viens t'asseoir, dit-elle d'une voix neutre.

Ils s'installèrent face à face et Judy reprit aussitôt la parole avec fébrilité.

- Derek, il faut que je te dise une chose avant que tu commences… Par le passé, j'ai eu beaucoup d'amants et souvent dans le seul but de faire avancer ma carrière. Je n'en suis pas fière mais c'est comme ça. Toi par contre, je t'ai aimé dès la première minute et cet amour n'a jamais cessé de croître. Quoi que tu aies à me dire, je tenais à ce que tu le saches.

Derek détourna les yeux en se demandant comment sortir de ce guêpier. La dernière chose dont il avait besoin en ce moment, c'était bien d'une déclaration d'amour enflammée. Il comprit néanmoins qu'il devrait se montrer impitoyable pour réussir à la détacher de lui. Avec un regard dénué de toute émotion, il renchérit :

- Allons, Judy, arrête ton baratin, nous ne sommes pas en train de jouer une scène. Tu sais très bien qu'il n'y a jamais eu entre nous qu'une banale histoire de sexe.

La jeune femme sursauta comme sous l'effet d'un coup, mais garda le silence.

- Avoue que j'ai toujours été très clair sur ce point?

Elle le contempla fixement mais aucun son ne sortit de sa bouche. Derek aurait préféré des cris et des insultes plutôt que ce silence oppressant.

- Écoute, poursuivit-il nerveusement, tu es belle, remplie de talent et tu n'as qu'à tendre la main pour avoir qui tu veux. Seulement, évite les hommes mariés à l'avenir et tu t'épargneras bien des désillusions.

Derek attendit en vain une réaction de sa part. De plus en plus mal à l'aise, il se leva et se dirigea vers la sortie.

- Tâche de m'oublier vite, murmura-t-il avec douceur en refermant la porte derrière lui.

***

Après une rude journée de travail constituée essentiellement à rencontrer le grand public dans divers magasins sélectionnés, Laura s'engouffra avec bonheur dans la limousine qui lui avait été allouée pour tous ses déplacements.

Elle demanda au chauffeur de la conduire au *Beverly Hills Hotel* où elle était descendue en même temps que Steve et Sandra Lewis, qui y séjournaient également pour de longues vacances. Il était convenu qu'ils dîneraient tous les trois chez *Romanoff* le soir même, afin de célébrer son dernier jour de travail en Californie.

Durant de longues minutes, elle regarda Sunset Boulevard défiler sous ses yeux en songeant avec quelle frénésie Derek lui avait fait l'amour, juste avant son départ. Cette fois, un bébé naîtrait peut-être de cette étreinte. Un sourire heureux accroché aux lèvres, elle s'empara du *Los Angeles Times* qui avait été déposé dans un compartiment à son intention. Elle le parcourut distraitement jusqu'à ce qu'un nom lui saute à la figure : Judy Gibson.

Un échotier célèbre rapportait qu'elle avait été remplacée à pied levé par sa doublure dans la production *Henry V* sur Broadway, et qu'elle avait été admise incognito dans une maison de repos afin de soigner une dépression nerveuse. Il sous-entendait également qu'une rupture amoureuse avec un homme marié était à l'origine du drame.

Laura referma le journal en tentant de maîtriser la panique qui s'était emparée d'elle à la pensée que Derek était peut-être l'homme marié impliqué dans cette histoire. Glacée à l'intérieur, elle ouvrit le mini-bar de la limousine et se versa un grand verre de porto. Quand la chaleur commença à pénétrer ses muscles, elle se dit qu'elle avait eu tort de douter de son mari. Ne lui avait-il pas assuré qu'il n'y avait rien entre la jeune comédienne et lui? Oui, elle le croyait. Elle se *devait* d'y croire sinon rien ne l'empêcherait de sombrer.

***

CHAPITRE 17

Vivien et Riccardo prenaient un petit déjeuner tardif en lisant tranquillement le journal, chacun de leur côté.

- Tu as vu cette terrible nouvelle concernant le déraillement du train Paris-Strasbourg? 29 morts et 109 blessés, tu te rends compte? déplora Vivien en reposant sa tasse de café sur la table.

- Ouais, c'est moche, acquiesça Riccardo d'un air absent.

- Tu sembles préoccupé. Est-ce qu'il y a quelque chose qui ne va pas?

L'adolescent sembla hésiter un court instant puis répondit:

- Maman, il faut que je te parle de quelque chose…

Vivien déposa aussitôt son journal et concentra toute son attention sur son fils.

- Je t'écoute.

- Eh bien, c'est bientôt la fin des classes et j'aimerais aller en Italie quelques semaines…

Vivien ne put masquer tout à fait sa peur.

- Oui, je comprends que tu veuilles voir ton père. Après tout, cela fait huit mois que vous n'avez que des conversations téléphoniques…

Mal à l'aise, Riccardo se tortilla sur sa chaise et poursuivit :

- Justement, il est temps que je t'avoue que j'ai revu papa le mois dernier quand il est venu à New York pour affaires… Il s'est pointé au collège et nous avons passé la journée ensemble.

Le regard de Vivien se teinta d'incrédulité.

- Comment as-tu pu me cacher une telle chose? demanda-t-elle d'une voix blanche.

- Papa m'a conseillé de garder le secret pour ne pas te bouleverser et j'étais d'accord. Je ne suis pas stupide, je sais à quel point tu souffres encore à cause de lui…

- Mes sentiments ne regardent que moi et je n'ai pas besoin d'être protégée comme une invalide!

Riccardo se sentit désemparé devant l'explosion de rage de sa mère.

- Excuse-moi, maman, j'ai cru agir de la bonne façon…

La fureur de Vivien retomba d'un seul coup devant la mine déconfite de son fils.

- Je te pardonne, mais ne me cache plus jamais rien en ce qui concerne ton père, d'accord?

- C'est promis.

- Voilà une chose de réglée. À propos du voyage en Italie, est-ce ton père qui t'a demandé d'aller là-bas?

- Non. Il y a une part de moi qui lui en veux encore pour le mal qu'il t'a fait, mais c'est quand même mon père et j'ai besoin de le voir…

Vivien tendit la main par-dessus la table.

- Rassure-toi, je comprends tout à fait. Mais ne me demande jamais d'aller vivre en Italie pour toujours.

- Oh non, maman, ça ne risque pas d'arriver! Pour moi, tu passeras toujours en premier.

Vivien se composa un visage serein.

- Va maintenant, sinon tu risques d'être en retard pour ta leçon de tennis.

Lorsqu'elle entendit claquer la porte d'entrée, Vivien s'empara du téléphone d'une main tremblante. Franco venait de vendre la maison familiale et lui avait justement écrit récemment pour lui communiquer sa nouvelle adresse ainsi que son numéro de téléphone.

- Bonjour, Mademoiselle. Je voudrais loger un appel personnel en Italie à l'intention de Monsieur Franco Cortini de la part de Vivien Shaw.

- Un instant, s'il vous plaît. Quel est le numéro?

Vivien le lui donna et attendit patiemment sur la ligne.

- Vous pouvez parler, Monsieur Cortini est en communication.

- Vivien, c'est toi? demanda-t-il anxieusement.

En entendant le timbre de sa voix, elle se sentit mourir un peu.

- Oui… bonjour, Franco.

- Pour l'amour de Dieu, il n'est rien arrivé de grave, au moins?

- Non, rassure-toi, tout va bien. Je t'appelle au sujet de Riccardo.

- Que se passe-t-il?

- Il m'a révélé votre rencontre secrète et je n'ai pas du tout apprécié ta façon de faire.

- Vivien, j'essaie de te blesser le moins possible.

- Ne t'inquiète pas, tu ne peux guère me blesser plus que tu ne l'as déjà fait. Mais peu importe, dorénavant, je veux être informée de chacune des visites que tu feras à notre fils.

- Je suis d'accord avec toi et je te demande de me pardonner cette erreur de jugement. Crois-moi, je n'avais que de bonnes intentions.

- Bien, passons à autre chose. Concernant le voyage de Riccardo en Italie, je n'y vois pas d'inconvénient, mais il faut que tu me jures sur sa tête que tu n'essaieras jamais de le convaincre de rester en permanence auprès de toi...

Franco poussa une exclamation étouffée.

- Ce serait mon souhait le plus cher mais je t'aime trop pour envisager une telle chose.

Vivien poussa un soupir de soulagement.

- Merci, Franco. Je crois que tout est clair, maintenant. Au revoir.

- Attends, ne raccroche pas tout de suite! Je suis si heureux de te parler enfin... Crois-tu que ce serait possible de te voir lorsque je reviendrai à New York?

- Non, surtout pas.

- Si cela peut diminuer ton amertume, sache que tout est fini avec Nico. Je...

- Cela ne me regarde pas.

Un silence pénible s'installa.

- Bon, je vais te laisser, dit Franco d'une voix affreusement triste. Prends bien soin de toi, Vivien.

- Toi aussi, Franco.

Elle raccrocha précipitamment et pour la première fois depuis des semaines, elle laissa des larmes brûlantes couler sur ses joues.

***

CHAPITRE 18

Septembre avait filé à toute vitesse et Laura en était heureuse car cela marquait la fin de son association avec les cosmétiques Duc-Aubray. La veille, elle avait eu droit à une réception fastueuse pour souligner son départ et l'événement avait été largement couvert dans les chroniques mondaines de New York. Aujourd'hui, il lui restait à rencontrer Paul Duc-Aubray pour régler certaines modalités de départ, puis elle retrouverait définitivement sa liberté.

Après quelques minutes d'attente, elle fut introduite dans son imposant bureau situé sur Madison Avenue. Ils s'acquittèrent rapidement des derniers détails administratifs, puis Paul Duc-Aubray lui offrit une coupe de champagne. Laura brûlait d'envie de s'esquiver au plus vite, mais la politesse la plus élémentaire l'obligea à accepter.

Ce dernier fit sauter un bouchon de Dom Pérignon avec empressement.

- Savez-vous que nous avons enfin trouvé la nouvelle Miss Duc-Aubray? Un de nos agents recruteurs l'a dénichée dans un restaurant de Harlem. Mais elle est blanche, bien entendu, précisa-t-il avec un sourire éloquent.

- J'en suis ravie pour vous.

- Oh! je ne vous ferai pas croire qu'elle est aussi exceptionnelle que vous à vos débuts, mais avec quelques coups de bistouri et un savant éclairage, l'illusion sera parfaite.

Paul Duc-Aubray s'interrompit pour remplir généreusement deux coupes en cristal de Baccarat.

- Naturellement, il ne sera plus question de signer des contrats à long terme, reprit-il suavement comme si cela importait à son interlocutrice. L'expérience nous a démontré que les gens finissent par se lasser de voir toujours le même visage.

Malgré elle, Laura se sentit piquée au vif.

- Je n'ai pas l'impression que vous avez perdu de l'argent avec moi! répliqua-t-elle en redressant fièrement le menton.

- J'avoue que nous en avons gagné énormément sauf la dernière année, où nous avons constaté que nos ventes baissaient graduellement à chaque trimestre.

- J'en suis navrée.

L'homme d'affaires lui décocha un regard incisif.

- Faites attention, Laura, vous vieillissez mal. L'amertume creuse votre visage admirable un peu plus chaque jour… Il faut dire que ce ne doit pas être facile d'être la femme de Derek Shaw.

La jeune femme se recroquevilla inconsciemment sur sa chaise.

- Laissez mon mari en dehors de cette discussion. Il n'a rien à voir avec vous.

Paul Duc-Aubray avala avec délectation une longue gorgée de champagne. Il semblait jouir de chaque parole qu'il allait prononcer.

- Au contraire, ma chère. À l'origine, n'a-t-il pas été le trait d'union entre vous et moi?

- Je ne comprends pas ce que vous cherchez à insinuer.

- L'équation est pourtant simple : un jeune acteur qui a besoin d'un bon rôle pour lancer sa carrière, une firme de cosmétiques qui a trouvé une fille sensationnelle pour mousser ses produits et un photographe arriviste qui nous informe que la fille sensationnelle veut retourner dans son patelin, mais qu'elle s'est entichée du jeune acteur. Vous voyez le schéma? À partir de là, il ne nous restait qu'à convaincre le jeune acteur de jouer les amoureux transis pour convaincre la fille sensationnelle de signer un contrat à long terme avec nous en échange d'un premier rôle. Le titre du film était *Le tueur à gages*, si je ne m'abuse…?

En assimilant la signification des mots qu'elle venait d'entendre, Laura se mit à trembler de rage et d'écoeurement. Elle enveloppa Paul Duc-Aubray tout entier d'un regard haineux.

- Pourquoi êtes-vous si ignoble aujourd'hui? Mon travail a toujours été impeccable au cours des cinq dernières années, malgré le peu d'intérêt qu'il m'inspirait.

- Je n'ai rien à redire de votre travail, c'est votre personnalité qui m'a toujours indisposé. Celle d'une campagnarde venue de nulle part qui se permettait de nous regarder du haut de sa vertu! Eh bien, après cinq longues années d'attente, il me fait plaisir de vous informer que votre cher mari est de la même race que ceux que vous avez toujours méprisés!

Laura ne put supporter d'en entendre davantage. Tout ce qui lui importait à présent était de sortir de cette pièce au plus vite. Attrapant son sac au passage, elle claqua violemment la porte derrière elle sous l'œil ahuri de la secrétaire.

***

Quand Laura pénétra dans le studio d'Harold, elle le trouva occupé à photographier une rousse insipide en tailleur Chanel.

- Laura, quelle bonne surprise!

- J'ai à te parler.

Harold fut déconcerté par son ton glacial.

- Tu peux aller m'attendre dans mon bureau, j'en ai encore pour quelques minutes.

- Tout de suite!

- D'accord, pas besoin de t'énerver comme ça...

Il se tourna vers le modèle.

- Sois gentille et va prendre un café en bas.

Dès qu'ils furent seuls, Laura le gifla de toutes ses forces.

- Tu es complètement folle! gémit Harold en touchant sa joue endolorie. Dieu du ciel, qu'est-ce qui te prend?

Laura fit un effort surhumain pour maîtriser la rage folle qui s'était emparée d'elle et répondit le plus posément possible :

- Je sors à l'instant du bureau de Paul Duc-Aubray. Comme cadeau de départ, il m'a gentiment expliqué de quelle façon vous aviez comploté, lui, Derek et toi pour me convaincre de signer un contrat à long terme avec sa firme.

Le photographe devint mortellement pâle avant de se défendre avec véhémence.

- Ma chère petite, grâce à moi, tu as gagné plein d'argent, tu es devenue une personnalité en vue et tu as épousé l'homme que tu aimais. Est-ce que je devrais m'excuser en plus? termina-t-il ironiquement.

- Tu sais très bien que je n'ai jamais été heureuse au fond de moi-même. J'ai toujours eu l'impression de suivre un chemin qui n'était pas tracé pour moi.

- Eh bien, je vais te dire quel est ton vrai problème, ma chère Laura. Tu n'as pas d'envergure et tu n'en auras jamais!

Tu as la chance de mener une existence hors du commun et tu te gâches la vie avec les grands sentiments!

- Moi aussi, mon cher Harold, je vais te dire une bonne chose. Les gens qui ont de l'envergure, selon tes critères, bien entendu, te considèrent comme une vieille tante ridicule. Moi, par contre, je t'ai toujours aimé et respecté. Du moins, jusqu'à aujourd'hui.

Le visage d'Harold s'affaissa soudainement.

- Je crois que nous devrions cesser cette discussion et la reprendre lorsque nous serons plus calmes tous les deux...

- Non, cette rencontre est la dernière. J'espère juste ne plus jamais te retrouver sur mon chemin!

- Si c'est ce que tu souhaites, je ne te retiens pas.

Sans un regard en arrière, Laura quitta dignement le bureau. Mais ce fut avec un visage inondé de larmes qu'elle s'engouffra à l'intérieur de sa voiture.

***

Lorsque Derek rentra chez lui ce soir-là, il trouva sa femme complètement ivre, effondrée sur le canapé du salon avec une bouteille de whisky à moitié vide. Il se pencha vers elle et l'agrippa fermement par les épaules.

- Bon Dieu, qu'est-ce qui t'a pris de boire de cette façon! s'écria-t-il avec consternation.

Laura le dévisagea avec un regard oscillant.

- Ne t'approche surtout pas de moi! lança-t-elle avec un accent sauvage dans la voix.

- Bon sang, qui t'a mis dans cet état!

La jeune femme se redressa avec peine et s'écarta de lui.

- Je voyais Duc-Aubray pour la dernière fois aujourd'hui et il m'a appris toute la vérité sur votre admirable association passée…

Derek devint aussitôt livide et eut peine à trouver ses mots.

- Ecoute…je t'expliquerai tout lorsque tu seras sobre.

Laura éclata d'un rire hystérique.

- Pour que tu aies le temps d'inventer de nouveaux mensonges? Non, monsieur le comédien, ce n'est vraiment plus la peine! acheva-t-elle en se mettant à pleurer convulsivement.

- Laura, quoi que tu en penses, je t'aime…

- Va te faire voir ailleurs!

Derek fit une pauvre tentative pour la prendre dans ses bras mais elle le repoussa comme une furie.

- Laisse-moi seule! Tu ne vois donc pas que je ne peux plus supporter ton contact?

Derek jugea préférable d'abdiquer.

- Très bien, mais je t'avertis que nous n'en resterons pas là, lança-t-il en quittant la pièce d'un pas lourd.

**

Laura se réveilla brusquement. Dehors, l'aube pointait. Elle toucha ses tempes douloureuses et se leva pour aller chercher deux cachets d'aspirine. Elle se recoucha ensuite dans le salon et se mit à réfléchir froidement à la situation. Au fond, elle pouvait fermer les yeux encore une fois, mais quelque chose s'était définitivement brisé à l'intérieur d'elle-même. Derek l'avait souvent déçue au cours des dernières années, mais au moins, elle avait toujours cru que son amour avait été sincère à la base. Aujourd'hui, on lui avait même enlevé sa dernière illusion. Comme elle avait été stupide de croire en lui! Les hommes de sa trempe n'aimaient vraiment qu'eux-mêmes. Malgré tout, elle ne se sentait pas le courage de reprendre sa vie à zéro. Épuisée par ses pensées, elle finit par se rendormir à nouveau…

***

Après une longue nuit agitée, Derek arpentait nerveusement la chambre en cherchant frénétiquement un moyen de se sortir de cette situation. Il ne serait pas facile d'amadouer Laura cette fois-ci et il craignait de la perdre définitivement. Si seulement elle pouvait tomber enceinte, elle oublierait sa déception plus facilement et leur relation ne pourrait que s'améliorer. Mais voilà que les mois s'écoulaient et que rien ne venait. Il s'alluma une cigarette en repensant aux mots que sa femme lui avait jetés à la figure. Il avait mal, mais il ne pouvait s'en prendre qu'à lui-même. Finalement, il s'habilla et décida d'aller la retrouver. Une explication franche était encore la meilleure chose qu'il pouvait faire pour le moment.

Il pénétra doucement dans le salon et la trouva endormie sur le même canapé que la veille, ses longs cheveux cuivrés épars sur le coussin. Pendant un moment, il se sentit ému en voyant à quel point elle avait l'air sans défense dans son sommeil. Soudain, elle remua les lèvres et ouvrit les yeux. Elle le contempla longuement, non avec colère mais avec une immense lassitude. En un sens, c'était encore pire.

- Veux-tu que je prépare le petit déjeuner ? demanda-t-il comme elle faisait mine de se lever.

- Si tu veux, fit-elle en se redressant sur son séant. Juste un bol de céréales et un café noir.

Laura l'entendit s'activer dans la cuisine et bientôt, il réapparut avec un plateau. Elle le remercia et s'efforça d'avaler quelques bouchées de céréales.

- Tu ne déjeunes pas? s'enquit-elle poliment.

- Non, je n'ai pas faim.

Ils demeurèrent un moment sans rien dire, puis Derek demanda doucement :

- Es-tu prête à m'écouter, maintenant?

Laura se contenta de hausser les épaules avec indifférence. Derek prit son courage à deux mains et se lança.

- Eh bien, il est vrai qu'au début, j'ai joué un rôle mais plus tard, je suis réellement tombé amoureux de toi. La preuve est que je t'ai épousée.

- Grossière erreur, soupira-t-elle.

- Non, c'est faux.

La jeune femme le gratifia d'un sourire désabusé.

- Quand j'ai quitté le bureau de Paul Duc-Aubray, j'ai filé tout droit au studio d'Harold et nous nous sommes lancés nos quatre vérités à la figure… Finalement, c'est peut-être lui qui a raison.

- À quel propos?

- Il a dit que j'étais une fille sans envergure qui gâchait sa vie à courir après les grands sentiments.

- Il a tort, ma chérie. Au contraire, tu es une femme merveilleuse et tu es en droit d'attendre de notre mariage plus que ce que je t'ai donné jusqu'à présent.

Laura secoua la tête.

- J'ai cessé d'espérer plus. Tu te combattrais un mois, peut-être même deux, puis tout redeviendrait comme avant.

La voix de Derek se fit pressante.

- Pas cette fois-ci. Je vais réellement réduire mes engagements et maintenant que tu as terminé ton contrat avec Duc-Aubray, tu vas être libre de m'accompagner dans tous mes déplacements. Ça va déjà faire une sacrée différence!

Laura se sentit incapable de partager son optimisme. Elle

se sentait tellement meurtrie à l'intérieur que l'éloignement lui paraissait la seule issue possible. Elle posa un regard grave sur son mari et lui dit posément :

- Je vais avoir besoin de temps pour réfléchir à notre mariage et à ma vie. Je compte demander l'hospitalité à Vivien pour quelques semaines.

Le visage de Derek se rembrunit aussitôt.

- Vivien a eu sa part de malheur. Je ne voudrais pas que tu la bouleverses avec nos problèmes.

- Ne t'inquiète pas pour ça. Il y a longtemps qu'elle sait que notre mariage bat de l'aile.

Derek n'insista pas. Sa sœur était encore la meilleure personne pour ramener sa femme à de meilleurs sentiments. Du moins, il l'espérait de tout son cœur.

***

Vivien raccrocha le récepteur avec un air songeur. Elle venait d'avoir Laura au téléphone et l'extrême fragilité de la jeune femme ne lui avait pas échappé. Envahie par l'inquiétude, elle se dirigea à pas lents vers la chambre de Riccardo. Elle trouva ce dernier affalé sur son lit, en train de lire un roman noir.

- Je peux te parler quelques minutes?

- Bien sûr, fit-il en s'écartant pour permettre à sa mère de s'asseoir sur son lit.

- Je viens d'avoir Laura au téléphone et elle m'a demandé si elle pouvait venir vivre ici quelques semaines.

- Ah, est-ce que mon oncle et elle vont divorcer?

- Je ne crois pas. Enfin, j'espère bien que non.

- J'aime beaucoup tante Laura mais elle est très différente de toi.

Vivien leva un sourcil interrogateur.

- Qu'est-ce que tu veux dire?

- Même quand elle rit, il y a toujours de la tristesse dans ses yeux.

Vivien considéra son fils avec un mélange de surprise et d'admiration.

- Tu ne cesseras jamais de m'étonner. À seize ans, il est assez rare qu'on remarque ce genre de choses...

Riccardo haussa les épaules avec un faux détachement.

- C'est facile à voir. Elle a le même regard que papa.

***

Laura s'était installée chez Vivien depuis dix jours lorsqu'elle reçut un appel implorant de Derek.

- Reviens, chérie, je t'en supplie! Cette maison est sinistre sans toi...

Son cœur bondit aussitôt dans sa poitrine, mais elle répondit néanmoins :

- Tu me manques aussi mais je suis bien, ici, avec Vivien. Elle m'aide à me retrouver moi-même...

- Écoute, j'ai terminé mon contrat au théâtre et je vais signer cet après-midi pour jouer dans une grosse production à l'étranger. Si tout se passe comme prévu, je pars pour un mois à Rome la semaine prochaine, et je veux t'amener avec moi.

- Derek... je ne crois pas que ce soit une bonne idée.

- Viens, je t'en prie. Je n'imagine même pas de partir sans toi.

Laura capitula. C'était au-dessus de ses forces de repousser plus longtemps son mari.

Vivien pénétra dans le salon quelques minutes plus tard.

- C'était Derek, n'est-ce pas? devina-t-elle aisément.

- Oui. Il part tourner en Italie la semaine prochaine et il tient à ce que je l'accompagne.

- Mais c'est merveilleux, ma chérie!

- Je ne sais pas, Vivien. J'ai la bizarre impression que ce voyage va décider du sort de notre mariage.

- Et moi, au contraire, j'ai la certitude que vous allez enfin vous retrouver comme avant.

- J'espère que tu as raison. J'ai si peur, Vivien! Tu ne peux pas imaginer à quel point...

***

Par la suite, Laura devait regretter amèrement d'avoir suivi son mari à Rome. Les journées de tournage s'avérèrent interminables et les congés inexistants, à cause des nombreux retards occasionnés par le manque d'expérience de l'équipe italienne qui comptait pour la moitié du personnel, selon les critères d'une co-production.

Les premiers jours, elle assistait régulièrement au tournage, mais elle eut tôt fait d'y renoncer, se sentant une intruse partout. Elle atteignit le point culminant de sa détresse à peine deux semaines plus tard...

Laura dînait seule au restaurant de l'hôtel *St. Régis Grand,* lorsqu'une costumière et une maquilleuse de la production vinrent s'installer près d'une colonne sans remarquer sa présence de l'autre côté.

- J'ai regardé Derek Shaw tourner quelques scènes aujourd'hui sur la Piazza Barberini. Il est vraiment fantastique dans son rôle d'agent secret à la *James Bond.*

- Oui, mais cette production est une véritable tour de Babel. Il a mal choisi son temps pour traîner sa femme avec lui. D'ailleurs, la pauvre fille a l'air de s'ennuyer mortellement.

- Elle doit vouloir s'assurer qu'il garde ses mains à la bonne place. Tout le monde sait que Derek a souvent un faible pour ses partenaires féminines…

- Et vice-versa. On raconte dans le milieu que Judy Gibson ne s'est jamais remise de leur rupture. Tu savais qu'elle avait fait une tentative de suicide avec une overdose de barbituriques?

- Non! Es-tu sûre que ce soit vrai?

- Et comment! C'était à l'époque où elle jouait dans *Henry V* sur Broadway. Derek et les producteurs de la pièce ont réussi à étouffer l'affaire, mais un de mes amis médecin qui se trouvait à l'urgence lors de son admission m'a tout raconté.

- J'ai du mal à comprendre que Derek l'ait laissée tomber. Judy n'est pas seulement belle mais elle est aussi une grande comédienne.

- Tandis que Laura Sinclair n'est plus personne.

Ce fut plus que Laura ne put en supporter. Chancelante, elle s'agrippa au rebord de la table. *Surtout, ne pas pleurer ici*, pria-t-elle intérieurement. Elle prit une profonde inspiration et trouva la force de se lever pour se diriger discrètement vers l'ascenseur qui menait à sa chambre. Enfin à l'abri des regards, elle se laissa tomber sur le lit et tenta de contrôler le tremblement convulsif de ses membres. Au fond, elle avait toujours su. Mais aujourd'hui, elle ne pouvait plus se cacher la tête dans le sable. La douleur qu'elle avait ressentie lors de l'épisode Marlène Gaynor revenait la submerger avec une violence inouïe, car maintenant, elle avait la certitude que rien ne changerait jamais...

La sonnerie du téléphone la força à sortir de sa torpeur.

Elle décrocha en sachant déjà ce qu'elle allait entendre.

- Chérie, ne m'attend pas pour dormir. Ils ont changé le plan de travail encore une fois et nous allons tourner des extérieurs de nuit.

- Ce n'est pas grave. Je projetais de me coucher très tôt avec un bon roman.

- Parfait. Je te laisse, on m'attend sur le plateau.

- Je t'embrasse. Travaille bien.

- Je t'embrasse aussi. À plus tard!

Laura raccrocha en se surprenant d'avoir si bien su dissimuler son désespoir. À l'époque de l'orphelinat, les religieuses lui avaient appris à refouler toutes ses émotions et suite à cela, le Père Gabriel avait mis des années pour lui réapprendre à exprimer ses sentiments. Finalement, ce sont les religieuses qui avaient raison. Dorénavant, elle s'appliquerait de toutes ses forces à se détacher de Derek afin de s'immuniser contre la souffrance intolérable que lui seul avait le pouvoir de lui infliger.

Son regard glissa vers le mini-bar bien garni de la chambre.

Les jours où se serait vraiment trop dur, elle aurait recours à son paradis artificiel.

Après une vague hésitation, elle se leva.

Les jours comme celui-ci...

***

CHAPITRE 19

Août 62

Derek et Jerry venaient de disputer une chaude partie de golf au club le plus huppé de Wesport.

- Ouf, je suis en nage, se plaignit Derek. Quelle chaleur!

- Ouais, il y avait longtemps qu'on avait connu un mois d'août aussi étouffant, renchérit Jerry. Tu sais, je te croyais plus rouillé que ça!

- Si j'étais à ma retraite comme toi, je serais encore bien meilleur!

- Ça, c'est facile à dire. As-tu le temps de prendre une bière avant d'aller te changer pour ta répétition?

- Certainement. Après tout, c'est rare que nous ayons la chance d'être ensemble.

Ils pénétrèrent à l'intérieur du club et s'attablèrent dans un coin retiré pour pouvoir discuter loin des oreilles indiscrètes. Précaution superflue d'ailleurs, puisque tous les gens présents ne s'intéressaient qu'au suicide de Marilyn Monroe et aux spéculations de toutes sortes que cela engendrait.

Derek commanda deux bières bien fraîches. Quand ils furent servis, Jerry aborda le sujet qu'il avait volontairement retardé jusqu'à présent.

- Tu sais, je n'ai vu Laura qu'une demi-heure, mais je l'ai

trouvée incroyablement changée…

- C'est vrai. Elle ne pourrait plus être la porte-parole des cosmétiques Duc-Aubray.

- Ce n'est pas que physique… elle semble détachée de tout.

Les coins de la bouche de Derek s'affaissèrent de manière perceptible.

- Entre nous, elle boit presque continuellement, avoua-t-il à contre cœur.

- Bon Dieu, tu ne peux pas faire quelque chose! s'indigna Jerry.

- C'est vite dit! Quand je suis là, elle se contrôle mais sitôt que j'ai le dos tourné, elle saute sur la bouteille. Je ne peux tout de même pas la suivre à la trace!

- Dis-moi franchement, l'aimes-tu toujours?

Derek hésita puis répondit prudemment :

- C'est difficile à dire… Je ne sais plus très bien ce que j'éprouve pour elle. Notre mariage est devenu tellement vide de sens...

- Et elle?

- Parfois, j'ai l'impression qu'elle ne me voit même plus.

Jerry s'absorba dans la contemplation de son verre tout en se laissant aller à rêver qu'il amenait Laura dans son ranch, l'entourait de son amour et la voyait redevenir la jeune femme fabuleuse qu'elle était lors de leur première rencontre.

La voix de Derek le ramena brusquement à la réalité.

- À quoi penses-tu? demanda-t-il d'une voix soupçon-neuse.

- Rien, je trouve tout cela tellement triste…

Derek vida le contenu de son verre d'une traite.

- Il existe sûrement des sujets de conversation plus

intéressant que mon mariage qui ne va nulle part, lança-t-il d'une voix faussement désinvolte. Par exemple, qu'elle est la dernière en liste?

Jerry se résigna à abandonner le sujet.

- Tu la connais. Jane Forsythe. On se fréquente depuis quelques semaines.

Derek fut sincèrement impressionné.

- Félicitations, ce n'est pas la première venue! Où l'as-tu connue?

- Elle est venue à mon ranch pour une entrevue.

- Je peux te dire qu'elle fait partie des rares journalistes que je respecte. La prochaine fois, amène-la avec toi, il me fera plaisir de la revoir.

- Ce ne sera pas avant longtemps. Dès ce soir, je retourne à la maison pour plusieurs mois.

- Alors, je suis doublement heureux de t'avoir vu, dit Derek en jetant un coup d'œil nerveux à sa montre. Excuse-moi, vieux, il faut que je file si je veux avoir le temps de passer prendre une douche.

- Au moins, tu n'as pas à te plaindre côté métier. Ta carrière semble vraiment au zénith!

Le regard de Derek vacilla.

- Oui, je suis exactement là où j'ai toujours voulu être.

***

Quelques jours plus tard, Derek eut une violente altercation avec Laura en revenant d'un restaurant chic de Westport.

- Tu m'as fait vraiment honte, ce soir, gronda-t-il rageusement. Tous les gens présents au restaurant ont pu constater que tu avais trop bu lorsque tu as trébuché en sortant de la salle de bain.

- C'est le moindre de mes soucis, répondit Laura avec indifférence.

- Eh bien, moi pas! Au cas où tu l'aurais oublié, j'ai une image de marque à sauvegarder.

- Mon pauvre chéri!

Derek respira profondément pour retrouver son calme. Cette fois, la discussion qui allait suivre allait décider du sort de leur mariage d'une façon définitive.

- Écoute-moi attentivement. Maintenant que ma nouvelle pièce est au point, nous allons partir en tournée dans les villes de Philadelphie, Boston et Washington avant de la monter sur Broadway. Je serai donc absent plusieurs semaines.

- C'est merveilleux pour toi. Pendant ce temps, tu n'auras plus à me supporter…

Derek ne tint aucun compte de l'interruption.

- Tu auras tout le temps nécessaire pour prendre une décision.

- Ce qui veut dire?

- Ou tu vas en cure de désintoxication, ou je demande le divorce.

Laura tenta de maîtriser les battements affolés de son cœur. Cet ultimatum, pourtant prévisible, réveillait toute la souffrance qu'elle avait profondément enfoui au fond de son être.

- Je t'en supplie, ne m'accule pas comme ça au pied du mur. D'ailleurs, je peux arrêter de boire toute seule, si tu annules tous tes engagements et que tu restes auprès de moi, ajouta-t-elle dans une tentative dérisoire pour reculer l'inévitable.

- Tu sais bien que c'est impossible.

Ces mots sonnèrent le glas de son dernier espoir.

- Dans ce cas, tout est fini. Il est temps que nous mettions fin à ce simulacre de mariage.

- C'est ton denier mot?

Incapable de parler, elle hocha la tête.

- Très bien. Dès que je serai rentré de ma tournée, je mettrai les procédures de divorce en marche et je me chercherai un appartement à New York.

- C'est ce qu'il y a de mieux à faire.

Malgré son calme apparent, Derek remarqua à quel point ses beaux yeux d'ambre étaient remplis de détresse, mais cela n'ébranla en rien sa détermination. Dorénavant, tout ce qu'il désirait était de fuir loin d'elle, afin d'échapper à sa propre souffrance.

***

CHAPITRE 20

Décembre 62

Lorsque Vivien et Georges Powell sortirent du théâtre, il neigeait à gros flocons.

- Nous aurons finalement de la neige pour Noël! s'exclama Vivien avec joie.

- Nous vivons dans une telle grisaille, depuis l'assassinat du président Kennedy, qu'un peu de blancheur ne pourra que nous remonter le moral!

Ceci dit, l'avocat à la retraite qu'elle fréquentait depuis plusieurs mois la prit affectueusement par le bras, et ils se dirigèrent vers la Bentley de ce dernier. Dès qu'ils furent confortablement installés à l'intérieur, il se tourna vers elle avec un regard avide.

- Où allons-nous, maintenant?

- Chez moi? suggéra Vivien. Riccardo est absent pour la fin de semaine. Nous aurons donc toute l'intimité voulue.

- Excellente idée.

Tandis qu'il conduisait prudemment pour quitter Broadway et se diriger vers Manhattan, elle songea avec un frisson d'excitation à ce qu'ils feraient rendus à destination. Malgré ses soixante et un ans, Georges était demeuré un amant ardent qui savait combler une femme. Pendant un moment, elle ne put s'empêcher de regretter de n'avoir pas connu cette même sensualité avec Franco. Agacée, elle le chassa de ses pensées et s'absorba dans la contemplation des longues mains racées de son compagnon sur le volant.

- J'aurais bien aimé voir mon frère après la représentation. Dommage que sa loge fut bondée de gens intimidants.

- Tu pourras sûrement le voir demain. Comme il habite maintenant à deux rues de chez toi, ce n'est guère compliqué de le visiter.

- Tu as raison. Il a joué *Richard III* de façon sublime, n'es-ce pas?

- C'est peu dire. Toute la salle semblait suspendue à ses lèvres.

Dès qu'ils furent rendus à l'appartement et débarrassés de leur manteau, Georges la prit dans ses bras et l'embrassa fougueusement. Quand il la libéra, ils respiraient tous deux avec difficulté.

- Sais-tu que j'en ai eu envie toute la soirée? avoua-il d'une voix caressante.

- C'est vrai? demanda Vivien avec un air mutin.

- Oh oui, mets fin à mon supplice... souffla son amant d'une voix rauque en l'entraînant vers la chambre.

Après l'avoir longuement aimée, Georges plongea son regard dans le sien et murmura :

- Vivien, je veux t'épouser.

En entendant cette déclaration, Vivien se redressa vivement sur un coude.

- Tu ne parles pas sérieusement?

- Je n'ai jamais été aussi sérieux de ma vie, affirma-t-il d'une voix sereine.

- Mais pourquoi? Nous sommes heureux ainsi!

Georges contempla tendrement son joli petit visage.

- Bien sûr, mais je te veux toute à moi! En nous fréquentant assidûment depuis quelques mois, j'ai compris que je t'aimais profondément et que je voulais vivre avec toi.

Vivien eut la désagréable impression de recevoir une douche froide.

- Je regrette, c'est impossible, refusa-t-elle catégoriquement.

- Pourquoi? demanda-t-il avec consternation. Tout de même pas à cause de Riccardo?

- En partie seulement. Disons qu'un mariage raté m'a largement suffi…

- Écoute-moi, Vivien. Contrairement à toi, j'ai connu une union heureuse et paisible jusqu'à la mort de ma femme. Je suis sûr que nous pouvons vivre la même chose ensemble.

- C'est faux, tout peut changer, au contraire! Laura et Derek s'aimaient réellement et maintenant, ils sont séparés et en instance de divorce.

- Tu ne peux pas baser ta vie sur l'expérience de ton frère!

- C'est vrai, mais je reste quand même sur mes positions. Je ne me remarierai jamais.

Georges s'efforça de demeurer calme.

- Vivien, reprit-il patiemment, je cherche plus qu'une liaison. À mon âge, j'ai besoin d'une femme pour partager ma vie entièrement et pour moi, tu es la compagne idéale malgré les vingt-cinq années qui nous séparent.

- Je regrette, Georges, je ne pourrai jamais te donner plus que ce que je te donne actuellement.

Elle vit ce dernier se décomposer littéralement sous ses yeux.

- N'y a-t-il rien que je puisse dire pour te faire changer d'avis?

- Non, c'est définitif, trancha Vivien d'une voix inflexible, afin de ne pas se laisser gagner par la pitié.

L'avocat plongea son regard gris dans les yeux de sa maîtresse, longuement, profondément, comme pour sonder son âme. Puis, avec un long soupir, il se leva et se rhabilla tranquillement.

- Tu n'es pas obligé de partir maintenant...
- Je ne reviendrai plus.

Vivien encaissa le choc sans mot dire. Elle avait espéré que son refus ne mettrait pas fin à leur liaison, mais c'était aussi bien que cela se termine ainsi puisqu'ils ne poursuivaient pas le même but.

- Je suis vraiment désolée, Georges, mais je suis incapable de t'apporter ce que tu désires, dit-elle doucement.

Lorsqu'il parla, elle vit ses yeux briller de larmes contenues.

- Si jamais tu veux autre chose que du sexe, fais-moi signe... lâcha-t-il amèrement, en refermant la porte derrière lui.

Vivien alla s'accouder à la fenêtre et y resta jusqu'à ce que la voiture de Georges disparaisse dans la nuit.

***

CHAPITRE 21

Février 63

Le visage grave, Laura contemplait Derek qui signait les derniers papiers du divorce.

- C'est complet, dit le juge. Et maintenant, si vous voulez bien signer ici, Madame.

Glacée à l'intérieur, elle s'exécuta.

- Voilà, toute la procédure pour dissoudre votre mariage est achevée. Vous pouvez disposer.

Ils remercièrent machinalement et se retrouvèrent à l'extérieur du palais de justice sous un soleil éclatant. Ni l'un ni l'autre ne fit mine de partir, comme s'ils répugnaient à se séparer tout de suite.

- Voilà, c'est fait, dit platement Derek.

- Oui, ne put que renchérir Laura.

- Qu'est-ce que tu dirais si je te raccompagnais à Westport?

- Mais, j'ai ma voiture…

- Aucune importance. Donne-moi tes clés et j'enverrai quelqu'un te la ramener demain, dit-il d'une voix pressante.

La jeune femme, qui ne se sentait pas le courage de conduire si longtemps, accepta avec soulagement.

- Si tu insistes…

Ils roulèrent un moment en parlant de choses et d'autres puis Derek demanda :

- La maison n'est-elle pas trop grande pour toi seule?

- Oui, sans doute, mais je ne peux pas me résoudre à la vendre maintenant.

- Tu as raison. C'est le genre de choses qu'il ne faut pas faire à la hâte. Tout comme le divorce...

Laura sentit un couteau lui transpercer le cœur.

- Cela fait une drôle d'impression, n'est-ce pas? Petite fille, je croyais qu'on se mariait pour la vie. Enfin, c'est ce que disaient les religieuses...

- En tout cas, c'est une expérience que je ne veux jamais recommencer, affirma-t-il en guise de réponse.

Laura aurait voulu lui demander s'il avait mal comme elle, mais elle se contint. Bien sûr, ils saignaient tous les deux mais continuer comme avant aurait été encore pire.

Le silence s'installa entre eux mais ni l'un ni l'autre ne chercha à le briser.

Lorsqu'ils arrivèrent près de la maison, la jeune femme sentit son cœur s'emballer.

- Nous voici déjà à destination, dit Derek.

Laura comprit à cet instant qu'il ressentait exactement la même chose qu'elle et cela la réconforta un peu.

- Tu m'offres un café? demanda Derek avec un regard suppliant.

Considérant leur état d'âme, elle savait trop bien comment cela risquait de se terminer.

- Je ne crois pas que le moment soit bien choisi...

Derek fixa ses yeux d'ambre trop brillants.

- Ai-je au moins droit au baiser d'adieu?

Pour toute réponse, elle le regarda intensément. Derek la prit alors dans ses bras et pressa fiévreusement ses lèvres contre les siennes. Laura trouva la force de s'écarter mais avant, elle essuya tendrement une larme qui roulait sur la joue de son ex-mari.

- Je voudrais pouvoir revenir en arrière... dit-il d'une voix éteinte.

- Ça va passer... Tout finit par passer.

- Tu vas bien t'en tirer toute seule? reprit-il au bout d'un long moment.

- J'étais seule bien avant notre divorce, dit doucement Laura.

Elle le vit rougir sous son hâle et regretta ses paroles amères.

- Excuse-moi. Je n'aurais pas dû dire cela.

- Ça ne fait rien. Après tout, c'est la stricte vérité, non?

La jeune femme préféra mettre un terme à leur entretien douloureux.

- Il faut que je m'en aille, maintenant.

Elle hésita et ajouta presque malgré elle :

- Derek... il ne faudra plus que tu m'appelles ou que tu cherches à me revoir. Sans cela, je ne m'en sortirai jamais.

Il ferma les yeux et répondit en un murmure :

- Adieu, Laura. Que Dieu veille sur toi...

CHAPITRE 22

Avril 63

Georges Powell prenait tranquillement un verre dans un bar de l'aéroport d'Orly. Un peu plus loin, l'équipe de tournage d'un film discutait bruyamment de la disparition mystérieuse du sous-marin atomique Tresher, avec 128 hommes à bord. Tout à coup, il vit entrer le frère de Vivien et s'empressa de lui faire signe. Derek fronça les sourcils puis l'identifia. Un large sourire aux lèvres, il alla récupérer son verre et vint à sa rencontre.

- Bonjour, Georges! Est-ce que votre avion est retardé aussi?

- Ouais, pas de veine ce brouillard, n'est-ce pas? Je vais en Allemagne pour affaires. Et vous?

- À Londres. Mon nouveau film sera presque entièrement tourné là-bas.

- Vous délaissez le théâtre après votre triomphe sur Broadway?

- Temporairement seulement. Pour l'instant, j'ai besoin de changer d'air et de tenter de nouvelles expériences

Georges approuva d'un signe de tête et demanda à brûle pourpoint :

- Comment vont Vivien et Riccardo?

À merveille! Ma sœur travaille toujours et son fils poursuit brillamment ses études à Yale.

- J'en suis heureux… En passant, j'ai été désolé d'apprendre votre divorce.

- Ouais, ça se passait en février et nous sommes déjà en avril. Le temps file à une vitesse incroyable…

- C'est pourquoi il faut toujours profiter du bon temps quand il passe.

- Pour moi, les bons moments se résument au travail. Je ne fais que cela! précisa Derek en exhalant lentement la fumée de sa cigarette.

Georges s'absorba dans la contemplation du liquide ambré de son verre puis finalement se décida à reparler de Vivien.

- Savez-vous si votre sœur a quelqu'un dans sa vie?

- Rien qui soit sérieux, à ce que je sache.

- D'après vous… est-ce qu'elle regrette notre rupture?

Derek décida de ne pas lui donner de faux espoirs.

- Je ne crois pas. Vivien ne veut s'attacher à personne. Elle a beaucoup souffert par le passé.

- Ce n'est pas une raison pour rester seule jusqu'à la fin de ses jours…

- Pour elle, c'en est une. Il faut la prendre comme elle est.

Voyant que Georges semblait dériver dans ses pensées, Derek se leva et lui tendit la main.

- Excusez-moi, il faut que j'aille rejoindre les autres.

- Bien sûr! Transmettez mes salutations à Vivien et Riccardo.

- Je n'y manquerai pas. Au revoir et bon voyage!

- Merci. J'espère que votre film remportera beaucoup de succès.

Derek croisa les doigts et regagna sa table.

CHAPITRE 23

Vivien appuya résolument sur le bouton de la sonnette. Après un temps qui lui parut interminable, Laura ouvrit enfin la porte.

- Toi! Mais qu'est-ce que tu fais ici? s'exclama-t-elle, au comble de la stupeur.

Vivien dissimula sa surprise devant l'allure négligée de son ex-belle-sœur et déclara joyeusement :

- Viens ici que je t'embrasse! Étant donné que tu trouves toujours une bonne excuse pour ne pas me rencontrer, et ce depuis quatre mois, j'ai décidé de prendre le taureau par les cornes et de débarquer ici à l'improviste.

- Tu sais très bien que je suis toujours heureuse de te voir! protesta Laura.

- Rassure-toi, je ne t'en veux pas. J'ai très bien compris que tu évites systématiquement tout ce qui te rattache encore à mon frère.

Laura ne la contredit pas.

- Mais maintenant que tu es là, nous allons en profiter pleinement. Tu restes combien de temps?

- Jusqu'à demain, si tu le veux bien.

- Bien sûr, voyons. Viens t'asseoir, tu dois avoir une foule de choses à me raconter!

- Pas tant que ça. Je mène une vie très routinière, tu sais.

- Vraiment? fit Laura en se dirigeant vers le bar. Que veux-tu boire?

- Rien. Je ne bois jamais le matin.

Laura se versa nerveusement un grand verre de porto et vint retrouver Vivien sur le canapé. Cette dernière la considéra gravement et déclara sans ambages :

- Tu as bien mauvaise mine, ma chérie. Je crois que tu devrais cesser de boire autant...

Laura se crispa aussitôt.

- Excuse-moi, mais je suis assez grande pour diriger ma vie.

- Ne le prends pas mal. Si je te dis cela, c'est que je t'aime et que je m'inquiète pour toi.

- Mais non, tout va bien... je t'assure.

- Voyons Laura, est-ce que tu t'es regardée dans une glace, dernièrement?

Devant son indifférence manifeste, Vivien se leva brusquement et l'empoigna par le bras. Elle la traîna ensuite devant l'immense miroir de l'entrée.

- Regarde-toi!

Laura vit une femme encore jeune mais fanée prématurément, avec des cheveux ternes qui tombaient lamentablement de chaque côté de son visage. Ses yeux vitreux étaient profondément cernés et son teint blafard témoignait d'une négligence évidente. Dégoûtée, elle détourna le regard.

- Arrête... je t'en prie.

- C'est bon. Viens t'asseoir, maintenant.

Lorsque ce fut fait, Vivien saisit le verre de porto.

- Je vais jeter cette cochonnerie dans l'évier.

Quelques secondes plus tard, elle revint prendre place

auprès de Laura et lui passa affectueusement un bras autour des épaules.

- Vas-y, raconte-moi ce qui ne va pas.

Laura tenta vainement de refouler ses larmes puis s'effondra.

- Rien ne va…. Je ne parviens pas à oublier.

Pleine de compassion, Vivien resserra son étreinte.

- Écoute, un divorce n'est pas la fin du monde. J'ai passé par là et crois-moi, je sais de quoi je parle.

- Tu avais Riccardo pour t'aider à passer au travers… Moi, je n'ai rien.

- Ce n'est pas vrai. À vingt-neuf ans, on peut encore tout attendre de la vie!

Laura demeura silencieuse un long moment puis le besoin de se confier s'imposa à elle avec force.

- Tu sais, d'aussi loin que je me souvienne de mes années à l'orphelinat, je me jurais que je prendrais ma revanche un jour en vivant un grand amour, et en ayant des enfants bien à moi que je n'abandonnerais jamais. Quand j'ai connu Derek, je l'ai aimé tout de suite de tout mon être, mais je savais au fond de moi que nous n'étions pas faits pour vivre ensemble.

Par délicatesse envers Vivien, elle omit d'ajouter que son frère l'avait persuadée du contraire pour une raison bien précise.

- Maintenant, tout s'est effondré autour de moi et je ne trouve pas de raisons valables pour me relever de ce gâchis, termina-t-elle d'une voix remplie de désarroi.

- Pourtant, tu le dois. Tu ne peux pas continuer à te détruire ainsi, plaida Vivien avec une immense tendresse.

- Je sais, coupa Laura. Un jour ou l'autre, je trouverai bien le moyen de me sortir de cette impasse. Pour le moment, je ne veux plus que nous parlions de tout cela. C'est de ta joie de vivre dont j'ai besoin en ce moment.

Vivien capitula mais se jura de reprendre la discussion à un autre moment.

- C'est d'accord. Je ne t'embêterai plus.

Elle enveloppa la pièce d'un regard circulaire et constata:

- C'est si grand ici. Il me semble que tu serais mieux dans un appartement à New York.

Laura lui jeta un regard horrifié.

- Je deviendrais folle dans cette ville infernale! J'aime trop ma tranquillité, et ici, je peux passer des heures à regarder la mer. Crois-moi, je préfère demeurer à Westport.

- Bien sûr, tu peux bien rester ici si tu en as envie. Je disais cela parce que j'aimerais bien t'avoir plus près de moi...

Laura sourit et demanda des nouvelles de Riccardo.

- Parle-moi de ton fils. Que lui as-tu offert pour ses dix-huit ans?

- Une moto. Tu connais les garçons, il y a bien un an qu'il me talonnait avec ça! En ce moment, il est aux Bahamas avec son père, en train de faire de la voile.

- Comment s'est passée sa première année à Yale?

- Sans problème jusqu'à maintenant. Il a finalement abandonné l'idée de devenir joueur de tennis professionnel et étudie pour être chimiste.

- Tu dois être très fier de lui.

- C'est vrai.

- Et Georges Powell, l'as-tu revu?

Vivien soupira.

- Non, il ne s'est plus manifesté depuis notre rupture. Tout ça à cause de mon refus de me marier avec lui...

- Je te comprends difficilement. Georges est certainement le meilleur homme qui soit.

- Peut-être mais je tiens à demeurer entièrement libre.

- C'est ton droit. Moi-même, je ne voudrais pas me lier à qui que ce soit.

- Derek non plus. Je sais qu'il souffre encore de votre séparation…

Laura la gronda doucement.

- Je ne veux pas entendre ce genre de choses.

- Tu as raison. Excuse-moi, dit Vivien.

Elle se leva et s'étira paresseusement.

- Dehors, il fait un temps splendide! Qu'en dirais-tu si nous allions nous baigner? proposa-t-elle avec enthousiasme.

- Bonne idée! Tu peux te changer dans la chambre d'amis.

- Merveilleux! Je te rejoins sur la plage.

Laura la regarda prendre sa valise puis monter prestement l'escalier. Dieu qu'elle aurait voulu avoir sa force et sa vitalité! Elle se leva à son tour et chassa résolument ses tristes pensées. L'angoisse reviendrait bien assez tôt…

***

Le bruissement du vent dans les voiles, le scintillement des rayons du soleil sur les vagues turquoises, le sentiment que plus rien ne pouvait l'atteindre, tout cela contribuait à apaiser Riccardo, à chaque fois qu'il faisait de la voile avec son père. Sauf cette fois-ci. Couché dans sa cabine, il pensait à Isabella, la jeune femme qu'il aimait de toute son âme, et à l'enfant qu'elle portait maintenant à cause de sa conduite irresponsable.

Son père interrompit le cours de ses réflexions en l'appelant pour venir déjeuner.

- Tu as faim? J'ai fait réchauffer des croissants.

- Ouais, ça va aller, répondit le jeune homme en prenant

place devant son père dans la cuisinette.

- Il va falloir lever l'ancre, tout à l'heure, poursuivit Franco. Même si je n'en ai pas envie, il est temps de rentrer au bercail. Les problèmes doivent déjà s'accumuler au bureau.

Il tartina généreusement de confiture un croissant tout chaud, et regarda attentivement son fils.

- À ce propos, il faut vraiment que nous discutions de l'avenir de la compagnie.

Riccardo ne put contenir un soupir d'impatience.

- Désolé, papa, j'ai renoncé au tennis pour te faire plaisir, mais il est hors de question que je te succède un jour. Je croyais que c'était une chose entendue.

- J'ai quand même le droit de rêver de te voir revenir sur tes positions.

- Encore une fois, aucune chance!

Franco n'insista pas. Néanmoins, il jugea le moment approprié pour lui faire part des dispositions qu'il avait prises pour protéger ses employés, au cas où son décès surviendrait.

- Vu les circonstances, il est important que je te parle de ma succession. La compagnie compte 300 employés réguliers sans parler des sous-contractants et possède un chiffre d'affaires d'environ 200 millions de dollars par an. À mon décès, tu recevras trente pour cent des actions et ta mère dix-neuf, à la condition expresse de vendre vos parts à mon associé, si vous décidez de vous en départir.

Riccardo regarda son père avec étonnement.

- Voilà un geste bien généreux envers maman...

Le regard de son père se voila à l'évocation de Vivien.

- Tu te rends compte que je ne l'ai pas vue depuis au moins trois ans? Elle a réussi à m'éviter à chaque fois que je suis venu à New York. Quand ta grand-mère est morte, elle m'a écrit, mais j'avais secrètement espéré qu'elle t'accompagnerait lors des funérailles.

- On dirait vraiment que tu en souffres.

- Bien sûr. Je n'ai jamais oublié ta mère.

Le regard de Riccardo se fit perplexe.

- J'ai toujours eu l'impression que vous m'aviez caché la véritable raison de votre divorce, laissa-t-il échapper.

Le cœur de Franco flancha. Pendant un instant fou, il ressentit le désir irrépressible de tout avouer à son fils afin de se libérer un peu de son enfer, mais la peur reprit vite le dessus. Il ne pouvait courir le risque d'engendrer le mépris de son fils au moment où il avait enfin l'impression de le retrouver vraiment. C'était inimaginable.

- À l'époque, je suis tombé amoureux de quelqu'un d'autre et aujourd'hui, je suis seul. Heureusement, il me reste un fils. Même si tu ne manifestes aucun intérêt pour les affaires, tu ne peux savoir à quel point je suis fier de toi.

À la grande stupéfaction de son père, le jeune homme explosa de rage.

- Arrêtez à la fin! Toi et maman ne cessez de me mettre sur un piédestal! Je n'en peux plus... termina-t-il en se mettant à pleurer de frustration.

Franco sentit une main glacée lui broyer le cœur. Se pouvait-il que son fils soit affligé de la même tare que lui?

- Est-ce qu'il y a quelque chose de grave que tu nous caches? Je t'en prie, tu sais que tu peux tout me dire, affirmat-t-il en priant intérieurement pour qu'il s'agisse d'autre chose.

Riccardo tenta de se ressaisir de son mieux. C'était le moment ou jamais de demander l'aide de son père. Il se moucha longuement pour se donner du courage puis commença à s'expliquer d'une voix saccadée.

- Je suis tombé amoureux d'une fille à Yale et je l'ai mise enceinte.

Franco ressentit un soulagement profond malgré la gravité de la situation.

- Ta mère est au courant? demanda-t-il avec le plus grand calme.

- Non, je n'ai pas osé lui en parler.

- Tu as bien fait. Voyons d'abord les solutions tous les deux.

- Malheureusement, il n'y en a qu'une.

- Laquelle?

La voix du jeune homme se brisa.

- L'avortement, lâcha-t-il très vite.

Cette idée dégoûta visiblement Franco.

- Et le mariage, vous n'y avez pas songé?

- Impossible. Le père d'Isabella est un avocat important qui véhicule encore des principes du Moyen Âge. Toute cette histoire risque de tourner à la tragédie!

Franco eut pitié de son fils en voyant à quel point il était paniqué, mais il ne pouvait se résoudre à l'appuyer dans sa démarche.

- Je suis contre l'avortement et en plus, ce peut être très dangereux.

- Pas vraiment, on nous à parlé d'une clinique sérieuse qui pratique des avortements clandestins. Seulement, il faut y mettre le prix…

- Combien?

- Six mille dollars.

Franco se frotta pensivement le menton puis prit sa décision avec réticence.

- Très bien, je vais faire transférer les fonds dans ton compte. J'espère seulement qu'il n'y aura pas de complications. Je ne pourrais jamais me pardonner s'il arrivait quelque chose à cette jeune fille.

Riccardo regarda son père avec des larmes plein les yeux.

- Merci, papa. Je n'oublierai jamais ce que tu vas faire pour moi! lança-t-il avec un regard éperdu de reconnaissance.

Franco dissimula son émotion en se levant de table un peu brusquement.

- Tu veux bien ranger un peu? Pendant ce temps, je vais hisser les voiles pour lever l'ancre.

Ce voyage devait être le dernier. Un mois plus tard, jour pour jour, Franco perdit la vie dans un terrible accident de voiture en rentrant chez lui après une soirée bien arrosée. L'homme qui l'accompagnait s'en tira avec quelques éraflures.

***

CHAPITRE 24

Août 63

L e dernier film de la soirée prit fin. Un peu engourdie, Laura se leva en chancelant pour aller éteindre le téléviseur. Elle sortit ensuite sur le balcon de sa chambre, et regarda les rayons de lune jouer sur les vagues de la mer. C'était une nuit d'été à la chaleur suffocante et après avoir essuyé son front moite de sueur, elle décida d'aller marcher sur la plage. Elle savoura un long moment la caresse du vent sur son corps, puis elle ôta son peignoir et décida de se baigner un peu pour se rafraîchir. Elle s'amusa un moment à faire des cabrioles dans l'eau puis, fatiguée, elle se mit à faire la planche. Elle n'était plus qu'un point minuscule dans l'univers bleu constellé d'une multitude d'étoiles et le temps semblait suspendu dans l'espace. Elle se laissa dériver... *Comme ce serait bon de rester ici pour l'éternité... Mon Dieu, pardonnez-moi mais je ne veux plus continuer à vivre...*

Elle sentait à présent l'eau salée pénétrer dans sa bouche et se sentait soulagée que tout se termine de cette façon. Elle n'éprouvait nulle peur, mais la tristesse l'envahit lorsqu'elle songea au Père Gabriel. *Pardonnez-moi, Père Gabriel, je n'ai pas été à la hauteur de votre confiance...*

Voilà qu'elle avait des hallucinations à présent. Ce devait être les comprimés rouges qu'elle avait avalés avec le whisky. Le prêtre se tenait au dessus-d'elle et lui criait quelque chose. Mais quoi? « *Nage, Laura, il est encore temps de regagner la rive… Tu as le devoir de le faire pour accomplir ton destin jusqu'au bout… Sois courageuse pour moi…* »

Soudain, comme mue par une force mystérieuse, elle se retourna sur le ventre et se remit à nager. Chaque mouvement était douloureux et pourtant, elle continuait désespérément d'avancer malgré la distance effarante qui la séparait du rivage.

Quand finalement elle réussi à toucher le sol ferme, elle s'écroula sur le sable en pleurant de soulagement. Il lui semblait que le flot d'amertume et de désespoir qu'elle accumulait depuis les dernières années, s'écoulait en même temps que ses larmes salvatrices. Elle ne sut jamais combien de temps elle était demeurée ainsi, immobile sur la plage, mais lorsqu'elle se releva, une immense paix intérieure l'avait envahie. Elle sut alors que sa décision serait irrévocable : Où qu'il soit, elle irait retrouver le Père Gabriel.

***

Quelques semaines plus tard, Derek se rendit à Westport pour rencontrer un compositeur célèbre qui devait concevoir la trame musicale de son prochain film. Considérant que la gloire n'était jamais acquise, il s'impliquait maintenant dans chaque étape d'une production à laquelle il acceptait d'associer son nom.

Après son rendez-vous, Derek passa lentement devant son ancienne maison et se demanda ce que faisait Laura à ce moment précis. Pris d'une impulsion subite, il engagea sa voiture dans la grande allée. Il n'avait pas revu son ex-femme depuis leur divorce et d'après Vivien, elle vivait dans la solitude la plus complète. Malgré sa promesse de se tenir à l'écart, il avait terriblement envie de la revoir et pour se donner du courage, il supposa qu'il en serait peut-être de même pour elle. Après tout, quel mal faisait-il à vouloir lui parler juste une fois?

Le cœur battant la chamade, il appuya son doigt sur le bouton de la sonnette. Quelques instants plus tard, une femme inconnue vint ouvrir avec un air peu amène.

- Oui?

Derek la considéra avec une déception non dissimulée.

- Pardon… est-ce que vous vivez ici?

- Bien sûr!

- Depuis combien de temps?

- J'ai aménagé ici la semaine dernière. Mais je vous reconnais, vous êtes l'acteur de cinéma qui a déjà habité ici. Pourquoi me posez-vous toutes ces questions?

- C'est mon ex-femme qui vivait ici et j'ignorais qu'elle avait vendu la maison… Savez-vous où elle est partie?

- Je n'en ai pas la moindre idée, car c'est une agence immobilière qui a fait l'acquisition de cette résidence et qui nous l'a revendue par la suite.

- Je vois. Excusez-moi de vous avoir dérangé.

Le cœur serré, il regagna sa voiture d'un pas rapide. Ainsi, Laura était partie sans rien dire à personne. Où pouvait-elle bien être à présent? Il se promit de le découvrir.

***

LIVRE II
1963 À 1978

CHAPITRE 1

LAURA

Québec,
Octobre 63

Laura se stationna devant le presbytère des Pères blancs et constata qu'en sept ans, tout était demeuré inchangé, exactement pareil à ses souvenirs. Elle monta l'escalier jusqu'à la lourde porte en chêne et sonna. Quelques minutes plus tard, un grand jeune homme anémique vint ouvrir.

- Vous désirez, Madame?

- Je voudrais parler à celui qui a succédé au Père Gabriel Atkins, s'il vous plaît.

- Le Père Antoine Girard?

- Ce doit être cela. J'ignore son nom.

- Donnez-vous la peine d'entrer, je vais le prévenir. Qui dois-je annoncer?

- Mademoiselle Laura Sinclair.

Le secrétaire fronça les sourcils, comme si ce nom lui rappelait quelque chose, et la dévisagea attentivement. La femme devant lui était particulièrement jolie, malgré sa trop grande minceur et l'absence totale de tout maquillage

- Veuillez m'excuser, mais j'ai l'impression de vous avoir déjà vue…

- Je ne crois pas.

Le jeune homme n'insista pas.

- Si vous voulez bien vous asseoir, ce ne sera pas très long, dit-il en l'introduisant dans une petite salle d'attente fraîchement repeinte.

- Merci.

Elle attendait patiemment depuis une dizaine de minutes lorsque le Père Girard fit son entrée. C'était un homme entre deux âges, petit et replet à l'allure débonnaire. Laura se leva vivement et serra la main potelée qu'il lui tendait.

- Je suis enchanté de faire votre connaissance, Mademoiselle Sinclair. Que puis-je faire pour vous?

- Je suis à la recherche du Père Gabriel Atkins. Je sais qu'il se trouve quelque part en Afrique et j'espérais que vous pourriez me renseigner plus adéquatement.

- Serait-ce indiscret de vous demander pourquoi vous cherchez à le contacter?

- Pour des raisons personnelles, mon père. C'est très important, le pressa-t-elle.

- Bon, je veux bien consulter son dossier et vous fournir les renseignements mais pourquoi n'êtes-vous pas allée à l'Évêché?

- Je suis native d'ici, mais je suis partie vivre aux États-Unis il y a sept ans. Comme j'ai profité de vacances pour revenir au Québec, je me suis dit en passant devant mon ancienne paroisse, que je pourrais aussi bien me renseigner ici, expliqua-t-elle avec un sourire convaincant.

- Vous avez eu raison. Si vous voulez bien patienter un peu, je vais donner un coup de téléphone pour en savoir davantage, car le Père Gabriel peut très bien avoir changé d'endroit, en six ans.

- Vous êtes très aimable.

Pour tromper son anxiété, Laura prêta attention au bulletin de nouvelles que diffusait une petite radio portative posée discrètement sur une étagère en pin. Elle apprit par la même occasion le décès d'Édith Piaf, ce qui la peina réellement. Après tout, la voix unique de la célèbre chanteuse française n'avait-elle pas bercé ses chagrins à l'époque où elle vivait à Québec?

Le Père Girard fit soudainement irruption dans la pièce.

- Pardonnez-moi de vous avoir fait attendre, mais j'ai dû parler à plusieurs personnes.

- Ce n'est rien, voyons. Qu'avez-vous découvert?

Le prêtre lui tendit triomphalement un bout de papier.

- Le Père Gabriel se trouve présentement au Sénégal, dans la région de la Basse Casamance. Si je ne m'abuse, vous devez prendre le vol pour Dakar à partir de Paris. Une fois à destination, vous avez la possibilité de louer un taxi-brousse pour vous rendre dans les villages éloignés.

Laura lui sourit avec reconnaissance.

- Merci de tout cœur pour votre aide. Je ne vous dérange pas plus longtemps.

- Alors, il ne me reste qu'à vous souhaiter un très bon voyage.

- Au revoir, et merci encore une fois!

Lorsqu'elle se retrouva dehors, Laura fut saisie par le vent glacial d'octobre. Elle s'engouffra vivement à l'intérieur de la voiture de location en se disant : *À l'orphelinat de la Vierge Marie, maintenant!*

Quelques minutes plus tard, elle fut à destination. Elle contempla alors avec tristesse les briques grises et sales de la vieille bâtisse sans âge puis se décida à entrer à l'intérieur. Elle se retrouva dans un petit bureau jauni par les ans où une religieuse âgée tapait péniblement à la dactylo. Cette dernière leva la tête et demanda d'une voix douce :

- Bonjour Madame, que puis-je faire pour vous?

- Bonjour. Serait-ce possible de rencontrer Sœur Patricia Nelson, s'il vous plaît?

- Je regrette, mais Sœur Patricia nous a quittées suite à une longue maladie.

- Oh!… je ne m'attendais pas à cela.

Tout à coup, la jeune femme ouvrit son sac et en sortit un chèque qu'elle tendit à la vieille religieuse en disant :

- Ceci est un don. Je puis aussi bien vous le remettre.

Sœur Cyrille jeta un rapide coup d'œil puis leva les yeux avec stupéfaction.

- Mais… il s'agit d'un chèque de cinq mille dollars!

- Je suis certaine qu'il sera bien utilisé ici.

- Cela va de soi… mais vous êtes extrêmement généreuse.

- Je dois beaucoup à certaines religieuses.

- Vous voulez dire…

Laura décida de couper court à l'entretien.

- Excusez-moi, mais je suis déjà en retard à un rendez-vous. Au revoir, ma sœur!

- Au revoir et un grand merci au nom de toute la communauté!

Laura serra la petite main parcheminée et quitta les lieux, le cœur plus léger.

***

CHAPITRE 2

Basse Casamance,
Octobre 63

– A lors, quelles sont vos impressions?

Laura sourit au jeune français assis en face d'elle. Il travaillait dans l'exportation de l'huile d'arachide et elle avait fait sa connaissance durant le vol Paris-Dakar. Il lui avait été ensuite d'un grand secours en l'aidant à trouver un hôtel et en organisant son départ pour la Basse Casamance, prévu pour le lendemain. Il avait alors expédié quelques affaires urgentes, puis lui avait servi de guide pour visiter Dakar.

Ils étaient attablés maintenant au *St-Louis*, le restaurant le plus réputé de la ville.

- Eh bien, c'est très différent de ce que j'imaginais, répondit-elle après réflexion. Tout est tellement coloré et pittoresque!

Un jeune serveur sénégalais l'interrompit en apportant les menus. Amusée, Laura essaya en vain de fixer son choix. Philippe Lavillière lui vint en aide.

- Je ne saurais trop vous recommander le Yassa au poulet, le mets traditionnel du Sénégal. C'est une pure merveille!

- D'accord, je vous fais confiance.

Le serveur nota soigneusement leur commande et ils

purent reprendre leur conversation.

- Où en étais-je? s'enquit Laura.

- Vous disiez que vous trouviez la ville pittoresque. Donnez-moi quelques exemples en particulier.

- Il y a tellement de choses! Les coiffeurs en plein air, les séances de tam-tam, les parties de dames sur les trottoirs, les mosquées et que sais-je encore!

Philippe rit doucement.

- J'étais pareil à vous, la première fois que j'ai débarqué ici. Malheureusement, on s'habitue trop vite à tout cela...

- C'est dommage.

- Et comment trouvez-vous les Sénégalais?

- Irrésistibles! Ils ont tous un sourire si spontané! J'ai particulièrement remarqué les femmes qui vont aux fontaines pour s'approvisionner en eau. C'est si stimulant de les voir rire et chanter en travaillant!

- C'est vrai, les Sénégalais respirent la joie de vivre. Nous aurions beaucoup à apprendre d'eux.

Un peu plus tard, le garçon déposa devant eux des plats fort appétissants et une bouteille de vin de palme appelé aussi *bunuk*.

- Vous aviez raison, c'est divin! s'exclama Laura en dévorant le mélange de poulet, citron, piment et oignon. J'adore aussi le vin de palme.

- Les Sénégalais en produisent près de 300,000 litres par année. Après les récoltes, c'est une des activités les plus importantes.

Après le dîner, ils discutèrent longuement de la politique et de l'économie sénégalaise. Laura apprit ainsi que la population de la Basse Casamance, essentiellement composée par les Diolas, les Mandingues et les Peuls, s'adonnait principalement à l'agriculture.

- Le riz occupe soixante pour cent des surfaces cultivées mais il y a aussi l'arachide, les fruits et les cultures céréalières comme le maïs et le mil. En fait, son fleuve et la densité de son réseau hydrographique, la douceur de son climat, la fertilité de ses terres, font de la Casamance le grenier du Sénégal.

Laura se félicita d'avoir rencontré un homme aussi charmant et cultivé qui savait éveiller constamment l'intérêt de son interlocuteur.

Lorsqu'il la raccompagna à son hôtel, elle le remercia chaleureusement.

- Ce fut une journée captivante! Je ne sais pas ce que j'aurais fait sans vous.

- Soyez assurée que tout le plaisir a été pour moi.

Il contempla un moment ses traits finement ciselés et ajouta :

- Vous savez, j'ai rarement rencontré une femme aussi jolie que vous. Si vous n'étiez pas aussi meurtrie, j'aurais sans doute tenté ma chance.

- Comment pouvez-vous savoir...

Le jeune homme l'interrompit d'une voix feutrée.

- Toute la journée, je vous ai vu sourire avec vos lèvres mais vos yeux m'ont raconté une toute autre histoire...

- Vous êtes quelqu'un de très perspicace.

- J'espère que vous ne m'en voulez pas trop de ma franchise. De toute façon, l'Afrique est comme le temps. Elle guérit tout.

- Puissiez-vous dire vrai, Philippe, pria Laura en ouvrant la portière de la voiture. Encore une fois, merci pour tout. J'espère sincèrement que nous nous reverrons un jour.

- Il n'en tient qu'à vous, je vous ai laissé toutes mes coordonnées. Bonne chance, Laura.

À cinq heures pile du matin, Laura embarqua dans le taxi-brousse qui devait la conduire en Basse Casamance. Elle était la seule passagère avec le conducteur, un vieux sénégalais parlant assez bien le français et prénommé Hassan.

Ils roulèrent environ dix heures sur des routes cahoteuses, ne faisant escale que pour se restaurer et se rafraîchir un peu. Mais malgré la fatigue du voyage, Laura apprécia grandement la splendeur des paysages, composés essentiellement de palmerais, de rizières et d'impressionnants baobabs, arbre emblème du Sénégal.

Hassan terminait de lui raconter une anecdote croustillante lorsqu'il immobilisa son taxi près d'un relais.

- Ici Basse Casamance, mimizelle, déclara-t-il avec un grand sourire édenté.

Légèrement désemparée, Laura jeta un coup d'œil sur les lieux.

- Dites-moi, avez-vous entendu parler dernièrement d'un missionnaire blanc?

- Hassan connaît le Père Gabriel. Il vit dans le village d'Effok.

- C'est lui que je cherche! Comment puis-je me rendre là-bas?

- Seulement en pirogue. Voyez tout près, jeunes diolas attendent clients.

Ce disant, il klaxonna vigoureusement et un jeune noir accourut aussitôt vers eux. Hassan conversa avec lui en dialecte, puis le jeune homme s'empara des bagages de Laura en souriant d'une oreille à l'autre.

- Merci beaucoup, Hassan. Combien vous dois-je?

- Mille francs, mimizelle.

Laura lui donna en plus un généreux pourboire à la grande satisfaction du vieux sénégalais. Elle s'empressa ensuite de suivre son nouveau guide et en quelques minutes, ils furent prêts à partir.

Ils naviguèrent environ deux heures dans les oblongs, Laura guettant anxieusement l'apparition d'un éventuel crocodile, mais à son vif soulagement, ils arrivèrent à destination sans qu'aucun incident fâcheux ne se soit produit.

Le jeune diola transporta ses bagages sur la terre ferme à l'entrée d'un village et attendit sa récompense. Ne sachant trop quoi faire, elle lui tendit trois cent francs ce qui eut pour effet d'agrandir encore le sourire angélique du jeune garçon.

- Jere jef! s'exclama-t-il d'une petite voix fluette.

Puis, comme il se détournait pour retourner à sa pirogue, Laura, soudainement prise de panique, l'attrapa par le bras. Elle lui montra la croix qu'elle portait autour du cou en espérant qu'il comprendrait qui elle cherchait mais pour toute réponse, le jeune diola fronça les sourcils en cherchant à se dégager.

Presque au même moment, elle entendit un grand éclat de rire derrière elle. Se retournant vivement, elle aperçut un homme de race blanche d'environ trente-cinq ans, de grandeur moyenne et légèrement trapu. Ses yeux gris semblaient considérer la situation avec un vif intérêt et ses cheveux roux, coupés très courts, accentuaient la rudesse de ses traits.

- Qui êtes-vous? s'enquit-elle avec étonnement.

- Ce serait plutôt à moi de vous poser la question, vous ne croyez pas? Je suis Matt Kieslowski, médecin de brousse, se présenta-t-il tout de même.

Laura s'avança et lui tendit la main avec un immense soulagement.

- Je m'appelle Laura Sinclair et je suis à la recherche du Père Gabriel Atkins. Le connaissez-vous?

Il fit signe au jeune guide qu'il pouvait partir et répondit d'un ton légèrement amusé :

- Il se trouve que c'est mon voisin le plus près.

- Eh bien, on peut dire que c'est mon jour de chance!

- Venez, ma jeep est tout près d'ici. Je vais vous conduire auprès de lui, offrit gentiment son sauveur en s'emparant de ses valises.

***

Le Père Gabriel entendit le ronronnement de la jeep de Matt. Il s'en étonna puisque son ami venait de quitter le village pour une période de deux à trois jours. Il s'avança vers la route pour voir ce qu'il en était et il distingua bientôt une passagère à côté du médecin. Il se crut le jouet d'une hallucination car la femme ressemblait étrangement à sa chère Laura, mais à mesure que la jeep avançait, il fut à même de constater qu'il s'agissait bien d'elle.

Quand le véhicule s'immobilisa enfin devant lui, il eut peine à se remettre de son émotion. Mais déjà, Laura sautait par terre et se jetait dans ses bras.

- Oh! Père Gabriel, je vous ai enfin retrouvé! s'écria-t-elle avec des larmes de bonheur inondant ses yeux.

Le prêtre la serra doucement contre lui puis il prit délicatement son visage entre ses mains. Il étudia avec tristesse ses yeux profondément cernés et son visage amaigri. Quel changement depuis leur dernière rencontre!

- Est-ce bien toi, mon enfant? J'ai peine à croire que tu es ici, devant moi...

- J'avais tellement besoin de vous...

Entre-temps, une dizaine de diolas s'étaient approchés timidement. Laura leur adressa un sourire incertain auquel ils répondirent spontanément. Le Père Gabriel s'adressa à Matt qui était remonté dans sa jeep, après avoir déposé les valises de sa passagère.

- Tu peux reprendre ta route, Matt, je vais m'occuper immédiatement de cette jeune dame. Merci infiniment de l'avoir conduite jusqu'ici.

- C'était la moindre des choses, cela ne m'a occasionné qu'un léger retard. Nous nous reverrons donc mercredi.

Il plongea son regard perçant dans celui de Laura.

- Au revoir, Mademoiselle. À bientôt.

- Au revoir, Monsieur Kieslowski. Merci encore pour votre aide précieuse.

Dès que le médecin eut démarré, elle reporta son attention sur le prêtre.

- J'ai tellement de choses à vous dire… Je ne sais par quel bout commencer!

- Réglons d'abord quelques détails d'ordre pratique. Premièrement, tu dois avoir terriblement faim.

- C'est vrai.

- Bon, rentrons chez moi. Je te ferai visiter mon église et le village demain, quand tu te seras suffisamment reposée.

Le Père Gabriel la conduisit vers une grande case remarquablement bien construite, et située à proximité de la mer. La charpente était faite en rônier puis recouverte d'argile et le toit de chaume empêchait la pénétration de l'eau. Elle était également protégée du soleil et du vent par un splendide bouquet de fromagers. L'intérieur était divisé par sections : un espace assez vaste était réservé pour la cuisine qui contenait un réchaud au gaz, des armoires de bambou, une vieille table et des chaises disparates. À côté, un semblant de bibliothèque était aménagée avec quatre fauteuils tout juste utilisables et une grande étagère remplie d'ouvrages de toutes sortes. Les deux pièces restantes servaient de chambre à coucher et chacune possédait un lit en bois de fabrication artisanale et une vieille commode. Le prêtre déposa les valises de Laura dans l'une d'elles.

- Comme tu vois, c'est très rudimentaire mais on s'accommode plus vite qu'on ne croit à ce genre d'existence, fit-il remarquer comme pour adoucir le choc qu'elle devait ressentir.

- Je n'en doute pas.

- Dis-moi, combien de temps prévois-tu séjourner au Sénégal?

- Je ne sais pas. Peut-être toujours…

- Oh, ce serait vraiment un cadeau du ciel! Mais si tu comptes t'établir en Basse Casamance, il te faudra vivre dans une case comme la mienne. En seras-tu capable?

- Oui, pourvu que vous me gardiez après de vous! assura-t-elle spontanément, en s'emparant de sa main.

Le Père Gabriel lui adressa un sourire rempli de tendresse. Elle lui rappelait tout à coup la petite fille qu'il avait secourue tant de fois, à l'époque de l'orphelinat.

- Maintenant, tu vas prendre un bon repas en me racontant ce qui t'a amenée jusqu'ici.

Il lui prépara un bol de riz au poisson et pour dessert, il lui tendit une corbeille de merveilleux fruits mûris à point. Durant tout le repas, Laura lui décrivit les diverses étapes de son voyage, et lui communiqua toutes les émotions qu'elle avait ressenties en découvrant l'enchantement du Sénégal.

- Merci, je ne peux plus rien avaler, dit-elle en refusant une goyave, un petit fruit jaune et odorant à chair rose.

- Veux-tu prendre un thé à la menthe dans la bibliothèque? Enfin, si on peut l'appeler ainsi, précisa-t-il avec un sourire narquois.

- Avec plaisir.

Ils s'installèrent face à face et déposèrent leur tasse sur une petite table en bois d'acajou.

- Il y a une chose qui m'étonne, dit pensivement le Père Gabriel.

- Quoi donc?

- Tu ne m'as pas encore demandé pourquoi je ne t'ai jamais écrit depuis mon arrivée en Afrique.

- J'attendais que vous le fassiez vous-même.

- Alors, autant te dire la vérité.

Il bourra méticuleusement sa pipe et poursuivit d'une voix hésitante :

- À un certain moment de ma vie, je me suis rendu compte que j'éprouvais... certains sentiments envers toi. Alors, quand je suis arrivé au Sénégal, j'ai jugé préférable de couper les ponts définitivement...

Ces aveux consternèrent la jeune femme.

- Vous voulez dire... Je n'aurais pas dû venir jusqu'ici?

- Non, ne crois surtout pas cela. Le temps a passé et a ramené mes sentiments au bon endroit. Je sais que je n'éprouve plus pour toi qu'une immense affection.

Laura éclata soudainement en sanglots déchirants.

- C'est bien, pleure ma petite fille. Après, tu me confieras tout.

Peu à peu, la jeune femme se calma puis s'essuya les yeux en se sentant un peu honteuse.

- Excusez-moi, Père Gabriel. Je ne voulais pas vous imposer un tel spectacle.

- Ne sois pas ridicule. Te sens-tu mieux à présent? s'enquit-il avec sollicitude.

Laura hocha la tête faiblement.

- Alors, je t'écoute.

Laura lui raconta alors les dernières années de sa vie sans aucune censure, de son mariage raté à la nuit cauchemardesque où elle avait voulu en finir.

- Cette nuit-là, c'est vous qui m'avez sauvée, Père Gabriel.

Le prêtre la considéra avec stupeur.

- Eh bien, me voilà forcé de croire à la télépathie! Il y a deux mois environ, j'ai rêvé que je te sauvais de la noyade. Je sentais depuis ce temps que tu avais besoin de mon aide.

- Et maintenant plus que jamais…

- Dis-moi, es-tu toujours amoureuse de cet homme malgré l'échec de votre mariage?

- Derek n'a jamais voulu me faire de mal volontairement. C'est simplement que nous étions trop différents l'un de l'autre.

Elle marqua une courte pause et murmura comme pour elle-même :

- Avec le recul, je réalise que je m'attendais à ce qu'il comble à lui seul, toutes les carences affectives que j'avais accumulées depuis l'enfance.

- En effet, c'était beaucoup demander. Mais, tu n'a pas répondu à ma question. L'aimes-tu toujours?

- Je voudrais répondre que non, mais je me mentirais à moi-même. Malgré les trahisons et la solitude dans laquelle je me suis retrouvée, je n'ai jamais cessé de l'aimer pour autant. Par contre, j'ai compris que je devais vivre loin de lui pour que je puisse reprendre ma vie en main.

- Et l'alcool?

- Ce n'était qu'une béquille pour fuir la réalité. Maintenant, avec vous à mes côtés, je suis prête à l'affronter, fit-elle avec détermination.

- Je suis heureux de t'entendre parler ainsi. Je me sens

tellement honteux de t'avoir abandonnée…

- Il ne faut pas. Vous aviez des choses à régler de votre côté et l'important, c'est que nous soyons à nouveau réunis.

Trop ému pour répondre à cette tendre déclaration, le prêtre consulta sa montre et déclara en s'éclaircissant la voix :

- Nous avons assez discuté pour ce soir. Il est grand temps d'aller dormir, à présent.

- Vous avez raison, je tombe de sommeil!

Ils se levèrent d'un même mouvement.

- Bonne nuit, Laura. Si tu as besoin de quoi que ce soit, n'hésite pas à me réveiller.

- Merci, Père Gabriel. Bonne nuit à vous aussi.

***

Le lendemain matin, Laura et le Père Gabriel prirent un rapide déjeuner puis ce dernier l'emmena visiter le village. À bord de la vieille jeep du prêtre, elle étudia les lieux avec attention, sous le regard curieux des indigènes.

- C'est un endroit fabuleux! constata-t-elle avec ravissement. Toutes ces rizières, ces cases d'argile et ces forêts de fromagers!

- As-tu remarqué l'architecture des cases?

- Il me semble en avoir vu trois modèles.

- C'est exact. Il y a des cases à impluvium, à colonnades et à étages, expliqua le prêtre.

- Que veut dire impluvium?

- Ce sont des cases circulaires munies d'un double toit, dont l'un en forme d'entonnoir qui récolte l'eau de pluie. L'ouverture sert également pour l'éclairage.

- C'est ingénieux. J'ai également remarqué des troncs

d'arbre évidés, suspendus à l'entrée de quelques cases.

- Fais bien attention, ils cachent des abeilles. Celles-ci n'incommodent pas les habitants de la maison, mais par contre, elles peuvent attaquer les étrangers.

- Merci de l'avertissement!

Ils continuèrent leur excursion jusqu'à ce qu'ils atteignirent une petite église blanchie à la chaux.

- Voici mon véritable foyer. Tu peux voir également de chaque côté l'école et le dispensaire.

- C'est l'endroit où travaille Matt Kieslowski?

- En effet, lorsqu'il ne visite pas les villages environnants.

- Il m'a semblé très sympathique.

- C'est quelqu'un d'exceptionnel. Un jour, je te raconterai son histoire.

Ils pénétrèrent dans l'église et Laura remarqua tout de suite l'immense crucifix suspendu au dessus de l'autel. Une vingtaine de bancs rudimentaires étaient également disposés en ligne droite.

- Votre église est très accueillante, Père Gabriel. Il y règne une atmosphère de sérénité.

-- Malheureusement, quatre-vingt-dix pour cent de la population du Sénégal est musulmane, mais ici, dans le village d'Effok, les diolas sont majoritairement chrétiens. Je pars donc quelque fois en croisade dans les autres villages dans l'espoir d'améliorer la situation.

- Vous avez entrepris une lourde tâche!

- Pas autant qu'on pourrait le croire. Les Sénégalais sont très réceptifs aux idées nouvelles, pour autant qu'elles ne leur soient pas imposées.

- Et qui enseigne à l'école?

- Moi-même. Je donne des leçons trois fois par semaine.

Laura fut impressionnée.

- Eh bien, vous êtes vraiment indispensable!

- C'est normal, peu de gens sont intéressés à venir vivre dans ces régions isolées.

- Moi, au contraire, je sens que je vais m'y plaire au-delà de tout ce que vous pouvez imaginer.

- J'en suis sûr. Ici, la vie prend une toute autre essence.

- Je commence déjà à le ressentir. Au fait, les diolas parlent-ils français?

- Ils ont leur propre dialecte mais la plupart se débrouillent assez bien. Je vais tout de même t'enseigner quelques mots importants.

Ils passèrent le reste de la journée à rendre visite aux habitants du village et le soir venu, ils furent invités à partager le repas de la famille la plus importante de la communauté. Le chef, Baaba, possédait plusieurs rizières et un imposant bétail ce qui lui valait l'admiration générale des autres villageois. La soirée s'écoula rapidement, ponctuée de rires chaleureux et de chants diolas. De retour à la case du Père Gabriel, Laura s'effondra sur une chaise en souriant aux anges.

- Tous ces gens m'ont conquise! Leur joie de vivre est véritablement contagieuse!

- Et ce n'est qu'un début! Tu seras envoûtée chaque jour davantage.

Cette nuit-là, Laura s'endormit en savourant la douce sensation de se sentir enfin apaisée.

***

CHAPITRE 3

Il avait fait un temps splendide toute la semaine. Ni trop chaud, ni trop humide. Laura se promenait tranquillement à l'ombre des manguiers, lorsqu'elle vit apparaître la jeep de Matt Kieslowski qui était rentré la veille de sa tournée des villages environnants. Elle avait eu l'occasion à ce moment-là de faire plus ample connaissance avec lui, d'autant plus que sa maison était située à cinq minutes de marche à peine de celle du Père Gabriel.

- Bonjour, Laura. Est-ce que le Père Gabriel est encore là?

- Non, il vient juste de partir pour aller donner ses leçons à l'école.

- Bon, je le verrai plus tard. Au fait, avez-vous visité le dispensaire?

- Non, le Père Gabriel a pensé que vous aimeriez me faire visiter vous-même.

- Seriez-vous prête maintenant?

- Bien sûr, je n'ai rien de particulier à faire.

- Dans ce cas, montez. J'ai une rude journée devant moi.

Ils roulèrent environ cinq minutes pour se rendre au village. Les habitants, qui commençaient déjà à se familiariser à la jeune femme, lui souriaient et lui envoyaient de grands signes de la main. Matt se stationna finalement devant le dispensaire qui était construit en ciment et couvert d'un toit de tôle. Il la fit entrer dans une pièce assez vaste munie d'un bureau, d'une grande pharmacie et d'une table de consultation. Il y avait même une cuisinette pour préparer de légères collations.

- Vous semblez fort bien organisé, remarqua Laura.

- Pas comme je le voudrais mais je me contente, répondit Matt en souriant modestement.

Il la conduisit ensuite dans une petite salle d'opération sommaire juxtaposée à une autre qui contenait trois lits en bois.

- C'est pour les cas graves, expliqua le médecin. Mais, la plupart du temps, les diolas préfèrent retourner dans leur case et invoquer les esprits.

Laura buvait littéralement ses paroles.

- Dites-moi, quelles sont les maladies les plus courantes dans cette région? voulut-elle savoir.

- Il y en a de toutes sortes. Les fièvres, la dysenterie, l'anémie, les vers, les piqûres d'insectes, le paludisme, les infections et j'en passe!

- Vous devez être débordé la plupart du temps!

- En effet, il m'arrive de regretter de n'avoir que deux mains, plaisanta-t-il.

- Savez-vous que j'ai déjà été infirmière?

Matt sembla hésiter.

- Je me rappelle que le Père Gabriel m'en a soufflé un mot...

Soudain, les yeux de la jeune femme se mirent à briller avec plus d'intensité.

- Matt, je voudrais reprendre mon ancien métier!

N'auriez-vous pas besoin d'une assistante?

En entendant ces mots, un large sourire éclaira le visage du médecin.

- Si vous saviez comme j'espérais que vous me fassiez cette proposition!

- Vraiment ? Pourquoi n'avoir rien dit, alors?

- C'est le Père Gabriel qui me l'a conseillé. Il m'a affirmé que vous deviez manifester vous-même le désir de travailler.

- Et que vous a-t-il raconté d'autre?

- Pas grand-chose à part le fait que vous étiez venue jusqu'ici pour vous refaire une nouvelle existence, répondit-il en la dévisageant attentivement.

Mal à l'aise, Laura préféra dévier la conversation.

- Puis-je commencer à travailler dès aujourd'hui? demanda-t-elle vivement.

- Bien sûr. Pour commencer, je vous serais reconnaissant de mettre de l'ordre dans les papiers. J'ai beaucoup négligé le bureau ces derniers mois, expliqua-t-il en désignant un amoncellement de documents de toutes sortes.

- Volontiers!

Laura s'absorba dans sa nouvelle tâche tout le reste de l'avant-midi, tandis que Matt s'occupait des malades qui ne cessaient de défiler au dispensaire. Vers une heure, le dernier patient s'en alla.

- Il est grand temps de se reposer un peu! lança Matt tout en se stérilisant les mains avec soin.

Surprise, Laura leva les yeux.

- Quelle heure est-il donc?

- Une heure et demie.

- Seigneur, comme le temps a passé vite!

- C'est toujours comme ça. Maintenant, nous allons prendre

le temps de nous préparer un léger repas. D'accord?

- C'est vous le patron.

L'après-midi s'écoula tout aussi rapidement. Vers sept heures, Laura rangea le dernier dossier.

- Voilà, je crois que tout est en ordre, commenta-t-elle fièrement.

- Merci, vous m'avez rendu un fier service! Dès demain, vous pourrez commencer à m'assister auprès des malades.

- J'ai terriblement hâte! Je me demande comment j'ai pu cesser de pratiquer mon métier pendant si longtemps...

- Serait-ce indiscret de vous demander ce qui vous en a empêché? demanda doucement le médecin.

Elle décida de lui révéler une partie de la vérité.

- À un certain moment de ma vie, j'ai immigré à New York, mais je n'ai pas réussi à trouver une place dans les hôpitaux.

- Qu'avez-vous fait, alors?

- Je suis devenue modèle car mes économies fondaient comme neige au soleil. Plus tard, je me suis mariée et j'ai abandonné les recherches.

- Puisque vous êtes ici, je conclus que votre mariage est terminé..

Laura sentit son estomac se contracter.

- Nous avons divorcé cinq ans plus tard. Évidemment, j'étais devenue hors circuit pour reprendre la profession.

Voyant les yeux assombris de la jeune femme, Matt regretta d'avoir posé la question.

- Excusez-moi, je vois que j'ai remué de vilains souvenirs...

- Ne vous en faites pas, je vis très bien avec mon passé.

Elle marqua une légère pause et ajouta :

- Je pense que ça doit être encore pire quand on oublie,

vous ne croyez pas? Comme si une partie de notre vie nous échappait à jamais…

- Parfois, c'est préférable, répondit le médecin en fermant un peu brusquement l'armoire de la grande pharmacie. Si vous êtes prête, je vais vous ramener chez le Père Gabriel.

Laura hocha la tête et le suivit à l'extérieur.

***

Le soir même, Laura et le Père Gabriel savourèrent une tasse de thé à la menthe dans la bibliothèque, en compagnie de Matt.

- Au fait, un groupe d'hommes va entreprendre la construction de ta case, demain, annonça fièrement le prêtre.

- À l'endroit que j'ai choisi derrière chez-vous? s'enquit la jeune femme avec excitation.

- Exactement.

- Mais comment vais-je la meubler? s'inquiéta-t-elle soudain.

Matt prit la parole.

- Les artisans peuvent vous confectionner la plupart des meubles. Quant au reste, vous pourrez m'accompagner quand j'irai à Dakar dans deux semaines, et vous rapporterez tout ce qui manquera.

- Merci, j'accepte volontiers votre offre!

- C'est donc une affaire conclue! répondit le médecin en lui souriant chaleureusement.

Ils discutèrent ensuite des us et coutumes de la région.

- Tiens, tandis que j'y pense, j'aimerais que l'un de vous m'explique cette histoire de roi et de bois sacré, dit Laura.

Le Père Gabriel fut heureux de satisfaire sa curiosité.

- Le candidat choisi pour être roi est pleuré par sa famille et ses amis comme s'il quittait ce bas monde, car il doit s'isoler à jamais dans le bois sacré. Sa principale fonction est d'assumer la responsabilité du village devant les fétiches, et de résoudre les problèmes particulièrement graves en audience privée. Ses rizières sont cultivées par des villageois qui ne lui donne que le strict minimum pour sa survie et il ne voit son épouse que pour assurer sa descendance.

- Quelles mœurs étranges, murmura pensivement la jeune femme.

- C'est ce qui fait le charme de l'Afrique, rencherit Matt en avalant une longue gorgée de thé.

Fascinée, elle passa le reste de la soirée à écouter les deux hommes raconter les aventures qu'ils avaient vécues depuis leur arrivée au Sénégal, puis, vers dix heures, Matt prit congé.

- Je passerai vous prendre à sept heures trente, Laura. Nous ferons l'inventaire de vos connaissances et je vous initierai à tout ce que vous devrez accomplir à chaque jour.

- Entendu. Bonne nuit, Matt.

Il salua ses deux amis et s'engouffra dans la nuit noire.

- Quel chic type! s'exclama Laura.

- C'est vrai, approuva le Père Gabriel. Je lui voue une admiration sans borne.

Ils reprirent place dans la bibliothèque, car la chaleur était encore trop accablante pour dormir.

- Vous souvenez-vous m'avoir dit que vous me raconteriez son histoire? demanda Laura.

- En effet, mais c'est quelque chose de très triste.

- Je veux quand même savoir.

- Eh bien, il y a six ans, Matt vivait en Pologne avec sa femme et sa petite fille de quatre ans. Une nuit, il fut appelé d'urgence pour un accouchement. Quand il revint chez lui quelques heures plus tard, sa maison n'était plus qu'un immense brasier que les pompiers tentaient de maîtriser à grande peine… Sa femme et sa fille ont péri dans l'incendie.

- Mon Dieu, quelle horreur… Quelle était la cause du sinistre?

- L'enquête a révélé qu'un court circuit au niveau du système électrique avait déclenché une explosion.

- Pauvre Matt, comme il a dû souffrir…

- Il m'a confié qu'il s'était jeté à corps perdu dans le travail afin de ne pas devenir fou. Un an après le drame, il a choisi de s'exiler en Afrique pour changer radicalement d'environnement.

- Travaille-t-il en Basse Casamance depuis ce temps?

- Non, il a parcouru toute l'Afrique avant de s'établir ici.

- C'est étrange, on ne croirait jamais qu'il a vécu un tel enfer.

- Matt est excessivement réservé quand il s'agit de lui-même.

- En tout cas, j'espère de tout cœur qu'il a réussi à surmonter cette tragédie.

- Je le pense, car il possède une force de caractère peu commune.

Laura demeura silencieuse en songeant qu'elle avait bien de la chance de l'avoir maintenant pour ami.

***

CHAPITRE 4

Matt Kieslowski n'arrivait pas à trouver le sommeil. Il pensait à Laura, si belle et si douce, qui en un an à peine, avait radicalement changé sa vie. Après avoir cru son cœur mort à jamais à la suite du décès de sa femme et de sa fille, voilà qu'il vibrait à nouveau avec une force décuplée. Il sentait que cette femme était faite pour lui, plus même que ne l'avait jamais été Nathalia.

Douloureusement, il songea en même temps que cet amour avait peu de chance de voir le jour, puisque Laura semblait avoir érigé une barrière invisible autour d'elle. Il avait pourtant essayé de percer ses défenses à quelques reprises, mais à chaque fois, elle s'était refermée comme une huître. Non qu'elle fut froide, bien au contraire. L'admiration éperdue que lui vouaient les diolas en était la preuve indiscutable. Il émanait d'elle une grande sérénité, le besoin inlassable d'aider son prochain, mais jamais le besoin de l'amour d'un homme ne se lisait dans ses yeux. Parfois, elle lui rappelait même ces merveilleuses religieuses qu'il croisait régulièrement lors de ses nombreux déplacements.

En attendant, il pouvait au moins bénéficier de sa présence à chaque jour. C'était déjà inespéré…

Une mère diola et ses trois jeunes enfants (proches du rachitisme) venaient de quitter le dispensaire.

- Mais enfin, Matt, comment peut-on permettre que ces gens souffrent de malnutrition, alors qu'il y a du bétail pour nourrir tous les villages environnants!

Matt contempla Laura dont les yeux d'ambre brillaient d'indignation. Depuis son arrivée en Basse Casamance, elle avait repris du poids et les cernes bleuâtres avaient complètement disparu de son visage. En fait, elle était ravissante avec ses cheveux remontés en queue-de-cheval, et son ensemble safari en coton léger qui soulignait discrètement la grâce de sa silhouette.

- Que veux-tu? répondit-il en haussant les épaules. Ici, ils vivent encore selon les vieilles traditions. Les bœufs ne sont sacrifiés que pour des cérémonies exceptionnelles.

- Je le sais, mais je suis révoltée quand même.

- Je te comprends. J'ai éprouvé des sentiments similaires au début, mais j'ai fini par en prendre mon partie.

Tout à coup, un jeune garçon d'une dizaine d'années fit irruption dans le dispensaire.

- Docteur Matt, mon aïeul y est très mal! Venir vite! s'écria-t-il en roulant de grands yeux effarés.

- Calme-toi, Touré, je viens tout de suite, répondit le médecin, en s'emparant prestement de sa trousse d'urgence. Laura, tu vas rester ici pour t'occuper des autres malades. Je ne sais pas combien de temps je vais être absent.

- D'accord, Matt, ne t'inquiète pas. Je me débrouillerai très bien.

Il rejoignit à la hâte le jeune indigène qui avait déjà pris place dans la jeep.

Anxieuse, Laura espéra qu'aucun cas grave ne surviendrait pendant l'absence du médecin. Heureusement, l'après-midi s'écoula sans qu'elle eut autre chose à faire que de panser des blessures mineures et administrer des antibiotiques.

Le soir venu, comme elle était toujours sans nouvelle de Matt, elle décida d'aller retrouver le Père Gabriel à sa petite école. Elle fut littéralement assaillie par une vingtaine d'enfants qui se ruaient à l'extérieur, tout heureux de rentrer chez eux.

- Avez-vous bien travaillé, les enfants?

Une petite fille du groupe enroula sa longue natte autour de ses doigts et déclara en gloussant :

- Père Gabriel pas content de nous!

Les autres enfants pouffèrent de rire et continuèrent leur chemin en sautillant gaiement.

Laura trouva le Père Gabriel assis derrière une grande table, affairé à corriger les copies de ses élèves.

- Bonjour, Laura, dit-il en l'apercevant.

- Bonjour, Père Gabriel. Comment ça va?

- Plutôt mal! Je crois que ces enfants n'arriveront jamais à écrire le français correctement. L'illettrisme touche quatre-vingt-dix pour cent de la population sénégalaise et ce n'est pas prêt de s'améliorer!

Laura eut envie de rire en voyant son air déconfit, mais elle jugea préférable de s'abstenir.

- Je suis venue voir si vous ne pourriez pas me ramener chez moi, demanda-t-elle en s'asseyant sur le rebord de la table.

- Matt est absent?

- Oui, une urgence dans le village voisin.

- De qui s'agit-il?

- C'est le grand-père de Touré.

- Je le connais, c'est un notable à Enamphore. D'ailleurs,

je n'ai jamais réussi à le convertir à la religion catholique, ajouta le prêtre en soupirant.

- Quel vilain, le taquina Laura. En avez-vous pour longtemps, ici?

- Seulement quelques minutes. Tu peux aller m'attendre dans ma vieille jeep, si tu n'as pas peur qu'elle s'écroule en pièces détachées.

- N'importe quoi plutôt que de marcher vingt minutes à pieds. Je suis éreintée!

- J'espère que tu n'abuses pas de tes forces?

- Au contraire. Ce travail est une vraie résurrection pour moi.

Elle nota les traits tirés du prêtre et ajouta malicieusement :

- C'est vous qui semblez à bout de force, mon cher ami. Que diriez-vous de venir chez moi déguster un délicieux couscous à la sauce d'arachide?

- Je dirais que c'est impossible à refuser.

***

Laura se préparait à aller dormir, lorsqu'elle entendit frapper doucement à sa porte. Elle se couvrit prestement d'un peignoir et alla ouvrir.

- Oh, Matt! Comment ça s'est passé?

- Mal. Le vieil homme n'a pas survécu, lâcha-t-il sombrement.

Pleine de compassion, Laura lui prit la main.

- Viens t'asseoir. Tu as l'air épuisé.

Il s'effondra dans un fauteuil en osier acheté à Dakar.

- Veux-tu que je te prépare quelque chose à manger?

- Non, je ne pourrais pas avaler quoi que ce soit.

- Bon, peux-tu me raconter la suite?

- C'est banal. Quand je suis arrivé, le vieillard était atteint d'une forte fièvre depuis plusieurs jours.

- Pourquoi ne pas t'avoir consulté plus tôt, dans ce cas?

Matt leva les yeux au ciel en signe d'impuissance.

- Il croyait que le fétiche le guérirait. Puis, lorsque la famille s'est rendue compte que la maladie s'aggravait, ils ont décidé de me faire venir. Je lui ai administré aussitôt une dose massive de pénicilline à laquelle il a semblé bien réagir, mais quelques heures plus tard, il s'est mis à délirer et la mort n'a pas tardé à suivre.

- Comment ses proches ont-ils réagi? demanda Laura avec inquiétude.

- Assez bien. Ils ont conclu qu'il était temps pour lui d'aller rejoindre ses aïeuls.

- Quel soulagement! J'ai eu peur un instant qu'ils t'incombent la responsabilité de sa mort.

- Bien au contraire. Je suis même invité à assister au rite funéraire prévu pour demain.

- Vraiment? Pourquoi es-tu revenu alors?

- Je suis venu te chercher. Tu vas m'accompagner là-bas.

- Pourquoi? s'étonna-t-elle.

- C'est un spectacle unique auquel tu te dois d'assister. En même temps, tu connaîtras autre chose que le village d'Effok.

La jeune femme sentit l'enthousiasme la gagner.

- Quand partirons-nous?

- Tôt dans l'après-midi, si nous réussissons à nous libérer, répondit le médecin en se levant pour prendre congé.

- Parfait.

Elle alla se coucher avec le sentiment qu'elle allait vivre dans les prochaines heures une expérience inoubliable.

Le mort était paré de ses plus beaux atours et reposait sur un brancard face aux danseurs et aux pleureuses. Matt et Laura se tenaient un peu à l'écart, mais ils ne manquaient rien du spectacle. Fascinés, ils regardèrent les danseurs s'avancer, lance au poing, en rangs étroits avant de se mettre à chanter.

- Quelles sont les paroles? chuchota Laura à l'oreille de Matt.

- C'est un chant de guerre. Ils évoquent les actes de bravoure du défunt et de ses ancêtres, expliqua-t-il à voix basse.

Soudain, un vieil homme se mit à jouer de la flûte puis il s'adressa au mort en riant.

- Qu'est-ce qu'il fait? reprit Laura avec curiosité.

- Il taquine un peu son ami et lui souhaite un bon voyage dans le royaume des morts.

Après, ce fut le défilé des parents et amis qui déposèrent des sacs de riz ou des pagnes neufs près de la dépouille.

- À quoi servent ces offrandes?

- C'est pour nourrir et vêtir le défunt dans son voyage vers l'autre monde.

- Comment savent-ils que ce sera suffisant?

- Ils ne le savent pas. Si le mort a besoin de quelque chose de plus, les rêves le révèleront.

Ils continuèrent à observer les rites en silence quand Matt s'écria soudainement :

- Bon sang, je ne croyais pas qu'ils le feraient…

Laura sentit les battements de son cœur s'accélérer.

- Quoi donc? demanda-t-elle avec un mélange de crainte et d'excitation.

- Il vont interroger la dépouille pour savoir si sa mort est bien naturelle.

- Mais, c'est ridicule!

- Pas pour eux. Mansour est tombé malade subitement et quelqu'un pourrait avoir tiré avantage de sa mort.

Complètement hypnotisés, ils regardèrent quatre membres de la famille soulever le brancard. Un notable du village vêtu d'un costume d'apparat s'avança alors, et se mit à poser des questions en dialecte. Le silence s'installa ensuite pendant de longues minutes. Puis, sans raison apparente, les quatre indigènes qui tenaient le brancard reculèrent d'un pas.

- Voilà, c'est fini, dit Matt.

- Je ne comprends pas.

- C'est simple. Si les membres de la famille avaient avancé au lieu de reculer, cela aurait signifié qu'il s'agissait d'un meurtre.

Le chef du village interrompit leur discussion en s'avançant vers eux. Il s'adressa à Matt en des termes incompréhensibles, puis attendit visiblement une réponse.

- Il nous convie au festin, traduisit le médecin. Si nous refusons d'y assister, il se sentira offensé.

- J'accepte son invitation avec joie.

Ils furent traités avec tous les égards dûs au invités de marque. De nombreux bœufs avaient été immolés pour l'occasion et le vin de palme coulait à flots ainsi qu'une boisson au goût acidulé appelé *bouy* et fabriqué avec le fruit du baobab. Lorsque tous les invités furent rassasiés, chacun fut convié aux danses rituelles.

Laura et Matt prirent place dans la première rangée, à côté du chef et de ses trois épouses. Bientôt, le son des flûtes et des tam-tams s'éleva dans la douceur du soir et un groupe de vingt jeunes filles se mit à danser à un rythme endiablé. Ensuite, ce fut au tour de vingt garçons.

- Les danseurs se succéderont jusqu'à l'aube, chuchota

Matt.

- C'est un spectacle inoubliable, murmura Laura dont les yeux étincelaient de joie pure.

Quand la nuit fut totalement tombée, Matt jugea qu'il était grand temps de partir. Ils prirent donc congé du chef et de ses épouses en les remerciant chaleureusement de leur hospitalité. La plus âgée des épouses offrit à Laura des bijoux qu'elle avait confectionnés elle-même, et quelques sculptures en bois fort jolies.

- Dis-lui que ses cadeaux me touchent énormément et j'espère qu'elle viendra nous rendre visite à son tour.

Les politesses d'usage complétées, ils regagnèrent la jeep et quittèrent Énemphore avec un sentiment de bien-être.

- Pas trop fatiguée? s'enquit Matt.

- Je suis tellement subjuguée par tout ce que je viens de voir que je flotte encore sur un nuage. Pas toi?

- Oui, et encore plus cette fois parce que tu étais à mes côtés.

- Merci, c'est très gentil.

Matt, qui s'attendait à voir son visage se fermer, fut agréablement surpris.

- Tu as beaucoup changé depuis que tu es ici, n'est-ce pas?

- C'est vrai. J'ai retrouvé mon équilibre.

- Et ton ex-mari... as-tu réussi à l'oublier?

Quitte à décevoir son compagnon, Laura décida de ne pas mentir.

- Non, Derek est comme une partie de moi-même. La douleur est seulement moins vive.

- Je vois.

Durant le reste du trajet, ils gardèrent le silence. Une heure plus tard environ, ils s'arrêtèrent enfin devant la maison de la jeune femme.

- Matt, n'attend pas autre chose de moi que mon amitié, jugea-t-elle nécessaire de préciser après être descendue de la jeep.

L'amertume se peignit encore plus sur le visage rude du médecin.

- Bien sûr, reste donc sur ta montagne de glace! jeta-t-il d'un ton lugubre en démarrant à toute vitesse.

Profondément troublée, Laura regarda Matt s'éloigner en songeant que désormais, elle ne pourrait plus feindre d'ignorer ses sentiments.

***

Depuis leur excursion à Énemphore, les rapports entre Matt et Laura s'étaient considérablement refroidis. La chaude amitié du médecin avait fait place à une politesse glacée. Un soir qu'elle n'en pouvait plus, Laura décida de se confier au Père Gabriel.

Ils prirent place une fois de plus dans la bibliothèque, devant la traditionnelle tasse de thé à la menthe.

- C'est vraiment regrettable, dit le prêtre lorsqu'elle eut terminé de lui exposer la situation. Il est vrai que j'avais remarqué une certaine tension entre vous deux, ces derniers temps.

- Dites-moi, Père Gabriel, qu'est-ce que je peux faire?

Il soupira longuement.

- Honnêtement, je ne sais pas. En tout cas, je comprends sa déception.

- Moi aussi, mais est-ce ma faute si je suis toujours amoureuse d'un autre homme?

Le Père Gabriel contempla pensivement sa tasse de thé

avant de répondre à cette question.

- Dis-moi franchement, s'il n'y avait pas Derek, est-ce que tu pourrais l'aimer en retour?

- C'est possible, répondit-elle après une légère hésitation. Je dois admettre que Matt possède tout ce qu'une femme sensée peut désirer.

- Et pourtant, il te laisse indifférente?

La jeune femme essaya de se montrer honnête.

- Non, je ne peux pas affirmer cela. En vérité, je ne veux plus aimer de cette façon. Pas maintenant que j'ai réussi à être en paix avec moi-même.

Le Père Gabriel marqua sa désapprobation en secouant la tête.

- Laura, tu es encore jeune, tu pourrais refaire ta vie. Cela saute aux yeux que Matt et toi, vous êtes faits l'un pour l'autre…

Elle se rebella contre cette affirmation.

- Inutile d'insister. Je suis la femme d'un seul homme et je ne me contenterai pas d'un substitut.

- Sais-tu ce que je crois? Tu as idéalisé cet homme qui correspondait à tes rêves de jeune fille, et maintenant que vous êtes séparés, tu n'as gardé que les bons moments dans ta tête afin de préserver soigneusement son souvenir.

Laura protesta avec véhémence.

- Vous vous trompez, je ne l'idéalise pas du tout! J'aurais seulement voulu qu'il m'aime comme je l'aimais!

- Et il a échoué lamentablement. Pourquoi alors persistes-tu à croire que tu ne peux aimer que lui?

Laura fixa un point imaginaire avec un regard douloureux.

- Je ne sais pas… C'est ainsi, murmura-t-elle d'une voix brisée.

Le prêtre se sentit plein de remords en la voyant si désemparée.

- Je te demande pardon. Je vois que je t'ai bouleversée.

Il s'écoula de longues minutes avant qu'elle ne pose à nouveau les yeux sur lui.

- C'est vous qui avez raison mais ce n'est pas si simple de changer mes sentiments. Jusqu'à présent, j'avoue que je refusais d'oublier Derek mais aujourd'hui, ce n'est plus aussi net dans mon esprit.

- Dans ce cas, laisse aller le temps, la vie t'amènera bien où tu dois aller.

- Vous croyez?

- J'en suis convaincu. Maintenant, laissons tomber ce sujet épineux et laisse-moi te verser une autre tasse de ce délicieux thé à la menthe.

Le Père Gabriel s'appliqua à remplir la tasse tendue de la jeune femme et poursuivit avec une évidente satisfaction :

- Savais-tu que l'on vient d'attribuer le prix Nobel de la paix au pasteur noir, Martin Luther King?

***

Lorsque Matt reconduisit Laura le lendemain, elle décida d'avoir avec lui une franche explication.

- Matt, voudrais-tu entrer un moment? Je veux te parler.

Il hocha la tête et la suivit dans la maison. Un peu mal à l'aise, ils prirent place l'un à côté de l'autre.

- Je t'écoute, Laura.

- Eh bien, je voudrais te dire que je regrette profondément notre belle amitié d'autrefois. N'y a-t-il rien à faire pour que tout redevienne comme avant?

- Tu le souhaites vraiment?

- Mais naturellement!

Un sourire triste apparut sur le visage de Matt.

- Je croyais qu'après ma conduite de l'autre soir, tu préférerais que je garde mes distances.

- Tu ne m'en veux pas?

- Plus maintenant. Au début, j'ai eu du mal à encaisser ma déception, puis j'ai compris que je ne pouvais pas te tenir rigueur de ne pas partager mes sentiments.

Laura posa sa main sur la sienne.

- Merci de ta compréhension…

- Je n'ai guère le choix, plaisanta le médecin avec une fausse légèreté.

Il marqua une pause et ajouta en la dévisageant intensément :

- Je me contenterai de ton amitié, aussi longtemps que tu voudras que les choses demeurent ainsi. Mais un jour, je ne sais pas quand, tu vas m'aimer aussi. Je vais m'employer à relever ce défi à chaque jour de ma vie.

Laura détourna les yeux, ne sachant trop comment recevoir cette affirmation.

CHAPITRE 5

DEREK

Beverly Hills,
Août 65

- C^{oupez!}

Le metteur en scène jura en silence puis se dirigea résolument vers Derek Shaw.

- Écoute, mon vieux, tu viens d'être condamné à perpétuité pour le meurtre de ta belle-fille. Pourrais-tu au moins nous transmettre un semblant d'émotion? ironisa-t-il avec un regard glacial.

Derek dut se faire violence pour ne pas l'envoyer paître.

- Excuse-moi, John, je ne sens pas mon personnage aujourd'hui, s'excusa-t-il avec une fausse contrition qui ne trompa guère son vis-à-vis.

- Ce n'est pas mon problème. Cette satanée scène doit être mise en boîte ce soir, et nous ne partirons pas avant d'y être arrivé.

- Je t'assure que je fais de mon mieux.

- Écoute, fais un effort supplémentaire et je vais changer le plan de travail pour que tu aies une journée de repos demain.

Cette perspective ne le motiva guère. Tout ce qu'il souhaitait, c'était en finir au plus vite avec ce fichu film et retourner à New York. Décidément, le climat de la Californie ne lui convenait guère, sans parler de ces émeutes raciales qui semblaient s'intensifier de jour en jour.

- Tout le monde en place pour la prise vingt-cinq! hurla John Slater en retournant à son siège.

Une heure plus tard, Derek put enfin quitter le tribunal en carton pâte du studio. Il roula sans but sur Hollywood Boulevard puis décida d'entrer dans un petit bar à l'allure sympathique. Malheureusement, tous les regards convergèrent vers lui ce qui eut pour effet de l'exaspérer encore davantage. Il arbora son air le plus distant et se réfugia dans un coin tranquille.

Il avait à peine commandé un double cognac qu'un homme de carrure imposante prit place en face de lui en s'exclamant gaiement :

- Derek Shaw! Je suis rudement content de te revoir!

- Bob Jacoby? Qu'est-ce que tu fous par ici?

- Je tourne encore des commerciaux, figure-toi, sauf que je ne me gèle plus les fesses à New York!

- Tu es ici depuis combien de temps?

- Près de deux ans. Et toi, qu'est-ce qui t'amène au paradis?

- Le tournage d'un film au scénario tordu.

Bob tendit une cigarette à Derek puis s'alluma à son tour.

- Ce n'est pourtant pas le genre d'histoire que tu tournes habituellement, non?

- Cette fois-ci, tout ce qui m'importait était de travailler avec John Slater. Je croyais que cela augmenterait ma crédibilité d'être dirigé par le metteur en scène le plus génial de Hollywood. Crois-moi, sa réputation est largement surfaite et en plus, on arrive tout juste à se supporter mutuellement!

Bob éclata de rire malgré sa tirade désenchantée.

- Tout de même, que de chemin tu as parcouru depuis la dernière fois où nous avons travaillé ensemble! Tu te rappelles la pub pour les cosmétiques Duc-Aubray?

Derek eut la désagréable impression de recevoir un coup dans l'estomac.

- Bien sûr. C'était il y a neuf ans…

Son compagnon ne sembla pas remarquer son changement d'humeur.

- Tu formais un couple extraordinaire avec Laura Sinclair. Je crois que je n'ai plus jamais revu par la suite un tel mélange de classe et de beauté.

- Tu as raison. Laura était unique.

- J'aimerais bien la revoir un jour. Qu'est-ce qu'elle est devenue?

- Un an après notre divorce, elle a complètement disparu de la circulation sans rien dire à personne. J'ai essayé en vain de la retrouver.

- C'est vraiment étrange..

Derek s'empressa de changer de sujet. Remuer de vieux souvenirs ne lui plaisait guère.

- Parlons un peu de toi. Quel genre de commerciaux tournes-tu actuellement?

- Je vante les mérites de la bière californienne. Et crois-moi sur parole, c'est vraiment la meilleure!

- C'est ce qu'on va voir! dit Derek en hélant le serveur avec une gaieté forcée.

***

Deux mois plus tard, Derek se rendit au *Beverly Hills Hotel,* afin d'assister à la réception organisée pour célébrer la fin du tournage. Il se promit de ne faire qu'une courte apparition, puis de filer à l'anglaise dès que ce serait possible.

Il se promenait nonchalamment de groupe en groupe en s'efforçant de masquer son ennui, lorsqu'il aperçut Judy Gibson en grande conversation avec Mary, une des maquilleuses de la production. Il avait entendu dire qu'elle vivait maintenant à Hollywood, mais il ne s'attendait absolument pas à la voir à cette soirée.

Mal à l'aise, il se demanda quelle attitude adopter. Il ne l'avait jamais revue depuis sa tentative de suicide et sa lâcheté de l'époque revenait le hanter au moment où il s'y attendait le moins.

La jeune femme regarda soudainement de son côté et leurs regards s'accrochèrent un court instant avant qu'elle ne détourne vivement les yeux. Cédant à l'impulsion du moment, Derek rejoignit les deux femmes.

- Bonsoir, Mesdames. Je suis très heureux de te revoir, Judy. Comment trouves-tu la Californie?

- J'essaie de m'habituer mais je suis une vraie new-yorkaise dans l'âme. On ne peut pas changer du jour au lendemain, conclut-elle avec désinvolture.

Derek se demanda s'il y avait un sous-entendu derrière cette phrase d'apparence anodine.

- Je vais aller m'approvisionner en champagne! annonça Mary avec l'intention manifeste de les laisser seuls tous les deux.

Pour éviter qu'un silence embarrassé ne tombe entre eux, Judy s'empressa de reprendre la conversation.

- Es-tu satisfait de ton dernier film? demanda-t-elle avec un intérêt sincère.

- À moitié. Le moins que l'on puisse dire, est que la chimie n'était pas au rendez-vous entre John Slater et moi, dit Derek avec un charmant sourire de dérision. D'ailleurs, nous nous évitons soigneusement depuis le début de la soirée.

- J'ai entendu de nombreux commérages à votre sujet, renchérit-elle en lui rendant son sourire.

Derek jeta un coup d'œil à sa montre puis lui fit une proposition inattendue.

- Écoute, qu'est-ce que tu dirais de quitter cette réception assommante et de finir la soirée dans un gentil petit bar de ma connaissance?

Judy savait qu'elle jouait avec le feu mais l'ivresse qu'elle ressentait depuis qu'elle avait revu son ancien amant lui faisait perdre toute prudence.

- Allons-y, dit-elle spontanément.

Ils filèrent le plus discrètement possible puis roulèrent tranquillement le long de Sunset Boulevard en direction de Malibu.

- Si nous allions nous promener sur la plage? suggéra soudainement la jeune femme. Je crois que j'ai assez bu pour ce soir.

- En smoking et robe du soir?

- Oh oui! s'il te plaît!

Derek ne put résister à la prière muette de ses yeux.

- Comme tu veux.

Ils trouvèrent bientôt une aire de repos publique et Derek stationna la Jaguar noire prêtée par la production dans le parking désert. Judy retira prestement ses jolis escarpins et se précipita vers la plage en riant aux éclats. Grâce au clair de lune, Derek put admirer ses longs cheveux bruns flottants au vent, ainsi que sa magnifique silhouette demeurée inchangée malgré le temps écoulé.

- Viens vite, Derek! Qu'est-ce que tu attends?

Il se déchaussa en s'étonnant de se sentir soudain si léger. Il y avait si longtemps que cela ne lui était pas arrivé!

En arrivant à sa hauteur, il lui prit naturellement la main et ils marchèrent un moment en silence en savourant la douceur du sable blond sous leurs pieds nus. Ce fut Derek qui commença à parler en premier.

- Comment se passe ta carrière hollywoodienne? demanda-t-il avec un regard pénétrant.

- Bof, j'ai un agent qui s'occupe de moi mais il ne se montre pas très optimiste. Il prétend que le secret de la réussite en Californie est de posséder un petit cerveau et de gros seins mais moi, comme tu sais, je suis pourvue plutôt du contraire!

Derek éclata d'un grand rire.

- Dieu merci, d'ailleurs! s'exclama-t-il joyeusement.

Judy partagea son rire mais poursuivit d'une voix mélancolique :

- Ici, on ne m'offre que des rôles minables. Je suis bien loin des grands classiques que j'ai joués sur Broadway…

Derek pressa sa main plus fortement dans la sienne.

- Écoute, je sais que c'est à cause de moi que tu as cessé de travailler pendant longtemps. Quand tu as voulu reprendre ta carrière, on ne t'a guère laissé de chance.

- Je ne te reproche rien, Derek. Tu ne m'avais fait aucune promesse.

- J'ai été lâche, pourtant. À cause de la fragilité de mon mariage à l'époque, ça m'arrangeait bien que tu ne sois plus dans le circuit, avoua-t-il malgré la honte qu'il ressentait à ce souvenir.

Cet aveu la blessa plus qu'elle ne l'aurait cru. Elle avait

soudain le sentiment que la carapace qu'elle s'était forgée au cours des dernières années fondait comme neige au soleil et cela la terrifiait.

- Judy, souffla Derek à son oreille, j'ai le pouvoir de te redonner la place que tu occupais lorsque nous nous sommes quittés, et c'est ce que je vais m'employer à faire si tu reviens vivre à New York.

La jeune femme sentit les larmes lui monter aux yeux. Elle avait enfin l'occasion de sortir de ce tunnel noir qu'elle traversait tant bien que mal, depuis les quatre dernières années. Cependant, elle n'était pas prête à accepter la charité.

- Je suis très touchée par ton offre et je ne vais pas prétendre que je n'ai pas besoin de ton aide. Mais, si tu le fais par pitié, je préfère continuer à me débrouiller toute seule.

Derek se fit persuasif.

- Non, rassure-toi. Je veux le faire parce que j'ai beaucoup d'estime pour toi et que je n'accepte pas que tu continues à gaspiller ton talent, affirma-t-il catégoriquement.

Cette réponse sembla la satisfaire mais elle reprit néanmoins :

- Il y a une chose importante que je dois te dire. Ce soir, je me suis faite inviter à cette réception dans le seul but de te revoir.

Elle marqua une légère hésitation et poursuivit d'une voix étranglée :

- Je n'y peux rien, Derek, je t'aime encore. Je l'ai compris à la minute même où je t'ai revu.

Derek l'enveloppa d'un regard intense. Elle était belle, intelligente, elle comprenait le métier plus que quiconque et surtout, il semblait incapable de tomber amoureux depuis sa rupture avec Laura.

- Qu'attends-tu de moi, exactement?

Judy décida de jouer le tout pour le tout, en puisant son courage dans le souvenir de la douleur affreuse qu'elle avait réussi à dompter.

- Plus qu'une brève aventure, dit-elle en le regardant droit dans les yeux. Si tu ne t'en crois pas capable, je préfère qu'on se sépare tout de suite, et ne plus jamais te revoir.

Derek savait que sa réponse serait lourde de conséquence, mais il en avait assez de toutes ces femmes qui pesaient chaque mot dans le seul but de lui soutirer quelque chose. Judy, au moins, l'aimait sincèrement. Sans un mot, il lui ouvrit les bras et la serra très fort contre lui.

***

CHAPITRE 6

New York,
Mars 66

Judy Gibson n'avait jamais été plus heureuse. Elle vivait maintenant avec Derek dans un luxueux appartement situé sur Park Avenue, et elle avait décroché un bon rôle dans une comédie musicale qui marchait très fort sur Broadway.

Après avoir savouré longuement les bienfaits d'un bain chaud, elle rejoignit Derek au salon qui suivait passionnément le combat de boxe télévisé entre Cassius Clay et George Chuvalo.

- Regarde ça, Judy! Je n'ai jamais vu quelqu'un encaisser les coups comme ce Cassius Clay!

Elle fit mine de s'intéresser au combat, mais lorsqu'elle vit le sang gicler abondamment sur le visage du boxeur noir, elle détourna vivement les yeux. Heureusement, la sonnerie du téléphone lui permit de s'esquiver en douce.

- Allô?

- Judy, c'est Riccardo. Je dois parler à Derek de toute urgence!

- Je te le passe tout de suite.

Elle tourna prestement les talons.

- Chéri, il y a Riccardo au téléphone. Il a l'air complètement paniqué.

Derek se précipita vers l'appareil.

- Riccardo? Qu'est-ce qui se passe?

- Je suis à l'Hôpital Saint-James où j'ai fait transporté ma mère d'urgence. Sans raison, elle a commencé à avoir atrocement mal au ventre.

- Mon Dieu, je te rejoins tout de suite!

Il raccrocha brutalement et se tourna vers Judy.

- Habille-toi au plus vite, ma sœur vient d'être transportée d'urgence à l'Hôpital Saint-James!

Derek fit le trajet qui le séparait de l'hôpital sur le chapeau des roues.

- Gare l'auto et rejoins-moi à l'urgence! ordonna-t-il à sa compagne en sautant de la voiture.

Quelques minutes plus tard, il franchit les portes coulissantes des urgences et se rua presque sur l'infirmière préposée à l'accueil.

- Ma sœur, Vivien Shaw vient d'être transportée ici en ambulance. Pouvez-vous me donner des nouvelles?

L'infirmière, ravie de pouvoir contempler une vedette en chair et en os, lui adressa son sourire le plus scintillant.

- Elle se trouve présentement en salle d'opération, mais il ne faut pas trop vous inquiéter. Il ne s'agit en fait que d'une appendicite aigüe.

Derek eut l'impression de mieux respirer.

- Son fils est venu avec elle. Pouvez-vous m'indiquer l'endroit où je peux le trouver?

- Bien sûr. Il est au troisième étage, dans la salle d'attente des visiteurs.

- Merci, vous êtes adorable! lâcha Derek en s'élançant vers les ascenseurs.

Riccardo ressentit une joie immense en apercevant son

oncle.

- Ah, je suis si content que tu sois là!

Derek le prit affectueusement par les épaules.

- Dis-moi maintenant ce qui s'est passé.

- Eh bien, à l'heure du souper, maman n'a pas voulu manger, prétextant qu'elle se sentait un peu nauséeuse. Elle est allée se coucher très tôt, en prétendant que ce n'était qu'un peu de fatigue accumulée et qu'elle serait en pleine forme le lendemain. Quelques minutes plus tard, elle a poussé un cri perçant et la douleur ne l'a plus lâchée. J'ai appelé aussitôt l'ambulance et dès son admission à l'hôpital, le médecin de garde a procédé à un rapide examen et l'a transférée immédiatement en salle d'opération. Dieu merci, ce n'est qu'une crise d'appendicite aigüe.

- Je sais, une charmante infirmière m'a renseigné.

Judy fit son apparition quelques minutes plus tard.

- Vous voilà tous les deux!

Comme toujours, Riccardo se sentit intimidé en la voyant. Depuis qu'il l'avait vue jouer sur Broadway, il la considérait comme une artiste de la même trempe que son oncle, ce qui n'était pas peu dire.

- C'est très gentil à vous d'être venue, fit-il en rougissant.

- C'est tout naturel, voyons. Tout à l'heure, à la réception, j'ai été heureuse d'apprendre que ta mère n'avait rien de grave. Je sais à quel point elle est importante pour toi.

- Merci, répondit le jeune homme en se sentant touché par sa réelle gentillesse.

Il se racla la gorge pour se donner une contenance, puis offrit d'aller chercher des cafés pour tout le monde.

- Bonne idée, approuva Derek. Ça nous aidera à patienter jusqu'à l'arrivée du chirurgien.

Il alla s'asseoir en compagnie de Judy et se mit à

feuilleter les magazines de toutes sortes qui traînaient pêle-mêle sur une table basse.

- C'est incroyable, cet exemplaire de People date de mai 59!

Judy éclata de rire.

- Il n'y a vraiment que dans les salles d'attente des hôpitaux qu'il est encore possible de trouver de telles reliques! plaisanta-t-elle en s'emparant elle aussi d'une vieille revue.

Soudain, elle remarqua que Derek s'était attardé sur une page en particulier et elle blêmit en voyant qu'il s'agissait d'une vieille publicité de Laura Sinclair. C'était une promotion pour de nouveaux rouges à lèvres, et son ex-femme resplendissait d'une incroyable beauté. Judy observa les yeux de son amant et se sentit mourir. C'était indéniablement le regard d'un homme encore amoureux.

- Je me demande bien où elle vit maintenant, demanda-t-elle pour capter son attention.

Derek fit un visible effort pour retourner au présent.

- Je n'en ai pas la moindre idée, fit-il plus sèchement qu'il ne l'aurait voulu.

- Elle te manque encore? ne put s'empêcher d'ajouter la jeune femme.

Derek lui décocha un regard glacial et ordonna:

- Ne me parle plus jamais de Laura.

***

CHAPITRE 7

Octobre 66

    - **J**'ai vraiment hâte de revoir Derek et Judy, dit Jerry en guettant l'arrivée du train dans la petite salle d'attente de la gare.

Jane Foley sourit à son mari des quatre dernières années.

- Leur venue est vraiment le plus beau cadeau d'anniversaire qu'ils pouvaient faire à Bobby.

Quelques minutes plus tard, le train s'immobilisa dans la gare et le couple se précipita pour accueillir les nouveaux arrivants.

Les retrouvailles furent très gaies, mais Derek fut déçu de ne pas voir son filleul.

- Vous n'avez pas amené Bobby avec vous?

- Non, c'est l'heure de sa sieste et il devient vraiment insupportable s'il passe à côté, lui apprit Jane. Venez, il va sûrement être réveillé à notre retour.

Ils prirent place tous les quatre dans la fourgonnette de Jerry et bavardèrent à bâtons rompus durant tout le trajet qui les séparait du ranch.

À peine arrivés à destination, Jerry et Derek s'éclipsèrent pour aller retrouver Bobby. Jane adressa un large sourire à Judy.

- Je suis si heureuse de vous avoir deux jours entiers! Tu vas voir, l'air pur du Vermont te fera le plus grand bien.

- Ça fonctionne avec toi, en tout cas! Malgré ta grossesse avancée, tu sembles dans une forme splendide!

- Oui, plus que deux mois à attendre.

- Je t'envie, tu sais. Moi, je n'arrive même pas à me faire épouser.

- Console-toi, je n'ai pas convaincu Jerry si facilement!

Quelques minutes plus tard, les deux hommes refirent apparition avec Bobby, à cheval sur les épaules de son parrain. Judy embrassa tendrement le garçonnet de trois ans puis fit remarquer à Jerry :

- Octobre est certainement le plus beau mois de l'année dans le Vermont, n'est-ce pas?

- En effet, et cette journée est particulièrement belle pour monter à cheval.

- J'en ai rêvé toute la semaine, déclara Derek.

- C'est pourquoi j'ai fait seller mes trois meilleures montures. Mais avant, rentrons les bagages et allons nous rafraîchir un peu.

Une heure plus tard, ils se retrouvèrent devant l'écurie principale. Tout à coup, Bobby qui s'était échappé des bras de sa gouvernante, s'élança vers eux en pleurant à chaudes larmes.

- Moi aussi, veux aller sur cheval! s'écria-t-il entre deux sanglots.

- Pas aujourd'hui, fiston. Papa s'en va seul avec oncle Derek et tante Judy.

L'enfant se remit à pleurer de plus belle.

- Écoute, Jerry, je peux très bien le prendre avec moi, suggéra Derek.

Bobby leva vers son parrain des yeux plein d'espoir.

- Oh oui, oncle Derek!

- Il n'en est pas question, s'obstina Jerry.

Jane s'interposa.

- Laisse-les, mon chéri. Après tout, ils n'ont pas souvent la chance d'être ensemble.

Jerry leva les yeux au ciel de sa manière habituelle lorsqu'il capitulait devant sa femme.

- C'est bon, vous avez gagné. En route, maintenant!

Ils se promenèrent dans les prés verdoyants, puis ils pénétrèrent dans le bois. Derek suivait loin derrière à cause de l'enfant. Soudainement, il reconnut un bouquet d'arbres particulier et un petit cours d'eau.

- Pourquoi on s'arrête, oncle Derek? s'étonna le bambin.

- Je me souviens d'être venu ici bien avant ta naissance.

- Tu t'en rappelles encore?

- Bien sûr! Quand tu seras devenu grand, tu verras qu'il y a certaines choses qui ne s'oublient jamais…

***

Le dîner fut très animé, chacun ayant une foule d'anec-dotes à raconter. Vers huit heures, Jane alla border Bobby, puis rejoignit les autres pour une partie de bridge.

- Vous formez une équipe redoutable tous les deux! lança-t-elle à ses invités, après que son mari et elle eussent perdu les deux premières parties.

- Bof, nous avons l'habitude, rétorqua modestement Judy.

- Au fait, j'ai beaucoup de nouvelles photographies de Bobby à vous montrer, annonça fièrement Jerry.

- Bonne idée, approuva Derek. Amène aussi ta collection.

- Tu l'auras voulu!

Jerry revint dix minutes plus tard avec un album et une

grosse boîte jaunie par les ans.

- Vous voilà servis!

Ils s'amusèrent comme des fous en se passant les vieilles photos.

- Oh, mon ange, ce que tu pouvais avoir l'air idiot à seize ans! s'exclama Jane, qui n'en croyait pas ses yeux.

- Merci bien, fit Jerry en faisant la moue. Heureusement que tu n'es plus journaliste, sinon tu aurais sûrement trouvé un moyen pour publier cette relique!

Ils éclatèrent tous de rire, sauf Derek qui contemplait un vieux cliché avec une attention soutenue.

- Qu'est-ce que c'est? s'enquit Judy avec curiosité en se penchant vers la photographie.

Les lèvres de la jeune femme se crispèrent aussitôt.

- C'est son ex-femme. Derek prend un coup de cafard à chaque fois qu'il la regarde, expliqua-t-elle d'une voix légère.

- Tu n'es pas drôle, coupa Derek.

- Ce n'était pas mon but.

- Ça suffit, maintenant.

- Non, ça ne suffit pas! J'en ai assez de ta quasi indifférence! s'écria la jeune femme d'une voix tremblante.

Derek lui lança un regard excédé, puis quitta la pièce en claquant la porte. Judy se leva pour le rattraper mais Jerry l'arrêta d'un geste de la main.

- Non, laisse-le. Il vaut mieux que ce soit moi qui aille lui parler.

Quand il fut sorti à son tour, Judy se mit à sangloter. Jane vint s'asseoir près d'elle pour la réconforter.

- Voyons, ne pleure pas comme ça. Ce n'est qu'une petite dispute.

- Non, je vois venir la fin. Au fond, Derek ne m'a jamais

appartenu.

- Pourquoi dis-tu cela?

- C'est ce que j'ai toujours ressenti.

- Il est tout de même avec toi depuis un an, argumenta Jane.

- Et nous avons eu une liaison pendant son mariage avec Laura Sinclair.

- Ah, je ne savais pas.

- C'est à cette époque que je suis tombée amoureuse de lui. Un jour, sa femme a commencé à avoir des soupçons et il a rompu aussitôt.

- Tu as dû beaucoup souffrir...

La jeune femme frissonna à ce souvenir.

- Oh oui... il m'a fallu plusieurs mois pour m'en remettre, répondit-elle en préférant passer sous silence sa tentative de suicide.

- En tout cas, ne perds pas espoir. Je suis convaincue que tu es la femme qu'il lui faut, même s'il l'ignore encore lui-même.

***

Jerry plissait les yeux dans l'obscurité pour repérer Derek quand il vit le bout incandescent d'une cigarette.

- C'est toi, Derek?

Comme il n'obtenait pas de réponse, il s'approcha à grands pas et put distinguer son ami.

- Écoute, vieux, si je peux t'aider…

- Je n'ai besoin de personne.

- Qu'est-ce que c'était, cette photo? insista Jerry

Derek répondit de mauvaise grâce.

- Tu l'as prise la première fois que je suis venu ici avec

Laura. Tu sais, quand nous sommes revenus de notre promenade à cheval et t'avons annoncé notre mariage.

- C'est vrai, je me rappelle encore son regard étincelant...

Derek demeura silencieux un long moment puis il reprit lentement :

- Tu sais, Jerry, malgré la gloire et la fortune, je n'ai jamais retrouvé le bonheur que j'ai vécu avec Laura à cette période. J'ai joué les meilleurs rôles, j'ai fréquenté les plus belles femmes, j'ai acheté tout ce que l'argent pouvait procurer, et pourtant, je suis toujours à la recherche de ces moments magiques qui semblent disparus à jamais.

- Peut-être n'y a-t-il qu'un remède à ton mal de vivre?

- Lequel?

- Laura.

Derek le considéra avec stupéfaction.

- Tu es fou! Elle s'est évanouie en fumée il y a trois ans, sans rien dire à personne, au cas où tu l'aurais oublié. Qui sait où elle est, maintenant? Peut-être remariée et mère de famille en plus!

- Pour le savoir, tu peux faire appel à un détective privé.

- C'est ridicule. À supposer qu'il la retrouve, qu'est-ce que je lui dirais?

- Ça dépendrait de ce que tu attendrais d'elle après l'avoir revue.

Derek eut un rire amer.

- Comme c'est facile de donner des conseils quand on nage en plein bonheur! Pour toi...

- Derek, coupa Jerry, je vais t'avouer une chose que je n'ai jamais révélée à qui que ce soit.

Comme il semblait chercher ses mots, Derek l'encouragea à continuer.

- Vas-y, je t'écoute.

- Voilà, j'ai été terriblement amoureux de Laura, moi aussi...

- Tu plaisantes? demanda Derek en sentant son pouls s'accélérer.

- Sûrement pas. Il a fallu que je rencontre Jane pour que je parvienne à la chasser de mon esprit. Et même aujourd'hui, elle occupe toujours une place privilégiée dans mes souvenirs.

Après cette déclaration, Derek se mura dans le silence un long moment, puis il demanda d'une voix altérée :

- Est-ce qu'il y a eu quelque chose entre vous deux?

Jerry fut assailli par le souvenir de la fameuse nuit où il aurait pu faire l'amour avec elle mais il répondit sans hésitation :

- Non, pour Laura, il n'y a jamais eu que toi. C'est pourquoi je ne comprends pas que tu aies perdu une femme pareille.

Derek écrasa sa cigarette et s'accouda à la barrière de l'enclos. Le hennissement d'un cheval nerveux troubla un instant le calme absolu de la nuit. Enfin, il répondit :

- C'est difficile à expliquer... L'engagement réel me faisait peur et en plus, j'étais totalement pris par ma carrière. À présent, je sais que si elle revenait dans ma vie, elle deviendrait ma préoccupation première.

- Et Judy?

- C'est terminé entre nous. J'aurais dû le lui dire depuis longtemps.

- Pauvre fille. Elle a l'air de t'aimer vraiment.

- Qu'est-ce que tu veux? Je n'y peux rien si aucune femme n'a réussi à remplacer Laura.

***

C'est avec le cœur lourd que Judy défit les bagages pendant que Derek prenait une douche. Le voyage du retour s'était déroulé dans un climat de tension, et elle appréhendait la suite des événements.

Derek fit soudain irruption dans la chambre et s'approcha d'elle tout doucement.

- Il faut qu'on parle, dit-il avec un regard navré.

Elle le regarda droit dans les yeux.

- Je sais déjà tout ce que tu vas me dire et je ne veux pas l'entendre. Je vais donc me mettre en quête d'un appartement dès demain.

Derek se sentit profondément malheureux. Bien qu'il ne soit pas tombé amoureux d'elle comme il l'espérait, il ne voulait à aucun prix la blesser inutilement.

- J'ai vraiment essayé, Judy, fut tout ce qu'il trouva à dire.

À sa propre surprise, la jeune femme ressentit une acceptation qu'elle n'aurait jamais cru possible quelques instants auparavant. Au fond, elle avait toujours su qu'elle serait le dénouement de leur histoire et elle ne ressentait pas le désespoir sans bornes de la première rupture.

Elle prit tendrement le visage de Derek entre ses mains et le contempla longuement en silence comme pour s'imprégner de ce moment.

- Rassure-toi, je ne vais pas en mourir, murmura-t-elle finalement en s'éloignant de lui. Grâce à toi, j'ai retrouvé ma place dans le métier et je finirai bien par trouver quelqu'un qui m'aimera comme je le souhaite.

- Je n'ai aucun doute là-dessus. Tous les hommes ne sont pas idiots comme moi.

- Tous les hommes ne sont pas amoureux de leur ex-femme.

Malgré la jalousie qu'elle ne pouvait repousser tout à fait, elle ajouta d'une voix ferme :

 - Essaie de la retrouver, Derek. Vous avez peut-être droit à une seconde chance.

***

CHAPITRE 8

VIVIEN

Juin 67

- Encore un peu de thé, Isabella?

- S'il vous plaît, Vivien.

Elle tendit une jolie tasse en porcelaine à la fiancée de son fils.

- Et toi, Riccardo?

- Non merci, maman. Je vais aller dans ma chambre étudier pour mon examen de demain.

Il adressa un clin d'œil à Isabella.

- Je dois obtenir mon baccalauréat si nous voulons nous marier au plus vite. N'est-ce pas, mon amour?

- Bien sûr! Je vais bavarder un peu avec ta mère.

Vivien observa sa future belle-fille. À vingt et un ans, elle était vraiment jolie avec ses yeux noirs en amande et ses longs cheveux d'ébène. Mais à présent que Riccardo les avait quittées, sa bouche en forme de cœur s'affaissa soudainement.

- Ça ne va pas, ma chérie? questionna Vivien avec inquiétude.

- Oh! Vivien... c'est terrible! hoqueta-t-elle en se mettant à pleurer silencieusement.

- Voyons, calme-toi et raconte-moi ce qui est si terrible que ça.

- C'est mon père… il ne veut plus entendre parler de mariage… entre Riccardo et moi.

- C'est absurde! Qu'est-ce qui lui prend tout à coup?

- Mon père vit selon les vieilles traditions. Tant qu'il a cru que vous étiez veuve, il a été consentant. Malheureusement, il a demandé une enquête et il est au courant de votre divorce.

Vivien sentit ses lèvres se dessécher.

- En connaît-il la raison?

Isabella devint rouge comme une pivoine et hocha la tête.

- Ainsi, tu sais la vérité. Dis-moi franchement, est-ce que cela change tes sentiments pour Riccardo?

Le souvenir de son douloureux avortement émergea dans sa mémoire... Cette épreuve, vieille de trois ans, avait bien failli détruire leur amour. En comparaison, la déviation de Franco Cortini lui importait peu. Un an après sa mort, elle avait présenté Riccardo à sa famille et ils s'étaient fiancés quelques mois plus tard.

- Non, Vivien. Vraiment pas, répondit la jeune femme en revenant au présent.

- Voilà déjà un bon point.

- Mais qu'allons-nous faire, à présent?

- Tout d'abord, tu vas m'obtenir un rendez-vous avec ton père.

- C'est inutile, il va demeurer inflexible.

- Laisse-moi essayer, au moins!

- Très bien, je téléphonerai pour vous dire quand il pourra vous recevoir.

- Parfait. Surtout, ne dis rien de tout cela à mon fils.

***

Trois jours plus tard, Vivien fut introduite dans un bureau somptueux de la Cinquième Avenue. Monsieur Morini, un homme d'une soixantaine d'années au visage austère, s'avança vers elle et lui tendit la main.

- Je suis ravi de vous revoir, Madame Cortini, dit le père d'Isabella avec un sourire figé qui démentait ses paroles courtoises.

- Moi de même, Monsieur Morini.

Il l'invita à prendre place dans l'un des fauteuils en cuir qui faisait face à son imposant bureau.

- Tout d'abord, je me dois de vous avertir que je n'ai consenti à vous recevoir que sur l'insistance de ma fille.

- Je l'avais fort bien compris toute seule.

L'homme d'affaires plissa les yeux et attaqua sèchement :

- Alors, que puis-je pour vous?

- Pour moi, rien. Par contre, je vous en supplie, laissez à ces deux enfants la liberté de s'aimer.

- C'est hors de question. Ma famille se compose uniquement de gens à la moralité irréprochable.

Vivien lutta de toutes ses forces pour conserver son calme.

- Qu'avez-vous à reprocher à Riccardo? demanda-t-elle d'une voix coupante.

- Ce n'est pas à lui que je fais allusion mais à son père...

- Franco est mort et enterré. Ne pouvez-vous pas le laisser reposer en paix?

- Je ne peux pas prendre le risque que sa... tare génétique se transmette à mes petits-enfants.

- Mon fils est tout à fait normal.

- Madame, j'essaie de me montrer poli mais ma patience a des limites. Je vous le dis pour la dernière fois ; pour rien au monde, je n'accepterai que le fils d'un dégénéré n'entre dans ma famille.

Indignée, Vivien se leva pour prendre congé.

- Je crois que je n'ai plus de temps à perdre ici, Monsieur Morini!

Ce dernier la dévisagea comme un insecte nuisible et précisa d'une voix tranchante :

- Une dernière chose, Madame Cortini. Si j'apprends que Riccardo a revu ma fille, je lui apprendrai toute la vérité à propos de son père.

- Vous n'en aurez certes pas l'occasion puisque je vais le faire moi-même! lança Vivien en claquant la porte derrière elle avec rage.

***

De retour à son appartement, Vivien avala trois comprimés d'aspirine. Riccardo serait bientôt là et elle ne savait toujours pas comment aborder la question. Elle tournait en rond depuis vingt minutes quand elle entendit la porte se refermer.

- Ah, tu es là, maman.

- Oui, je ne suis pas allée au travail cet après-midi.

- Tu n'es pas souffrante, au moins?

- Rien de grave, juste une migraine.

Elle marqua une légère hésitation et poursuivit lentement :

- En fait, je suis allée rencontrer le père d'Isabella à son bureau.

- Pourquoi donc?

- Eh bien, il ne consent plus à votre mariage.

- Qu'est-ce que c'est que cette histoire?

- Figure-toi que Monsieur Morini a commandé une

enquête sur notre famille et il a découvert que je n'étais pas veuve mais divorcée.

- Et alors, sommes-nous des parias pour autant?

Vivien humecta ses lèvres sèches.

- Ce n'est pas tout. Il y a une chose que je ne t'ai jamais dite...

Riccardo fronça les sourcils.

- Vas-y, parle! fit-il avec exaspération.

Elle prit son courage à deux mains et lança d'une traite :

- Ton père n'était pas... normal. Il était homosexuel.

Angoissée, elle vit l'incrédulité se peindre sur le visage de son fils.

- J'espère que c'est une mauvaise plaisanterie? dit-il d'une voix dure.

- Bien sûr que non...

Le jeune homme s'effondra alors dans un fauteuil et se prit le visage entre les mains.

- Pauvre papa.... je comprends tout à présent, murmura-t-il au bout d'un long moment.

- Tu n'es pas horrifié?

- J'essaie de ne pas l'être. Après tout, ce n'était pas sa faute.

- Oh, Riccardo, je suis tellement soulagée de t'entendre parler ainsi... J'avais si peur de ta réaction.

Il leva vers sa mère des yeux embués de larmes.

- Vous auriez dû me dire la vérité.

- Non, c'était impossible, ton père avait trop honte. Il n'a jamais voulu que tu saches...

- Et il est parti sans savoir que je l'aurais aimé quand même...

- Pardonne-moi, Riccardo.

- Ne t'inquiète pas, maman, je ne te blâme pas pour ce

que tu as fait. Tu as eu ta large part de souffrances.

Il se leva et déposa un baiser sur le front de sa mère.

- Je vais aller dans ma chambre pour réfléchir à tout ça.

***

Vers dix heures, Vivien écoutait tranquillement les nouvelles du soir, lorsqu'elle entendit la sonnette de l'entrée. Intriguée, elle s'empressa d'aller ouvrir et se retrouva devant Isabella qui portait une valise dans chaque main.

- Pouvez-vous m'héberger pendant quelque temps, Vivien?

Elle comprit instantanément ce qui avait dû se passer.

- Bien sûr, ma chérie. Donne-toi la peine d'entrer.

Les traits tirés, Riccardo apparut dans le vestibule.

- Isabella? Que fais-tu ici à une heure pareille?

Elle courut se réfugier dans ses bras.

- Je n'ai plus que toi, à présent. Mon père m'a jetée dehors…

***

CHAPITRE 9

LAURA

Basse Casamance,
Février 1968

Laura se trouvait seule au dispensaire car Matt s'était rendu à Dakar la veille, pour refaire l'inventaire des médicaments. Elle se rappelait encore avec quelle délicatesse il avait prit son visage entre ses mains, et déposé un tendre baiser sur sa bouche. À sa propre surprise, elle avait ressenti un trouble intense et une vague déception lorsqu'il s'était écarté d'elle. Le sourire aux lèvres, elle reprit le classement de ses dossiers jusqu'à ce que la voix d'Ismaël se fasse entendre dans la pièce à côté. C'était un bambin de neuf ans qui s'était cassé un bras et une jambe en tombant d'un manguier.

- Comment, mon ange, tu ne dors pas encore? le gronda-t-elle gentiment.

- Oh, Laura, Ismaël s'ennuie! Toute la famille travaille à la rizière et moi peux pas bouger.

Comme à chaque fois, elle se laissa attendrir.

- C'est bon, je vais te raconter une histoire, mais après, tu dois me promettre de dormir un peu. Il faut que tu te reposes!

- C'est promis! déclara l'enfant dont les yeux bruns pétillaient de malice.

Elle était si absorbée par son histoire qu'elle sursauta quand Alima, une petite fille du village, lui toucha le bras.

- Laura, un monsieur blanc veut te voir.
- Vraiment? Qui est-ce?
- Je l'ai jamais vu ici.
- C'est bon, va lui dire que je viens tout de suite et retourne jouer dehors.
- C'est pas juste! L'histoire est pas finie!
- Ne t'inquiète pas. Je vais revenir très bientôt.

Elle pénétra dans le bureau de sa démarche aérienne et fut stoppée net dans son élan. Derek se tenait dans l'embrasure de la porte, plus séduisant que jamais avec ses tempes grises et les rides légères qui marquaient le coin de ses yeux bleus.

Terriblement émus, ils se dévisagèrent sans rien dire. Puis, les années s'effacèrent comme par magie et l'amour qui les avaient jadis unis reprit tous ses droits. Comme s'ils n'avaient vécu que pour cet instant, ils se jetèrent dans les bras l'un de l'autre et se serrèrent convulsivement durant de longues minutes.

- J'espérais tant te revoir, murmura Derek en couvrant son visage de mille baisers.

La jeune femme était partagée entre le rire et les larmes.

- Toi ici… c'est insensé!
- Laisse-moi encore t'embrasser.

Tandis que Derek reprenait ses lèvres avec passion, le monde cessa d'exister autour d'eux. Enfin, il relâcha son étreinte et étudia avidement son visage sans fard mais d'une luminosité incomparable.

- Ainsi, je ne rêve pas… C'est bien toi.
- Mon Dieu, je dois être affreuse à voir!
- Tu es folle, tu n'as jamais été plus belle.

C'est à ce moment précis qu'une petite voix plaintive se

rendit jusqu'à eux.

- Qui est-ce?

- C'est Ismaël, un jeune malade. J'étais en train de lui raconter une histoire. Viens, je vais te le présenter.

Le garçonnet ouvrit de grands yeux lorsqu'il aperçut l'inconnu qui accompagnait Laura.

- Qui c'est? demanda-t-il d'une voix soupçonneuse.

- C'est Derek, un ami qui vient de loin. Derek, je te présente Ismaël.

- Bonjour, Ismaël!

- Bonjour, d'où tu viens?

- Des États-Unis. Tu connais?

- Comme Laura?

- C'est ça.

- Maintenant, mon ange, tu vas me faire le plaisir de dormir un peu.

L'enfant fit la moue.

- Mon histoire…

- Demain, coupa fermement Laura en l'embrassant affectueusement sur le front. Sois gentil.

Ils retournèrent au bureau et Derek se remit aussitôt à embrasser Laura avec ferveur.

- Attends, protesta-t-elle en riant. Il y a mille questions qui se bousculent dans ma tête!

- Plus tard…

- Non, je meurs de curiosité!

Derek soupira et la lâcha à regret.

- Tout d'abord, je veux savoir comment tu as fait pour me retrouver.

- Et moi, je veux savoir pourquoi tu as disparu de cette façon.

- Derek, je t'en prie!

Il caressa doucement sa joue dorée et répondit :

- J'ai commencé par faire appel à une agence d'investigation mais les choses n'avançaient pas. Puis, miraculeusement, je me suis souvenu que tu m'avais déjà parlé de ton ami prêtre qui s'était exilé en Afrique, et j'ai mis le détective sur cette nouvelle piste. C'est ce qui m'a conduit jusqu'ici.

- Comment as-tu deviné que j'étais avec lui?

- Je ne sais pas. Une sorte d'intuition.

- Te rends-tu compte que cinq années se sont écoulées depuis notre divorce?

- Malheureusement oui. Cinq années de perdues…

- Pourquoi dis-tu cela?

- Je veux dire que si j'avais su comment se passeraient nos retrouvailles, je serais venu te chercher bien avant!

Laura sentit son cœur battre à un rythme désordonné.

- Derek, tu as mal interprété… Il est hors de question que je retourne aux États-Unis.

Le visage de Derek devint livide.

- Mais pourquoi? J'ai cru comprendre que tu m'aimais encore…

- C'est vrai, je t'aime toujours. Mais pour rien au monde, je ne quitterai cet endroit.

- Laura, tu ne peux pas me faire ça. J'ai quarante-deux ans maintenant et je vois les choses différemment. Si tu reviens dans ma vie, toi seule aura vraiment de l'importance pour moi!

- Derek, est-ce que je te demande de venir vivre ici par amour pour moi?

- Tu sais bien que c'est impossible.

- Eh bien, c'est tout aussi impensable pour moi de retourner à New York. Ici, j'ai retrouvé mon équilibre et je me sens utile aux autres.

- Tu m'es tout aussi indispensable.

- Derek, ne te raconte pas d'histoires. Tu peux très bien continuer à vivre sans moi comme tu l'as fait ces cinq dernières années.

- Pas maintenant que je t'ai revue. J'ai vraiment changé, Laura.

Elle ferma un moment les yeux pour maîtriser son émotion et réfléchir à la situation. Tout ce qu'elle savait, c'est qu'elle ne pouvait pas supporter l'idée que Derek reparte tout de suite et il ne pouvait pas non plus demeurer ici.

- Écoute, je vais te faire une proposition, répondit-elle avec fébrilité. Nous allons partir deux semaines quelque part, seuls tous les deux…

- Et après? la pressa Derek.

- Nous reprendrons chacun notre route.

Il ne protesta pas, comprenant que l'essentiel dans un premier temps était de l'éloigner de cet endroit.

- Une dernière chose. Tu dois me promettre que tu n'essayeras pas de me convaincre de te suivre aux États-Unis.

- Je te promets tout ce que tu veux. Où suggères-tu que nous allions?

Elle se rappela de merveilleuses photos que lui avait montrées le Père Gabriel.

- Cap Skirring me semble tout indiqué. C'est un village enchanteur où le tourisme est encore peu développé et en plus, c'est à une heure d'avion de Dakar.

- Cela me convient parfaitement. Quand partons-nous?

La réalité lui retomba dessus.

- Je ne sais pas... Je dois d'abord organiser mon départ avec Matt, répondit-elle, la gorge serrée.

- Qui est Matt?

- Le médecin avec qui je travaille.

- Je sens que je vais devenir jaloux!

- Tu n'as aucune raison. Il n'y a jamais eu personne d'autre que toi, avoua-t-elle candidement.

- C'est vrai?

- Je crois que tu m'as marquée à tout jamais...

Rassuré, Derek la reprit dans ses bras mais ils entendirent presque aussitôt le ronronnement d'un moteur.

- Voilà Matt qui revient, annonça Laura d'une voix blanche.

Tremblante à l'intérieur, elle se prépara à l'accueillir. Mon Dieu, comment allait-il réagir?

- Attends-moi ici, Derek. Je vais aller à sa rencontre, dit-elle subitement.

Il la retint par la main.

- Tu sembles bien nerveuse. On ne dirait pas qu'il n'y a rien entre vous deux.

- C'est vrai. Enfin... pas de mon côté.

Derek comprit instantanément la situation et la libéra. Ensuite, il se posta derrière la fenêtre et observa la scène.

Un homme musclé, de taille moyenne, descendit d'une jeep poussiéreuse. Dès qu'il aperçut Laura, ses traits tannés par le soleil s'éclairèrent d'un sourire radieux, jusqu'à ce qu'elle se mette à parler. Son visage se ferma alors complètement. Sûr de son avantage, Derek sortit tranquillement du dispensaire.

Laura l'aperçut la première.

- Voilà Derek, Matt, dit-elle avec embarras.

Les deux hommes se mesurèrent du regard.

- Enchanté, Monsieur, dit Matt d'une voix glaciale en omettant volontairement de lui tendre la main.

- Tout le plaisir est pour moi, répondit Derek sur le même ton.

Laura remarqua qu'une vingtaine de diolas suivaient la scène avec le plus vif intérêt.

- Bon, il est grand temps que tu fasses la connaissance du Père Gabriel. Veux-tu me suivre, Derek?

- Jusqu'au bout du monde, répondit ce dernier en jetant un coup d'œil narquois au médecin.

Matt demeura impassible, mais il les suivit des yeux jusqu'à ce qu'ils aient disparu à l'intérieur de la petite église.

***

Le Père Gabriel était agenouillé devant l'autel. Laura toussota pour attirer son attention.

- Oui, Laura? demanda-t-il sans se retourner.

- Je viens vous présenter quelqu'un qui m'est très cher et qui a fait un long voyage pour me revoir.

Le prêtre se releva et descendit vivement les quelques marches qui le séparait de ses visiteurs.

- Devinez de qui il s'agit?

L'inconnu était d'une beauté et d'une prestance si remarquable qu'il n'eut aucun mal à imaginer qui cela pouvait être.

- Vous êtes sûrement Derek Shaw.

- Lui-même, en chair et en os, plaisanta-t-il pour détendre l'atmosphère.

- J'ai cru mourir de surprise en l'apercevant dans le dispensaire! renchérit Laura sur un ton de gaieté forcée.

Le Père Gabriel émit un petit rire embarrassé.

- J'espère que votre voyage s'est bien déroulé? demanda-t-il avec courtoisie.

- Eh bien, j'avoue que ce n'est pas une sinécure d'arriver jusqu'ici, mais le résultat en valait largement la peine, déclara Derek en enveloppant Laura d'un regard amoureux.

- Et combien de temps comptez-vous demeurer parmi nous?

Laura devança la réponse.

- Derek ne reste pas. J'ai décidé de prendre deux semaines de vacances au Cap Skirring, et nous partirons dès que possible.

Le prêtre songea aussitôt à Matt et il tenta de cacher sa consternation de son mieux.

- C'est un endroit vraiment magnifique, commenta-t-il tout en ayant l'impression de se tenir sur des charbons ardents.

Comme la conversation tombait au point mort, Laura s'empressa de faire diversion.

- Au fait, Père Gabriel, pouvez-vous me prêter votre jeep? Matt pourra vous reconduire chez vous dès que vous le voudrez.

- Non, je crois que je vais dormir au dispensaire avec lui et le jeune Ismaël. Tiens, voici les clés.

- Merci beaucoup. On se reverra demain.

- Bonsoir, mon père. J'ai été ravi de vous rencontrer, dit Derek en prenant congé.

- Moi de même, Monsieur Shaw. Au revoir!

Ils étaient à peine sortis que la jeune femme fit de nouveau irruption dans l'église.

- Au fait, Père Gabriel, puis-je compter sur vous demain pour faire visiter le village à Derek? Je vais travailler une bonne partie de la journée pour préparer mon départ.

- Mais j'ai mes cours!

Les yeux de Laura se firent suppliants.

- Vous pouvez bien les annuler pour une fois?

- D'accord, concéda le prêtre à contrecoeur.

Puis, n'y tenant plus, il ajouta avec inquiétude :

- Ma chère enfant, es-tu bien certaine de ce que tu fais?

La jeune femme n'hésita pas.

- Non, mais je suis incapable de renoncer.

***

Laura s'arrêta devant une grande case à colonnades, bordée de superbes palmiers et située à cinq minutes de la mer.

- Voici ma maison! lança-t-elle fièrement.

- C'est très... exotique, jugea Derek avec un sourire forcé.

En réalité, il ne pouvait croire que Laura puisse vivre dans un endroit aussi primaire.

- Viens vite à l'intérieur!

La case était divisée exactement comme celle du Père Gabriel.

- Ce sont des artisans du village qui ont confectionné la plupart des meubles, puis Matt et moi avons acheté de jolis coussins à Dakar pour les rendre plus confortables.

Derek n'émit aucun commentaire.

- Veux-tu que je te prépare un bon repas?

Son invité lui adressa un sourire irrésistible.

- Peut-être plus tard? Pour l'instant, je voudrais bien revisiter ta chambre...

En proie à un désir qu'ils ne pouvaient plus contenir, ils se déshabillèrent avec fièvre et leurs corps retrouvèrent instinctivement les gestes brûlants d'autrefois.

***

Le Père Gabriel entendit Matt se retourner une fois de plus dans le lit voisin du sien.

- Matt, tu ne peux pas dormir? chuchota-t-il afin de ne pas réveiller Ismael.

- Comment le pourrais-je? fut sa réponse rageuse.

- Lève-toi, nous allons aller discuter dehors.

Ils marchèrent lentement côte à côte puis Matt lança d'une voix ironique :

- Un clair de lune, un ciel criblé d'étoiles, voilà une nuit parfaite pour les amoureux…

- Je voudrais pouvoir soulager ta douleur, répondit le prêtre en posant une main compatissante sur l'épaule de son ami.

- Vous n'y pouvez strictement rien.

Tout à coup, le médecin frappa violemment son poing dans la paume de son autre main.

- Bon sang, pourquoi a-t-il fallu qu'il revienne! s'écria-t-il d'une voix torturée. Laura commençait à l'oublier et elle se rapprochait de moi chaque jour davantage.

- Dieu en a décidé autrement.

- Dieu! jeta-t-il avec mépris. Je commence à croire qu'il se fiche pas mal de moi!

- Non, absolument pas. Mais parfois, c'est seulement plus tard que l'on comprend la raison d'être d'un événement.

- J'ai assez entendu de foutaises pour aujourd'hui! gronda Matt en le plantant là sans sommation.

Ne sachant trop que faire, le Père Gabriel fut soulagé de voir que le médecin retournait au dispensaire. Malheureusement, il se sentait impuissant devant l'ascendant extraordinaire que semblait posséder Derek Shaw sur sa chère Laura. Il était donc inutile d'essayer de la raisonner. Avec un profond soupir, il décida d'aller se recoucher lui aussi.

**

Tôt le lendemain matin, le Père Gabriel servit de guide à Derek à bord de sa vieille jeep, tandis que Laura se rendait au dispensaire. Il fit de son mieux pour divertir son visiteur, mais il se rendit compte rapidement que c'était peine perdue. Visiblement, Derek Shaw rêvait d'être ailleurs.

- Je me trompe ou vous me détestez? demanda-t-il brusquement en enlevant ses verres fumées pour regarder le prêtre droit dans les yeux.

Le Père Gabriel ressentit un choc devant cet assaut inattendu.

- Il n'y a aucune raison, répondit-il d'une voix neutre.

- Oh, mais si! Vous protégez Laura comme une enfant et vous croyez que ma venue ici va lui nuire.

- Je vous l'ai confiée une fois, et c'est le cœur en miettes qu'elle est venue se réfugier ici.

Derek plissa les yeux.

- Je ne vous suis pas.

- À mon grand regret, c'est moi autrefois qui l'ai convaincue de rester à New York et de signer ce contrat mirobolant. Vous voyez, j'ai déjà été votre allié, mais je deviendrai votre pire ennemi si vous la détruisez à nouveau.

- Vous vous trompez lourdement. J'aime Laura et je ne demande qu'à réparer mes erreurs.

- Dans ce cas, ouvrez les yeux et vous constaterez par vous-même que vos deux mondes sont totalement incompatibles. Plus vite vous retournerez dans le vôtre, le mieux ce sera pour elle.

Ébranlé par le discours du prêtre, Derek s'alluma nerveusement une cigarette. Il expira longuement la fumée et répliqua :

- Je sais que vos intentions sont bonnes mais vous oubliez un détail important. Laura a dépassé la trentaine, et je crois qu'elle est tout à fait capable de prendre ses décisions toute seule.

Le Père Gabriel ressentit une bouffée de colère devant cet intempestif rappel à l'ordre, mais il réalisa par la même occasion que c'était justifié.

- Vous avez raison, Monsieur Shaw, concéda-t-il avec la modestie des gens sages. Je me suis effectivement mêlé de ce qui ne me regardait pas. Je vous prie donc d'accepter mes excuses pour mes commentaires désobligeants.

- Je les accepte car j'admire les gens qui n'ont pas peur de reconnaître leurs torts. Maintenant que les choses sont claires entre nous, tâchons de profiter un peu mieux de cette excursion.

***

Le cœur battant, Laura pénétra dans le dispensaire. Matt était déjà au travail, complètement absorbé, semblait-il, par la lecture des directives d'un nouveau médicament rapporté la veille.

- Bonjour, Matt. Comme nous en avons brièvement discuté hier, tu sais déjà que je pars en vacances pour deux semaines. Je voudrais que tu me dises ce que je peux faire pour toi avant mon départ...

Il regarda fixement la jeune femme et elle put voir une souffrance insoutenable dans son regard désenchanté.

- Oui, il y a une chose que tu peux faire, articula-t-il en détachant chaque mot. Fiche le camp au plus vite avec ton beau Casanova.

Voyant ses yeux se remplir de larmes, il reprit tout aussi durement :

- Autre chose. À ton retour, je ne t'importunerai jamais

plus avec mes sentiments. Tu as tué tout l'amour qu'il y avait en moi.

Laura se sentit déchirée.

- Matt, j'ai toujours été honnête avec toi et ce n'est pas moi qui ai demandé à Derek de venir me retrouver jusqu'ici. Je...

- Arrête, coupa le médecin d'une voix rauque. Tu avais le choix entre quelques semaines avec lui et toute une vie avec moi et tu as tranché avec une facilité déconcertante. Difficile de ne pas en tirer les conclusions qui s'imposent, termina-t-il en se détournant d'elle pour lui cacher la détresse qu'il ne parvenait plus à contenir.

Laura ne put s'empêcher de l'entourer de ses bras.

- Pardon, Matt... Tu sais que je n'ai jamais voulu te blesser.

Il se dégagea brusquement.

- Je t'en prie, épargnons-nous la scène minable d'un feuilleton à rabais. Pars tout de suite, je peux très bien me débrouiller seul.

Avec un sanglot étouffé, Laura quitta vivement les lieux.

***

CHAPITRE 10

Laura contempla avec ravissement la charmante auberge française qu'elle et Derek venaient tout juste de découvrir, après une courte exploration à bord d'une vieille Land Rover de location. Nichée au cœur d'une palmeraie, elle était située à proximité d'une plage enchanteresse qui s'étendait à perte de vue.

- Je crois rêver! s'exclama-t-elle joyeusement, bien que le souvenir de sa dernière conversation avec Matt la hantait toujours. Dépêchons-nous de réserver notre chambre et dînons sur place!

- Tes désirs sont des ordres, ma princesse!

Après les formalités d'inscription, ils se hâtèrent de défaire leurs bagages et se rendirent à la salle à manger. Cette dernière, qui recréait le décor d'une immense paillote, dégageait une ambiance envoûtante avec ses arrangements floraux multicolores, disposés à chaque table avec un soin particulier. Ils se gavèrent de fruits de mer délectables et le propriétaire de l'auberge lui-même leur servit un vin blanc du meilleur cru.

- Je me sens vraiment dépaysée parmi tout ce luxe, fit remarquer Laura en admirant la finesse de la porcelaine du couvert.

- Moi, au contraire, je n'arrive pas à comprendre comment tu peux vivre dans ce village quasi primitif.

- Je sais et ce n'est pas la peine que nous en discutions. Parle-moi plutôt de Vivien et de Riccardo.

- J'ai une excellente nouvelle à t'annoncer. Figure-toi que Riccardo s'est marié.

- Vraiment! Quand?

- Au mois d'octobre. J'ai justement passé les fêtes avec eux, cette année.

- Il a donc terminé ses études?

- Oui et il travaille chez Delaware en tant que chimiste et chercheur.

- Delaware?

- Tu ne te rappelles pas? C'est la compagnie de produits pharmaceutiques pour laquelle Vivien travaille depuis des années. Et il y a une autre nouvelle : sa femme, Isabella, attend déjà un enfant!

- Comme ta sœur doit être heureuse! s'exclama Laura avec une joie réelle.

- C'est peu dire, elle passe tout son temps libre à tricoter!

Il alluma son éternelle cigarette et ajouta :

- Tu sais, elle a été très peinée que tu disparaisses de cette façon et que tu la laisses sans aucune nouvelle…

- C'est vrai, j'ai mal agi envers elle mais je lui écrirai à l'avenir. Il ne faudra pas que tu oublies de me donner son adresse.

- Pourquoi as-tu fait ça? insista Derek.

- C'est si difficile à comprendre? Je voulais recommencer ma vie à neuf, rompre tous les liens avec le passé.

- As-tu réussi? demanda-t-il en scrutant attentivement son visage.

- Oui, jusqu'à ce que tu reviennes. Maintenant, il faudra que je t'oublie à nouveau...

- Tu n'as qu'à revenir avec moi, mon amour... je t'en supplie.

- Derek, tu manques déjà à ta parole!

- Que veux-tu? Je ne me résigne pas si facilement, moi.

- Écoute, nous avons treize jours fabuleux rien qu'à nous. Ne les gaspillons pas en discussions stériles. Si tu savais à quel point je suis heureuse d'être ici avec toi!

Terriblement ému, Derek contempla ses merveilleux yeux d'ambre qui brillaient aussi intensément que le soir de leur première rencontre.

- Tu as raison. Je vais commander une bouteille de champagne que nous apporterons dans notre chambre, puis je vais te faire l'amour jusqu'à épuisement, promit-il d'une voix chargée de sensualité.

- C'est une merveilleuse idée...

***

Les jours suivants s'écoulèrent dans la plus parfaite harmonie. Ils participèrent à un safari en pleine brousse, allèrent deux fois à la pêche en haute mer, marchandèrent dans les petits marchés en plein air, et ils marchèrent durant des heures le long de la mer en se tenant par la main.

À cet instant précis, ils lézardaient au soleil, absorbés tous deux par leur lecture respective. Pour Derek, il s'agissait du scénario de son prochain film tandis que Laura était plongée dans un passionnant roman de Jacqueline Susann.

- Il commence à faire drôlement chaud, dit soudain Derek en déposant son manuscrit. Tu viens te baigner avec moi?

- Pas tout de suite, je veux d'abord finir ce chapitre.

Vas-y et je te rejoindrai dans quelques minutes.

En regardant Derek s'élancer vers la mer avec la souplesse et la beauté d'un félin, elle ressentit une violente morsure au cœur. Peut-être était-ce pure folie d'avoir proposé de passer ces deux semaines avec lui, car elle pressentait déjà que la douleur qui allait suivre serait difficilement tolérable. Agacée, elle chassa aussitôt cette pensée. Après tout, le temps ne manquerait pas pour regretter Derek lorsqu'ils retourneraient chacun à leur vie...

***

Le dernier soir, ils dînèrent dans leur chambre et se couchèrent tôt, car le vol par charter à destination de Dakar était prévu à six heures le lendemain matin.

Derek serrait doucement Laura contre lui lorsqu'elle murmura avec tristesse :

- Notre dernière nuit…

Tout en caressant ses cheveux soyeux, il ne put s'empêcher de remarquer :

- Je sais qu'une partie de toi brûle d'envie de retourner dans ton village perdu.

Laura ne nia pas cette affirmation. Elle répliqua même :

- Tout comme une partie de toi s'ennuie de l'agitation de New York.

Il ne nia pas non plus.

- C'est fou, n'est-ce pas?

- Non, c'est comme ça.

Ils demeurèrent plongés dans leurs pensées respectives puis elle reprit à voix basse:

- Derek?

- Oui?

- J'espère que tu ne m'oublieras jamais tout à fait.

Il se redressa dans le lit.

- Je ne sais pas quand, mais je reviendrai.

- Non, tu ne reviendras pas car ce serait inutilement douloureux pour nous deux. Je ne veux pas passer ma vie dans l'attente d'une lettre ou d'une visite, jusqu'à ce que la vie nous sépare définitivement.

- J'ai tellement mal si je songe que je ne te reverrai jamais, protesta-t-il d'une voix mélancolique.

Laura sentit son cœur exploser dans sa poitrine mais elle répliqua fermement :

- Cela ne durera pas. Un jour, nous aurons même l'impression d'avoir rêvé ces deux merveilleuses semaines...

- Cela deviendra alors un rêve inoubliable, souffla Derek en s'emparant désespérément de sa bouche.

Leur dernière étreinte fut un mélange d'amour profond et de passion, teintée de la nostalgie de ce qui est et ne sera jamais plus. Ils ne s'étaient jamais mieux aimés qu'au moment où leur amour s'achevait...

***

CHAPITRE 11

VIVIEN

Août 1970

Vivien terminait de déjeuner chez sa belle-fille et s'apprêtait à retourner au bureau.

- C'était délicieux, ma chérie! Il faudra que tu me donnes la recette de ce bœuf.

- C'est dommage que Riccardo n'ait put se libérer.

- Que veux-tu? Il travaille à l'expertise de ce nouveau médicament depuis des mois, et tout doit être complété au plus tard demain.

Elle adressa un sourire à son petit-fils de deux ans qui ressemblait étonnamment à Derek.

- Finalement, on dirait bien que ta petite soeur ne se réveillera pas avant mon départ.

Isabella émit un soupir de contentement.

- Ce bébé est une vraie merveille. Elle dort presque tout le temps!

- Oui, tout le contraire d'Édouardo. Il faut dire que ce petit ange était malade plus souvent qu'à son tour!

Vivien jeta un coup d'œil sur la magnifique horloge de parquet qui ornait la salle à dîner et ajouta à regret :

- Il faut vraiment que je file, car mon patron n'apprécie guère les retardataires. Allez, viens embrasser ta grand-mère, mon trésor!

Le petit Édouardo se jeta aussitôt dans ses bras.

- Non, mamie, reste!

Isabella s'interposa sévèrement.

- Voyons, laisse aller travailler ta grand-mère. Elle demeure juste en haut, tu peux la voir aussi souvent que tu veux.

- Je t'envie de pouvoir rester à la maison et d'élever tranquillement tes enfants, déclara Vivien en déposant l'enfant par terre.

Elle fit semblant de ne pas remarquer le manque d'enthousiasme de sa belle-fille et se hâta de prendre congé.

***

Le visage impassible, le détective privé jeta un coup d'œil discret à sa montre. Il reporta ensuite son attention sur le jeune père de famille, hébété, qui regardait les photos étalées devant lui. Il avait une longue habitude de ce genre de spectacle, et l'idée de déjeuner en retard le désolait plus que le désespoir évident de son client.

- Il se nomme Jacob Hoffman, et il est pédiatre depuis cinq ans à l'Hôpital juif de New York. Votre épouse lui rend visite une fois par semaine, à son appartement situé sur Lexington Avenue, précisa-t-il en espérant que cette information mettrait un terme à leur entretien.

Le jeune homme sembla enfin sortir de sa torpeur.

- Voici l'autre moitié de la somme, fit-il avec lassitude en lui tendant un chèque de mille dollars.

- Merci, Monsieur Cortini. Si vous avez encore besoin de mes services…

Comme un somnambule, il hocha distraitement la tête et

sortit sans ajouter un mot.

***

Isabella venait à peine de coucher Édouardo lorsqu'elle entendit se refermer la porte de l'entrée. Intriguée, elle se rendit au salon et trouva son mari effondré sur le divan.

- Riccardo, qu'est-ce que tu fais ici à une heure pareille? Tu es malade?

Ce dernier l'enveloppa d'un regard meurtrier puis il lui lança à la figure les photos prises par le détective privé.

- Je ne croyais pas être capable de détester quelqu'un à ce point. Ma femme, la mère de mes deux enfants qui s'envoie en l'air à toutes les semaines avec son amant pédiatre!

Livide, la jeune femme s'accrocha au mur pour ne pas tomber.

- Tu as osé me faire suivre!

- C'est tout ce que tu trouves à dire? Je crois plutôt que j'ai droit à quelques explications!

Tremblant de tous ses membres, Isabella se laissa tomber dans un fauteuil en se disant que le moment tant redouté était finalement arrivé. Au fond, c'était mieux ainsi, car elle devenait folle à force de vivre dans le mensonge.

- Tout d'abord, je veux que tu saches que pour rien au monde, je ne voulais te trahir. Je suis tombée amoureuse de lui sans même m'en rendre compte…

- Dis-moi, tu l'as consulté combien de fois pour les problèmes d'Édouardo avant de coucher avec lui?

Isabella rougit de honte mais releva la tête.

- C'est arrivé seulement après la naissance de Monica et de toute façon, je ne suis pas seule responsable de cette situation. Un an après la naissance d'Édouardo, je t'ai dit que j'étais déprimée, que j'avais envie de trouver un travail et tu t'es ligué contre moi avec l'aide de ta mère pour que j'abandonne cette idée. Au contraire, vous m'avez convaincue que pour le bien de mon fils, il valait mieux que je reste à la maison, et que je lui fasse un petit frère ou une petite sœur!

- Je ne vois pas ce qu'il y a de mal là-dedans!

- Tu ne vois peut-être pas, mais quand je suis tombée enceinte de Monica, je me suis sentie plus mal dans ma peau que jamais auparavant!

- Je ne m'en suis jamais aperçue jusqu'à ce que je te surprenne à mentir sur tes sorties.

- Je veux bien te croire! Tu étais tellement absorbé par tes recherches et ta chère maman qui n'est jamais bien loin!

Riccardo vit rouge.

- Je t'interdis de parler de ma mère sur ce ton! Tu ne lui arrives même pas à la cheville! lança-t-il avec un éclair sauvage au fond des yeux.

- Je m'en moque, figure-toi! Tout ce que je veux, c'est obtenir le divorce et en finir avec vous deux!

- Dans ce cas, tu peux mettre une croix sur les enfants. Je dispose d'assez d'argent et d'arguments pour les éloigner de toi à tout jamais!

Cette fois, un sentiment de panique remplaça la colère de la jeune femme.

- Je ne te crois pas. Tu es bien trop honnête pour commettre un acte aussi immonde, affirma-t-elle d'une voix remplie de frayeur.

- Eh bien, sache que le gentil Riccardo est mort en voyant ces photos révoltantes! cria-t-il en se dirigeant subitement vers la sortie.

- Où vas-tu comme ça?

- Je ne crois vraiment pas que ça te regarde!

Riccardo s'engouffra dans l'ascenseur puis appuya rageusement sur le bouton du rez-de-chaussée. Quand il fut enfin à l'air libre, il s'élança sur l'artère principale sans se soucier le moins du monde des larmes qui l'aveuglaient.

***

Vivien quitta le bureau de bonne heure, ce même jour, car elle avait travaillé tard la veille pour préparer sa rencontre avec le représentant d'une importante association de psychiatres. Sa compagnie avait mis au point un antidépresseur des plus prometteurs, et elle avait pour mission d'en faire la promotion de toutes les façons possibles.

Elle songea à son fils qui avait mené les recherches avec une maîtrise admirable, et son cœur se gonfla d'orgueil. Décidément, tout souriait à Riccardo et la naissance de sa fille, neuf mois auparavant, avait été l'apothéose d'une vie déjà bien remplie. Il faut dire que la petite était magnifique et resplendissante de santé, contrairement à Édouardo qui était un enfant de constitution fragile. Elle avait craint après la naissance de Monica qu'ils vendent leur appartement voisin du sien, pour s'acheter une maison à l'extérieur de la ville, mais heureusement, le projet avait été reporté à une date indéterminée.

Le sourire aux lèvres, elle s'apprêtait à entrer dans une luxueuse boutique de vêtements pour enfants, située à deux pas de chez elle, lorsqu'elle remarqua une voiture de police et un petit attroupement en face de son immeuble. Le cœur battant, elle accéléra le pas et se fraya un passage parmi les curieux. Le spectacle qui s'offrit alors à elle dépassa en horreur tout ce qu'il était possible d'imaginer.

Une femme inconnue pleurait de façon hystérique dans

les bras d'un policier, tandis que son co-équipier recouvrait d'une couverture grise un jeune homme qui reposait sur la chaussée, le crâne fracassé. Comme dans le pire des cauchemars, Vivien s'avança vers eux mais le policier l'interpella sans ménagement.

- Reculez, Madame, ce n'est pas très beau à voir!

Riccardo, son fils bien-aimé, gisait dans une mare de sang. Ce ne pouvait être qu'une horrible hallucination. Les jambes soudain flageolantes, elle entendit le hurlement d'une sirène avant de sombrer dans un gouffre sans fond.

***

Lorsque Vivien ouvrit les yeux, elle vit une jeune infirmière penchée au-dessus d'elle qui lui souriait avec douceur.

- Vous voilà revenue parmi nous.

Vivien s'apprêtait à lui demander où elle se trouvait quand la terrible tragédie lui revint en mémoire.

- Riccardo! hurla-t-elle d'une voix déformée par la douleur.

L'infirmière lui fit aussitôt une injection de tranquillisants pour réduire le choc traumatique. Vivien plongea aussitôt dans une bienheureuse torpeur.

***

Elle s'éveilla à nouveau en début de soirée. Cette fois, c'était Derek qui se tenait à son chevet, les yeux rougis par les larmes. Elle le regarda un long moment sans rien dire puis elle murmura faiblement :

- Comment vont Isabella et les enfants?

- Mieux que je ne craignais. La sœur d'Isabella est venue

les chercher tous les trois pour les héberger chez elle.

Vivien se mit à pleurer silencieusement.

- Je me sens si vieille tout à coup... Je doute de pouvoir survivre à cette épreuve.

Derek lui pressa fortement la main.

- Tu le pourras, car nous savons tous les deux que tu es un petit bout de femme extraordinaire.

- C'est faux. Je puisais toute ma force en Riccardo.

- Maintenant, tu vas devoir penser à ses deux enfants.

Il vit ses yeux se refermer à nouveau.

- Je vais revenir demain, dit-il en caressant son front moite.

- Tu ne peux pas comprendre, tu n'as jamais eu d'enfant, souffla-t-elle dans un murmure.

- Je sais, mais je serai toujours auprès de toi... Dors, maintenant.

***

Une foule de gens assistèrent aux obsèques qui eurent lieu trois jours plus tard à l'église Saint-Paul, par une journée orageuse de la fin août. Derek, qui avait pris entièrement les choses en mains, ordonna à son garde du corps d'éloigner les journalistes qui faisaient le pied de grue à la sortie de l'église. Il rejoignit ensuite Vivien et Isabella à bord de la limousine qui devait les conduire au cimetière, puis à la salle de réception du *Waldorf-Astoria*.

- Je ne crois pas que nous ayons le cœur aux mondanités alors, dès que ce sera possible, nous filerons tous les trois à mon appartement.

***

Quelques heures plus tard, ils s'engouffrèrent avec soulagement dans le luxueux appartement de Derek à Central Park. Isabella et Vivien allèrent aussitôt embrasser les enfants qui dormaient profondément sous l'œil vigilant d'une gouvernante, puis rejoignirent Derek au salon.

- Je crois que nous avons tous besoin d'un remontant. Je vais préparer des cognacs, dit ce dernier en se dirigeant vers le bar.

Il s'activa quelques minutes puis il déclara :

- Je n'ai pas eu l'occasion d'en parler jusqu'à maintenant, mais j'ai une grande nouvelle à vous annoncer. Je suis en train de racheter ma première maison à Westport.

- Vraiment? s'étonna Vivien. Pourquoi?

- J'ai eu une idée. Si ça vous intéresse, bien sûr, nous pourrions y vivre tous les trois avec les enfants, affirma-t-il le plus sérieusement du monde. Bien que dans mon cas, ma présence sera assez limitée.

Isabella fut la première à se remettre de sa surprise. Son visage bouffi par les larmes s'éclaira même d'un faible sourire.

- Votre idée me plaît, Derek. L'endroit serait idéal pour les petits. Et vous, Vivien?

- Eh bien, vous me prenez au dépourvu... dit-elle avec hésitation.

- Il n'y a rien qui presse. Laissons la poussière retomber puis nous prendrons une décision ensemble. D'une façon ou d'une autre, ça ne changera rien à ma transaction.

Vivien enveloppa son frère d'un regard rempli de tendresse. Elle savait pertinemment que le but non avoué de ce projet était de lui tendre une bouée de sauvetage.

- Dieu m'a enlevé mon fils, mais je le remercie de m'avoir laissé un frère aussi merveilleux que toi...

CHAPITRE 12

LAURA

Basse Casamance,
Mai 71

L aura était occupée à soigner une jeune fille qui avait été piquée sévèrement par des mouches tsé-tsé dans les pépinières.

- Maïmouna est fatiguée de repiquer des plants dans la rizière. Elle pense aller en ville pour être domestique.

- Tu as raison, tu sembles à bout de force. Mais ta famille te laissera-t-elle partir?

- Oui, à condition que Maïmouna envoie de l'argent à toutes les semaines.

C'est à ce moment précis que le Père Gabriel fit irruption dans le dispensaire.

- Bonjour, Père Gabriel. Quel bon vent vous amène? s'enquit joyeusement Laura.

- Un mal de tête abominable! Les enfants étaient encore plus turbulents que d'habitude, aujourd'hui, se plaignit-il en se massant les tempes.

- Je vous apporte tout de suite deux comprimés d'aspirine.

Elle revint quelques instants plus tard avec un verre d'eau et un petit flacon.

- Vous pouvez le garder.

- Merci, tu es un ange. Au fait, c'est aujourd'hui que Matt revient de la chasse?

- Oui, d'ailleurs, il ne devrait plus tarder.

Une heure plus tard, Laura entendit une immense clameur s'élever de la rue principale pour souligner l'arrivée des chasseurs. Sans plus attendre, elle se précipita à leur rencontre.

Matt, ainsi que trois jeunes diolas transportaient un brancard où gisaient deux antilopes. Il chercha Laura des yeux parmi les villageois, et il la vit s'élancer vers lui avec un sourire radieux.

- Matt, je suis si heureuse que tu sois de retour! Tout s'est bien passé?

- À merveille! Par contre, nous devons nous contenter de deux prises seulement.

Il fit glisser un grand sac de toile de son épaule et l'ouvrit.

- Regarde, c'est pour toi.

Intriguée, elle regarda à l'intérieur et aperçut une adorable boule de poils bigarrés. Au comble de la surprise, elle s'empara de l'animal et le serra contre elle.

- Oh! Matt, un lionceau! s'écria-t-elle, les yeux brillants. Où l'as-tu trouvé?

- Dans un fourré. Les autres petits étaient tous morts, alors j'imagine que la mère a dû être abattue par des guerriers.

- Pauvre trésor, je vais prendre soin de toi, murmura Laura en le caressant délicatement.

Pour toute réponse, le bébé gronda de mécontentement au grand amusement de Matt.

- Il montre déjà son caractère! s'exclama-t-il en riant.

- Avec moi, il va devenir doux comme un agneau.

Au même moment, le Père Gabriel s'approcha avec une ribambelle d'enfants.

- Regardez ce que Matt m'a rapporté! s'écria Laura en lui montrant fièrement le jeune félin.

- Hum, il est adorable, commenta le prêtre avec circonspection.

Au comble de l'excitation, les enfants voulurent tous le toucher. Matt s'interposa fermement.

- Pas maintenant, il est trop affaibli par le voyage. Laura, tu ferais mieux de l'amener tout de suite chez toi.

- Dois-je le nourrir en arrivant?

- Oui, prépare-lui un biberon de lait en poudre et demain matin, tu incorporeras un peu de céréales.

- Entendu. Est-ce que vous venez, Père Gabriel?

- Non, prends ma jeep, je vais rentrer avec Matt.

Avant de partir, elle embrassa le médecin avec reconnaissance.

- Merci, Matt. C'est le plus merveilleux cadeau que je n'ai jamais reçu.

***

À sept heures trente le lendemain matin, Matt rejoignit Laura chez elle pour l'amener au dispensaire.

- Comment se porte notre jeune ami? demanda-t-il en admirant le charmant tableau qu'elle formait avec l'animal.

- On ne peut mieux, assura-t-elle en déposant délicatement le lionceau dans un panier d'osier. Il tète normalement et dort presque tout le temps.

- C'est bon signe. Au fait, lui as-tu trouvé un nom?

- J'ai réfléchi et je crois que ce sera Samir.

- Ça lui va bien, approuva le médecin en se penchant vers

lui.

Il procéda à un rapide examen, puis il reprit gravement :

- Ça va être difficile de ne pas trop s'attacher à lui. Tu te rends bien compte que nous ne pourrons le garder que quelques mois, n'est-ce pas?

- Je sais, il est condamné à finir dans une réserve. Mais je ne veux pas y penser tout de suite, c'est trop triste.

- Tu as parfaitement raison. Dans l'immédiat, nous allons l'amener avec nous au dispensaire. Allez, en route!

***

CHAPITRE 13

L'été avait succédé au printemps et la chaleur des nuits était accablante. Laura, qui tournait en tout sens depuis des heures, décida de se lever et d'aller voir Samir. En sortant de la maison, elle vit tout de suite qu'il avait réussi à se détacher et se mit aussitôt à sa recherche. Ne le trouvant pas dans les environs, elle songea alors qu'il avait dû s'égarer dans la forêt de fromagers. Le cœur serré, elle se demanda si elle pouvait s'y risquer, car Matt l'avait bien prévenue de ne jamais s'y aventurer seule. Il prétendait que des guerriers à demi sauvages s'y cachaient parfois, mais elle se rassura en songeant qu'aucun incident fâcheux ne s'était produit au cours des derniers mois. Son inquiétude pour Samir l'emportant sur la prudence, elle se glissa comme une ombre à travers les arbres et se mit à l'appeler doucement.

Tout se passa très vite. Une main poisseuse se plaqua sur ses lèvres, puis on la bâillonna et on lui attacha les mains derrière le dos. Par la suite, trois indigènes peinturlurés la poussèrent en avant et la forcèrent à marcher une vingtaine de minutes, du moins à ce qui lui sembla.

Enfin, ils s'arrêtèrent dans une clairière et grâce à un rayon de lune, elle put voir une paillasse crasseuse étendue à même le sol. Son sang se glaça dans ses veines en comprenant ce qui l'attendait. Folle de terreur, elle se débattit comme une forcenée jusqu'à ce qu'elle trébuche et perde l'équilibre. Sa tête heurta violemment le sol et la dernière vision qu'elle eut, fut celle d'un des guerriers qui plongeait sur elle.

Elle flottait dans un monde irréel quand elle entendit au loin la détonation d'une arme à feu. Elle ouvrit péniblement les yeux et se rappela aussitôt son horrible agression. Le cœur battant à tout rompre, elle se redressa avec peine et demeura assise, le dos appuyé contre un arbre. Grâce au ciel, ses assaillants semblaient avoir déserté les lieux mais sa chemise de nuit déchirée, ainsi que la brûlure intense qu'elle ressentait entre les cuisses, ne lui laissa guère d'illusions sur ce qui venait de se passer. Elle entendit soudain un bruissement dans les feuilles et pensa mourir de soulagement en voyant Matt se précipiter vers elle.

- Je n'ai pas réussi à rattraper ces enfants de salauds! rugit-il en s'accroupissant près d'elle et en détachant ses liens. Quand je les ai vus debout près de toi, j'ai cru devenir fou.

- Matt…

Il enveloppa le corps glacé de Laura avec sa propre chemise et la prit tout contre lui pour calmer les violentes secousses de son corps.

- C'est fini, maintenant, je suis là. Je regrette juste de n'avoir pas réussi à leur trouer la peau!

Elle s'abandonna un long moment contre la large poitrine puis demanda d'une voix cassée :

- Par quel miracle m'as-tu retrouvée?

- Grâce à Samir. J'essayais vainement de dormir quand je l'ai entendu gratter à ma porte. J'ai décidé de le ramener chez toi et j'ai constaté que tu n'étais pas là car ta porte était restée ouverte. Il n'était pas difficile de conclure que tu étais partie à sa recherche dans la forêt, en dépit de mes fortes recommandations. Je suis donc retourné chez moi en quatrième vitesse pour prendre mon fusil. Tu connais la suite.

- Dieu soit loué…

- Oh, Laura, tu as été d'une folle imprudence! Te rends-tu compte que j'aurais très bien pu ne pas arriver à temps? lui fit observer Matt avec une lueur meurtrière au fond des yeux.

Laura se sentit défaillir. Ainsi, il croyait avoir évité le pire. Elle comprit qu'il valait mieux ne pas le détromper afin que sa rage puisse s'estomper.

- Oui, Matt… tu m'as sauvée, réussit-elle à articuler péniblement.

Elle l'entendit pousser un profond soupir de soulagement.

- Nous allons rentrer, maintenant. Peux-tu marcher?

- Oui, si tu me soutiens.

Matt passa un bras protecteur autour de sa taille et ils entreprirent la longue marche du retour.

***

Les semaines qui suivirent s'avérèrent extrêmement difficiles pour Laura. Souvent, la nuit, elle était hantée par d'horribles cauchemars et le jour, les images de son agression s'imposaient à son esprit aux moments les plus inopportuns. Heureusement, elle pouvait compter sur Matt pour l'entourer de son affection et de sa compréhension.

Encore plus dur cependant, fut d'affronter le départ imminent de Samir. Le lion, âgé maintenant de six mois, se révélait de plus en plus agressif ce qui avait contraint Matt à lui trouver une place dans le parc national du Niokolokoba, situé à six cents kilomètres de Dakar.

Le jour tant redouté arriva finalement.

- Voilà, il ne vous reste plus qu'à signer cette décharge, dit le garde forestier avec un sourire de sympathie à l'adresse de Laura.

Paralysée par le chagrin, elle vit Samir s'agiter furieusement dans la cage du camion qui devait le transporter dans son nouvel habitat.

- Partez vite, je vous en prie, dit-elle en refoulant courageusement ses larmes.

Matt, qui se sentait aussi malheureux qu'elle, lui passa un bras autour des épaules et tenta de la consoler de son mieux.

- Crois-moi, je me suis assuré qu'il sera gardé dans les meilleures conditions possibles.

Loin de l'apaiser, ses paroles accentuèrent encore la détresse de la jeune femme.

- Samir m'a apporté tant de joie que je ne peux pas supporter de l'abandonner ainsi.

- Nous n'avions pas d'autres choix. Tu sais très bien que son instinct sauvage se manifestait chaque jour davantage.

- Je sais, mais Samir demeurait quand même mon bébé.

Matt se força à bouger.

- Allez viens, le travail demeure encore le meilleur remède que je connaisse pour chasser les gros chagrins.

***

Le lendemain du départ de Samir, Laura terminait de prendre un bain dans la mer lorsqu'elle se sentit prise d'une violente nausée. Elle courut aussitôt se réfugier derrière un arbuste et vomit tout son déjeuner. Lorsqu'elle se sentit mieux, elle se mit à réfléchir à sa situation.

Elle avait sauté ses règles une fois, mais elle ne s'était pas inquiétée outre mesure car elle avait toujours eu un cycle irrégulier. Cette nausée matinale par contre, et la transformation subtile qui s'opérait dans son corps ne lui laissait plus le moindre doute. À trente-huit ans, elle devait faire face à l'évidence.

- Mon Dieu, gémit-elle, je suis enceinte...

***

CHAPITRE 14

Au cours des semaines qui suivirent, un changement radical s'opéra en Laura. Elle passa de la révolte à la résignation, puis de la résignation au désir ardent d'avoir cet enfant qu'elle sentait grandir en elle jour après jour. Elle savait maintenant que sa décision serait irrévocable, et que le moment était venu d'avouer la vérité à Matt et au Père Gabriel. Elle les avait donc convoqués pour le soir même.

Vers huit heures, ils arrivèrent ensemble.

- Allons dans le jardin, il fera plus frais, dit-elle après les avoir accueillis avec une nervosité inhabituelle.

Les deux hommes échangèrent un rapide regard et la suivirent en silence. La jeune femme les pria de s'asseoir, mais elle-même préféra demeurer debout.

- J'ai quelque chose de très important à vous annoncer, commença-t-elle en s'humectant les lèvres.

- Parle vite, mon enfant, la pria le Père Gabriel avec inquiétude.

- Ce n'est guère facile... Vous serez sans doute choqués tous les deux.

- Je t'en prie, cesse de nous faire languir! s'impatienta Matt.

Laura se jeta à l'eau.

- Voilà, je suis enceinte, dit-elle simplement.

Moitié amusée, moitié angoissée, elle vit se peindre l'incrédulité sur le visage de ses deux amis. Matt fut le premier à réagir.

- Nom de Dieu, qu'est-ce que ça veut dire? s'écria-t-il d'une voix vibrante de colère.

- Matt, je t'ai menti... Tu es arrivé trop tard cette nuit-là, confessa-t-elle en implorant son pardon des yeux.

Il n'ajouta rien mais il s'effondra sur sa chaise.

- Seigneur, expliquez-moi quelque chose! se lamenta le Père Gabriel.

Avec le plus de ménagement possible, Laura lui relata sa pénible mésaventure.

- C'est terrible, souffla le prêtre, atterré. Qu'allons-nous faire, maintenant?

Laura posa une main apaisante sur son épaule.

- J'avoue que je suis passée par toute la gamme des émotions... Mais à présent, je suis heureuse car j'ai accepté l'idée d'avoir cet enfant. Je le désire même ardemment.

Matt sortit aussitôt de sa torpeur et suffoqua d'indignation.

- Je n'ai jamais rien entendu de plus ridicule! protesta-t-il violemment. Tu oublies peut-être que cet enfant est la conséquence d'un viol?

- Ce bébé est innocent et il est une partie de moi-même! De plus, tu n'as aucun droit de me parler sur ce ton! riposta-t-elle avec autant de colère que lui.

Le Père Gabriel s'interposa.

- Allons, mes amis, l'heure n'est pas à la querelle. Parlons calmement, comme les adultes que nous sommes.

Laura se tourna vers lui.

- Père Gabriel, est-ce que vous me comprenez? demanda-t-elle en sollicitant ouvertement son appui.

- Franchement, je suis trop bouleversé par tout ce que je viens t'entendre pour réfléchir clairement mais l'Église interdit l'avortement et je suis son représentant…

Matt se leva comme un boomerang.

- Je préfère m'en aller avant de dire des choses que je pourrais regretter!

Laura tenta de le suivre mais le Père Gabriel la retint au passage.

- Non, laisse-le partir. Donne-lui au moins le temps de s'habituer à l'idée.

- Vous avez raison… comme toujours.

Le prêtre la scruta attentivement et lui demanda d'une voix pleine de sollicitude :

- Dis-moi, es-tu bien certaine de ta décision?

- Tout à fait.

- Dans ce cas, je me dois de te dire que pour moi, l'acte le plus noble sur cette terre est de donner la vie. Je suis donc heureux car toi aussi, tu auras ce privilège. Naturellement, les circonstances ne sont pas habituelles mais…

Laura ne le laissa pas terminer.

- Père Gabriel, si vous saviez à quel point je vous aime! s'écria-t-elle en se jetant dans ses bras pour l'embrasser avec enthousiasme.

Trop ému pour parler, le prêtre songea à quel point sa présence était une source continuelle de bonheur dans sa vie.

***

Six mois plus tard, à cinq heures du matin précisément, Laura accoucha d'une fille de huit livres et deux onces avec l'aide de Matt et de Bélamina, la sage-femme du village. Épuisée par le long travail mais comblée, elle allaita le bébé puis s'endormit profondément.

Matt quitta la salle d'opération du dispensaire et alla retrouver le Père Gabriel qui attendait anxieusement dans le bureau adjacent.

- Comment va-t-elle? s'écria-t-il en apercevant le médecin.

- Aussi bien que possible! Elle a eu une fille.

Le prêtre essuya furtivement une larme d'émotion.

- Puis-je les voir?

- Pour Laura, il faudra attendre à ce soir, mais Bel va vous amener Christine dans un moment.

- Oh, je ne savais pas qu'elle avait choisi son nom pour de bon.

- Elle vient de décider à l'instant.

- C'est bien joli, approuva le Père Gabriel avec un sourire heureux sur les lèvres.

Cinq minutes plus tard, la sage-femme lui montra fière- ment le bébé soigneusement emmailloté. Il contempla le petit bout de personne tout fripé à la peau violacée et observa d'une voix incertaine :

- Eh bien, il est un peu tôt pour affirmer qu'elle est mignonne…

Bel le rabroua vertement.

- Les hommes connaissent rien! On voit tout de suite qu'elle sera une beauté comme sa mère!

- J'en suis sûr, moi aussi, déclara précipitamment le Père Gabriel dans l'espoir de calmer la vieille diola.

Matt suivait la scène en s'amusant franchement.

- Allez, Bel, ramène cette adorable petite chose auprès de sa mère avant qu'elle ne se mette à hurler de mécontentement, la pria-t-il malicieusement.

- Hurler, entendez-vous ça! grommela-t-elle en quittant la pièce après leur avoir lancé à tous deux un regard furibond.

Le Père Gabriel prit congé aussitôt après.

- Les nuits blanches ne sont plus faites pour les gens de mon âge, plaisanta-t-il en étouffant discrètement un bâillement. Si tu veux bien m'excuser, je vais aller dormir un peu.

- Bien sûr, dit Matt.

Il hésita et ajouta humblement :

- C'est vous qui aviez raison à propos de cet enfant. J'ai vu une telle lumière dans les yeux de Laura après l'accouchement que je ne pourrai jamais l'oublier…

La gorge serrée, le Père Gabriel hocha la tête puis sortit dans la fraîcheur du petit matin.

***

CHAPITRE 15

VIVIEN

Wesport,
Août 73

Derek avait à peine posé le pied dans la maison qu'il fut littéralement assailli par deux petits démons en pyjama.

- Oncle Derek! s'écria Monica en se blottissant dans ses bras. C'est toi qui vas nous raconter une histoire avant d'aller dormir.

- Avec plaisir, mon petit canard en sucre!

- Je veux que tu viennes lire dans mon lit! ordonna le petit Édouardo, qui était devenu ombrageux depuis la disparition tragique de son père.

- Ouf, je crois que je n'ai pas intérêt à refuser!

Il adressa un sourire à Vivien qui suivait la scène en rangeant la cuisine et demanda :

- Isabella est sortie?

- Oui, elle est allée au cinéma avec une amie.

- Bon, je monte border les enfants et je te rejoins ensuite. Que suggères-tu que nous fassions?

- Si tu veux, nous allons passer la soirée à bavarder tranquillement comme nous n'avons pas eu l'occasion de le faire depuis longtemps.

- Excellente idée!

Derek s'engagea dans l'escalier avec les deux enfants sur ses talons, et ils s'installèrent tous les trois dans le grand lit d'Édouardo, voisin de celui de sa soeur.

- Je lis quoi?

- Les trois petits cochons? suggéra Monica avec un sourire angélique.

- Non, je veux entendre Blanche-Neige et les sept nains! protesta aussitôt Édouardo. C'est à mon tour de choisir.

- Tu as raison. Allons-y avec Blanche-Neige!

Derek commença la lecture du conte d'une voix envoûtante et bientôt les deux petits s'endormirent comme des loirs. Il souleva alors Monica et alla la déposer sur son lit avec le plus de précautions possibles. Lui qui avait toujours crû ne pas aimer les enfants plus que nécessaire, il s'étonnait d'éprouver autant de plaisir en compagnie de son petit-neveu et de sa petite-nièce. Aussi, au cours de la dernière année, il s'était efforcé de ralentir son rythme de travail afin d'être auprès d'eux le plus souvent possible.

Vivien l'attendait dans le living-room, confortablement installée sur un canapé fleuri.

- Les enfants se sont endormis?

- Comme des anges. Veux-tu prendre un digestif avec moi?

- Tu ne veux pas manger un morceau?

- Non, j'ai mangé sur le pouce après mon interview. Alors, tu m'accompagnes?

- Volontiers.

Derek prépara deux crèmes de menthe blanche puis alla retrouver Vivien sur le canapé.

- Sais-tu à quoi je pensais, aujourd'hui? demanda-t-elle subitement en refermant ses doigts sur le verre tendu.

- Non?

- Je me disais qu'avant bien longtemps, nous deviendrons deux vieillards solitaires…

Derek ne put s'empêcher de frémir devant cette déprimante vision.

- Quelles pensées motivantes! se moqua-t-il gentiment.

- Je suis réaliste, au contraire. Isabella et les enfants ne resteront pas éternellement avec nous. D'ailleurs, je la trouve lointaine, depuis quelque temps…

- Que pouvons-nous y faire? C'est la vie.

- Et toi, tu n'envisages toujours pas de te remarier?

- À quarante-huit ans? Merci bien!

Ils s'abandonnèrent un moment dans leurs réflexions respectives puis Vivien rompit le silence.

- Au fait, j'ai reçu une lettre de Laura, hier.

Le regard de Derek se fit attentif.

- Ah oui? Qu'est-ce qu'elle t'a écrit?

Vivien fut tentée de lui annoncer qu'elle avait maintenant une fille, mais elle se ravisa aussitôt. Malgré les années qui s'écoulaient, Laura demeurait toujours son point sensible.

- Oh, rien de spécial. Elle semble toujours très heureuse là-bas.

- Puis-je voir sa lettre?

- Malheureusement, je l'ai égarée quelque part…

- Dommage, j'aurais aimé la lire.

Avec un pincement au cœur, elle remarqua une soudaine tristesse dans les yeux de son frère.

- Dis-moi, que ressens-tu pour elle après toutes ces années?

Derek décida qu'il n'avait pas envie d'élaborer sur ce sujet mais finalement, il se ravisa en songeant que parler le libérerait peut-être de ses fantômes.

- Toujours ce sentiment de perte, avoua-t-il enfin. Le

regret de ne pas l'avoir aimée mieux à l'époque de notre mariage.

- Tu n'as quand même pas tous les torts, protesta Vivien. En fait, je crois que Laura n'avait pas la maturité nécessaire pour composer avec les contraintes de ton métier.

Derek lui adressa un sourire désabusé.

- Tu as raison, elle était trop jeune mais ce sont mes trahisons de toutes sortes qui ont véritablement détruit notre union.

Vivien le considéra avec étonnement.

- Laura n'a jamais fait allusion à cela…

- J'imagine qu'elle voulait préserver mon image à tes yeux.

Il se mit à la recherche de son paquet de cigarettes et poursuivit d'une voix lointaine :

- Tu sais, quand nous nous sommes séparés la dernière fois, j'étais persuadé que je n'arriverais plus à me passer d'elle. Il m'a fallu longtemps pour que j'accepte l'idée que c'était fini à jamais entre nous et même…

Une violente quinte de toux l'empêcha de terminer sa phrase.

- Tu fumes beaucoup trop, le gronda Vivien lorsqu'il retrouva son souffle. Je me demande ce que tu attends pour te débarrasser de cette vilaine habitude.

- Je t'en prie, ne joue pas les sœurs casse-pieds! lança-t-il sèchement en avalant une gorgée de son digestif pour se remettre tout à fait.

- Seigneur, on ne peut rien te dire lorsqu'il s'agit de ta santé!

- Ce doit être parce que je suis assez grand pour m'en occuper tout seul!

- Très bien, suicide-toi à petit feu, si ça te chante, répliqua froidement Vivien en se plongeant dans la lecture d'une célèbre revue à potins.

Derek, quant à lui, s'empara d'un exemplaire du *New York Times* qui traînait sur la table à café.

- On ne parle que de l'affaire du Watergate et de Nixon qui est maintenant au ban des accusés, commenta-t-il pour relancer la discussion et ainsi faire oublier sa brusquerie.

Peu rancunière, Vivien oublia sa saute d'humeur et déclara :

- Dans *People*, on parle en long et en large du suicide de Marlène Gaynor.

- Je m'y attendais un peu. Depuis quelques années, elle n'avait tourné que des films lamentables.

- C'est vraiment idiot. On ne se suicide pas parce qu'une carrière est au point mort!

- C'est possible quand on a rien d'autre dans la vie. Quand le bateau se met à couler, les pseudo-amis fichent le camp plus vite qu'il n'en faut pour le dire.

- Quel milieu impitoyable! Je me demande comment tu arrives à surnager là-dedans.

- Moi, je fais partie d'une classe à part : les irréductibles.

- Tiens, il y a un entrefilet sur Judy Gibson. Veux-tu que je te le lise?

- Si ça peut te faire plaisir, dit Derek avec indifférence.

- La toujours ravissante Judy Gibson vient d'annoncer son mariage avec un riche industriel allemand. On se souvient que la comédienne a vécu une liaison avec Derek Shaw, qui est présentement dans la course aux oscars à titre de meilleur acteur. Il s'agit d'une deuxième nomination qui sera peut-être couronnée de succès cette fois-ci. Les paris sont ouverts.

- Trêve de commérages. Que dirais-tu d'une partie de billard?

- Volontiers, j'ai une revanche à prendre sur toi!

- Tu peux toujours rêver!

Ils se rendirent dans la pièce spécialement aménagée à cet effet et se livrèrent une partie acharnée jusqu'aux environs de onze heures. Vivien s'avoua finalement vaincue.

- Rien à faire, tu es le plus fort, admit-elle à contrecœur.

- Ravi de te l'entendre dire.

Elle jeta un coup d'œil à sa montre.

- Je monte me coucher car les enfants vont s'éveiller tôt, demain matin. Tu viens?

- Non, je vais regarder un peu la télévision. Bonne nuit.

- Bonne nuit à toi aussi.

***

Derek se réveilla brusquement en entendant des bruits de pas dans la salle de séjour. C'était Isabella, resplendissante de beauté dans son costume Chanel bleu turquoise. C'était une femme épanouie à présent, qui suscitait l'admiration partout sur son passage.

- Bonsoir, Derek. Je croyais bien avoir entendu le téléviseur.

- Je me suis endormi sur un vieux film de Montgomery Clift, avoua-t-il en s'étirant comme un chat.

- Il me semble qu'on vous retrouve à la maison plus souvent qu'avant, non?

- Que veux-tu? L'âge me rattrape, moi aussi.

La jeune femme éclata d'un rire cristallin.

- Allons donc, vous êtes le genre d'homme à demeurer éternellement jeune!

- Comme je voudrais que tu aies raison! Tu as passé une

bonne soirée?

- Excellente! Ça ne vous ennuie pas si je reste un peu avec vous?

- Pas du tout, répondit-il en l'invitant à prendre place à côté de lui. Maintenant que je suis réveillé, je ne pourrai plus m'endormir avant longtemps.

Isabella le gratifia soudain d'un sourire incertain.

- Derek, il faut que je vous entretienne d'une décision que j'ai prise après mûre réflexion.

- Très bien, je t'écoute. Juste un moment, je vais fermer le téléviseur.

Lorsqu'il reprit place à côté d'elle, elle garda le silence, ayant manifestement du mal à poursuivre sur sa lancée.

- Alors, Isabella? la pria gentiment Derek.

- Voilà, j'ai décidé de partir avec les enfants, lâcha-t-elle d'une traite.

- En vacances?

- Non, pour de bon. Je pense m'installer à Long Island avant la rentrée scolaire d'Édouardo.

Malgré lui, Derek avala de travers.

- Mais pourquoi? interrogea-t-il d'une voix plus brusque qu'il ne l'aurait voulu, car il avait songé aussitôt à la réaction de sa sœur.

- Une de mes amies va ouvrir là-bas une luxueuse boutique de vêtements pour dames, et elle m'a offert de devenir son associée.

Derek se passa nerveusement la main dans les cheveux.

- Dis-moi franchement, s'est-il passé quelque chose entre Vivien et toi?

- Non, elle est adorable mais je pense tout de même qu'elle intervient trop dans la vie des enfants.

- C'est bien normal, elle ne vit que pour Édouardo et

Monica. Depuis la mort de Riccardo, elle n'a plus jamais retravaillé.

- Justement et ce n'est pas sain. Elle est encore jeune et elle se doit de découvrir d'autres raisons de vivre.

- Je ne peux guère te donner tort là-dessus… approuva Derek en tendant la main pour attraper son paquet de cigarettes.

- Cela vaut pour moi aussi d'ailleurs. Je ressens un besoin impérieux de travailler, de me débrouiller toute seule et d'avoir mon propre foyer. Imaginez, j'ai abandonné mes études quand mon père m'a coupé les vivres et je me suis mariée. Finalement, avec la venue des enfants, je n'ai jamais eu l'occasion de travailler à l'extérieur.

- Oui, je peux comprendre que tu aies d'autres aspirations.

Le visage de Derek se fit pensif puis il lui demanda :

- Dis-moi, est-ce que le fait de vivre avec Vivien t'a empêchée de fréquenter un autre homme depuis la mort de Riccardo?

La jeune femme lui lança un regard éperdu comme si elle ne parvenait plus à contenir une émotion trop longtemps refoulée. Finalement, elle donna l'impression de vouloir s'abandonner et murmura d'une voix presque inaudible :

- Je vais vous révéler un lourd secret, Derek, mais jurez-moi de ne jamais répéter mes paroles à Vivien!

Il la contempla avec un regard empreint d'inquiétude.

- Si c'est ce que tu veux…

Elle sembla chercher ses mots mais y renonça très vite. Elle lâcha alors sans ménagement :

- Je suis responsable de la mort de Riccardo.

Derek la dévisagea comme si elle avait subitement perdu la raison.

- Comment peux-tu dire une chose aussi insensée?

Isabella fut prise d'une envie folle de faire marche arrière, mais le besoin de libérer sa conscience l'emporta sur la peur.

- J'ai été une épouse indigne, j'ai trompé Riccardo durant de longs mois, et le jour où il l'a découvert, il s'est jeté devant une voiture…

Derek s'efforça de digérer cette révélation surprenante.

- J'ai toujours cru que vous formiez un couple heureux, déclara-t-il d'une voix chargée de déception.

- Je sais, tout le monde le croyait. Vivien la première.

Derek se laissa aller contre le dossier du fauteuil et garda le silence un long moment avant d'ajouter avec froideur :

- Tu as raison, il ne faudra jamais que ma sœur apprenne la vérité.

Isabella implora son indulgence.

- Vous savez, j'ai tout fait pour racheter ma faute. J'ai quitté l'homme que j'aimais, et je suis venue vivre ici avec les enfants pour aider Vivien à surmonter la mort de son fils. Mais aujourd'hui, le désir de vivre ma vie s'intensifie chaque jour davantage. Je ne peux plus reculer, même par compassion pour votre sœur…

Derek ressentit toute l'ampleur de sa détresse et comprit par la même occasion, qu'il n'avait aucun droit de la juger. Bien sûr, il ressentait une peine immense en songeant à l'enfer qu'avait dû vivre son neveu mais il n'était guère placé pour faire la leçon à la jeune femme.

- Des tas de gens trahissent leur mari ou leur femme tous les jours et n'ont pas à subir des conséquences aussi terribles. Au fond, tu n'as vraiment pas eu de chance et tu as payé chèrement ton écart de conduite.

Isabella se sentit éperdue de reconnaissance devant la

réaction de son oncle.

- Merci de ne pas me condamner. Vous ne pouvez pas savoir à quel point je me sens libérée! ajouta-t-elle en éclatant en sanglots.

Derek lui ouvrit les bras et la jeune femme se laissa aller contre lui.

- J'imagine toute la culpabilité que tu as dû vivre depuis cette tragédie, et tu as raison de vouloir passer à autre chose, poursuivit-il en caressant doucement ses longs cheveux emmêlés. Bien sûr, Vivien sera déchirée par votre départ mais je la crois suffisamment forte, à présent, pour affronter cette situation.

Après de longues minutes, la jeune femme s'écarta et chercha un papier-mouchoir pour sécher ses larmes.

- Le plus dur va être de l'annoncer à Vivien. Je n'arrive pas à le lui dire, avoua-t-elle piteusement.

Derek la regarda droit dans les yeux et déclara fermement :

- Je regrette mais ne compte pas sur moi pour le faire à ta place.

Isabella hocha la tête en silence.

- Très bien, je vais lui parler dès demain.

***

Isabella jeta un coup d'œil par la large baie vitrée donnant sur la mer et vit Vivien, Édouardo et Monica affairés à construire des châteaux de sable. Elle prit une grande respiration et les rejoignit.

- Maman! cria Édouardo dès qu'il l'aperçut. Viens voir, c'est le château le plus gros que j'ai construit!

- C'est mamie qui a presque tout fait! protesta Monica.

- C'est pas vrai!

- Allons, les enfants, nous avons travaillé ensemble tous les trois, intervint Vivien d'une voix conciliante.

- Continuez à jouer, tous les deux, il faut que je parle à votre grand-mère.

- Il y a quelque chose qui ne vas pas, ma chérie? demanda Vivien en remarquant la mine grave de sa belle-fille.

- Non, tout va bien, je veux juste vous parler seule à seule. Venez vous asseoir près de moi.

Elles s'installèrent sur des chaises longues à proximité des enfants et Isabella commença à parler tout de suite avant de manquer de courage.

- J'ai décidé de m'associer à une amie pour ouvrir une luxueuse boutique de vêtements pour dames.

- C'est une excellente idée, approuva Vivien tout en craignant confusément la suite de la conversation.

- Je compte déménager à Long Island avant la rentrée scolaire. J'ai déniché d'ailleurs une jolie petite maison qui sera parfaite pour les enfants et moi.

Avec angoisse, Isabella vit le visage de sa belle-mère se décolorer subitement sous ses yeux. Pourtant sa réponse ne manqua pas de la surprendre.

- Je crois que ce sera une bonne chose pour toi de bâtir ton propre foyer. Bien sûr, cette séparation prochaine me déchire le cœur, mais j'ai déjà trop abusé de cette situation.

- Je ne comprends pas ce que vous voulez dire, dit Isabella en fronçant les sourcils.

Vivien détourna les yeux comme si l'aveu qu'elle s'apprêtait à faire lui était trop pénible.

- Depuis la mort de mon fils, j'ai vu dans tes yeux le poids du remords et il ne t'a jamais quitté. Je savais que c'était la raison qui te retenait ici. Je ne voulais pas aborder la question avec toi de peur que la vérité te libère, et aujourd'hui encore je ne veux pas savoir ce qui s'est réellement passé le jour de sa mort...

Vivien s'interrompit un moment puis poursuivit, cette fois, en regardant sa belle-fille droit dans les yeux :

- Je sais que j'ai ma part de responsabilités dans ce drame car j'ai été une mère trop envahissante dans la vie de Riccardo. Alors, quoi que tu aies pu dire ou faire de mal, pardonne-toi et tourne le dos au passé car tu es une femme vraiment bien, Isabella.

La jeune femme adressa à sa belle-mère un merveilleux sourire de connivence. Pour la première fois, elles ressentirent un lien puissant se tisser entre elles.

- Je vous remercie de tout mon cœur pour vos paroles, Vivien. Soyez assurée que ma maison vous sera toujours grande ouverte.

***

CHAPITRE 15

Par un bel après-midi de septembre, Vivien se promenait tranquillement dans Central Park lorsqu'elle crut reconnaître une silhouette familière. L'homme était de dos et tenait en laisse un splendide berger allemand.

- Georges! s'écria-t-elle avec surprise.

Georges Powell se retourna vivement puis marcha joyeusement à sa rencontre.

- Vivien, quel heureux hasard! s'exclama-t-il en lui tendant la main. Que faites-vous par ici?

- Je suis venue faire un peu de magasinage d'automne mais avant, j'ai eu envie de faire un tour dans le parc. Et vous?

- Oh, depuis que j'ai acheté Rover, je viens ici tous les jours pour notre promenade quotidienne.

Vivien se pencha et caressa doucement le museau de l'animal.

- Il est vraiment splendide.

- Oui, je ne peux imaginer plus fidèle compagnon.

- Au fait, combien d'années se sont écoulées depuis notre dernière rencontre?

- Plus de treize, j'en ai peur. Voyez-vous, je suis un vieil homme, maintenant! plaisanta-t-il à demi.

- Sûrement pas! assura Vivien tout en songeant malgré elle qu'il avait mal vieilli.

Georges Powell l'enveloppa d'un regard franchement admiratif.

- Permettez-moi de vous dire que vous êtes plus belle que jamais! s'exclama-t-il spontanément en s'émerveillant de son éternelle allure juvénile.

- Je sais que vous exagérez, mais je vous remercie quand même du compliment.

- Écoutez, je me suis acheté un appartement à un coin de rue d'ici. Que diriez-vous de poursuivre notre conversation à l'intérieur?

- J'accepte avec plaisir.

L'appartement était spacieux et respirait le luxe de bon goût.

- Vous avez une vue féerique sur le parc, observa Vivien.

- Oui, c'est ce qui m'a incité à m'installer ici. Qu'est-ce que je vous sers à boire, ma chère?

- Juste une liqueur douce.

Un moment plus tard, ils prirent place dans une grande salle de séjour inondée de lumière, et Georges demanda avec empressement :

- Au fait, comment va Riccardo? Je suis impardonnable de ne pas vous avoir demandé de ses nouvelles avant.

Il vit aussitôt les magnifiques yeux bleus de Vivien le contempler avec un mélange de surprise et de douleur.

- Vous ne savez pas? demanda-t-elle d'une voix blanche. Il a été happé mortellement par une voiture, il y a maintenant cinq ans.

- Mon Dieu, Vivien, je suis désolé! s'exclama Georges en se tordant les mains.

- Je croyais que vous le saviez…

- Bien sûr que non, je vivais en Californie depuis les six dernières années. Je suis revenu à New York il y a tout juste quelques mois.

Le regard de Vivien se perdit au loin.

- Perdre un enfant est l'épreuve la plus horrible que l'on puisse traverser. Heureusement, il nous a laissé deux enfants adorables.

- Ainsi, il s'était marié.

- Oui. Après sa mort, Isabella, les enfants et moi sommes allés vivre avec Derek.

- Comment cela?

- Eh bien, mon frère avait racheté sa première maison à Westport et il nous a offert, à ce moment-là, d'y habiter tous ensemble.

Visiblement surpris, Georges haussa un sourcil.

- Je croyais que c'était Laura qui vivait là-bas.

- Oh, elle n'y est plus depuis fort longtemps! Elle vit maintenant au Sénégal, quelque part dans un village de la Basse Casamance.

Décidément, le vieil homme allait de surprise en surprise.

- Que peut-elle bien faire dans cette région isolée? s'é-tonna-t-il.

- Elle a repris son ancien métier d'infirmière. Je crois qu'elle a vraiment trouvé sa voie.

- Dans ce cas, j'en suis bien heureux pour elle.

Georges toussota légèrement et poursuivit nerveusement :

- Vous savez, je suis vraiment ravi de vous avoir retrou-vée et j'aimerais bien faire la connaissance de vos petits-enfants. Moi, je n'ai pas le bonheur d'en avoir.

Le visage de Vivien se ferma un court instant.

- Malheureusement, je ne les vois pas aussi souvent que

je le voudrais car Isabella s'est installée à Long Island, il y a deux ans, pour ouvrir une boutique avec une amie. Quand les enfants ne sont pas à l'école, c'est une charmante nounou qui veille sur eux.

- C'est dommage pour vous.

- Oui, mais elle a le droit de vivre sa vie comme elle l'entend.

Georges la contempla à nouveau avec émerveillement.

- Je n'arrive pas à croire que vous êtes assise là, juste devant moi... Pourtant, je regrette mes soixante-quinze ans encore plus qu'avant.

- Allons, Georges, vous parlez de vous comme s'il s'agissait d'un vieillard rabougri.

- C'est souvent ainsi que je me sens à l'intérieur. Je crois que la solitude fait vieillir les gens avant leur temps.

Vivien songea à sa propre situation et ne put qu'hocher la tête en signe d'assentiment.

- Vous savez, j'aurais dû vous épouser il y a treize ans! plaisanta-t-elle pour chasser la soudaine tristesse qui s'était abattue sur eux.

- Mais non, vous seriez aujourd'hui une femme encore jeune encombrée d'un vieux mari!

- Oh! Georges, je vous soupçonne de rechercher les compliments!

Le sourire déserta subitement le visage de son compagnon.

- Vous savez, Vivien, suite à des traitements de radio thérapie très agressifs, j'ai dû renoncer à une vie sexuelle normale.

Pleine de compassion, Vivien lui tendit la main. Il s'en empara avidement et la garda contre lui comme un trésor précieux.

- J'ai juste besoin d'une amie sincère qui accepterait de me voir de temps en temps. Voulez-vous être cette amie, ma chère Vivien? s'enquit-il avec un sourire bouleversant.

Terriblement émue, elle inclina la tête.

- Bien sûr, Georges. J'ai aussi besoin d'un ami…

***

CHAPITRE 17

DEREK

Derek entra discrètement dans une luxueuse clinique privée de Wesport appartenant à un ami, et se dirigea d'un pas souple vers la réception.

- Bonjour, Mademoiselle. Je suis Derek Shaw et j'ai rendez-vous avec le docteur Winfield.

La jeune réceptionniste se sentit affreusement intimidée.

- Oui... il vous attend... je vais vous conduire, bafouilla-t-elle en se levant précipitamment de sa chaise.

- Inutile, je connais le chemin, assura Derek avec un air préoccupé.

Peu après, il pénétra dans le chic bureau de son ami médecin. Ce dernier se leva et lui tendit cordialement la main.

- Mon cher Derek, quel bon vent t'amène?

- Salut, Paul. Un mauvais vent, j'en ai peur, répondit-il sombrement.

- Assieds-toi et raconte-moi ce qui ne va pas.

- Ce sont mes poumons. Il me prend des quintes de toux interminables de plus en plus régulièrement, et hier, j'ai craché du sang pour la première fois.

- As-tu des douleurs musculaires?

- Quelquefois dans l'épaule gauche.

- Bon, viens dans l'autre pièce. Je vais te passer un examen.

Ils retournèrent au bureau une vingtaine de minutes plus tard. Le visage soucieux, le médecin déclara :

- Naturellement, je ne peux pas me prononcer avant de t'avoir fait passer des radiographies et prélever des échantillons sanguins. Vas-y tout de suite, c'est au deuxième plancher.

- C'est très grave, d'après toi? demanda anxieusement Derek en s'apprêtant à sortir du bureau.

- C'est possible.

- Que soupçonnes-tu exactement?

- Je ne peux rien affirmer sans avoir eu le résultat des examens.

Derek perdit patience.

- Écoute, mon vieux, je ne suis plus un gamin! Je veux savoir à quoi m'attendre!

Paul Winfield lui adressa un regard navré.

- Puisque tu tiens à le savoir, il faut envisager la possibilité d'un cancer, Derek…

**

CHAPITRE 18

LAURA

Basse Casamance,
Juin 76

V ers midi, Laura et Matt terminèrent en hâte de ranger
le dispensaire.

- J'espère que nous n'aurons pas trop de difficultés à
dormir cet après-midi. La nuit promet d'être épuisante, lui
rappela Matt en rangeant son vieux stéthoscope dans sa
valise.

- Oui, mais merveilleuse aussi, renchérit Laura en clas-
sant un dernier dossier. La fête du riz est vraiment un événement grandiose.

- Qui va garder Christine, en fin de compte?

- Bel, bien entendu. Elle se trouve trop vieille pour les
événements nocturnes.

- Tu as de la chance de l'avoir avec toi. Elle adore la
petite.

- Et je t'assure qu'elle le lui rend bien. Bel lui passe littéralement tous ses caprices.

Matt songea avec amusement que la mère en faisait
autant, mais il préféra ne pas en faire la remarque et changea
de sujet.

- Finalement, le Père Gabriel ne sera pas de retour pour la
fête, constata-t-il avec regret.

- Non, et c'est vraiment dommage. Tu sais, je m'inquiète lorsqu'il part en croisade pour convertir de nouveaux fidèles. À mon avis, il devrait se reposer beaucoup plus.

- À soixante ans, il n'est tout de même pas impotent!

- Je sais, mais je persiste à croire que c'est devenu une tâche trop lourde pour lui.

- Peut-être, mais ni toi, ni moi, ne pouvons l'empêcher de faire ce qu'il croit nécessaire. Allez, viens. Il est grand temps d'aller nous reposer pour ce soir.

***

La fête avait atteint son paroxysme. Des dizaines de torches illuminaient la nuit et le son des flûtes et des tam-tams créait une atmosphère magique. Des bœufs, des moutons ainsi que des poulets rôtissaient lentement sur des broches, et il va sans dire que le vin de palme coulait à flots.

Pour l'occasion, les hommes ne portaient qu'un pagne en peau de chèvre ou d'antilope et leurs torses dénudés étaient couverts de dessins symboliques. Les femmes, quant à elles, étaient vêtues de sarongs multicolores et arboraient leurs plus beaux bijoux. Leur chevelure était rehaussée par des perles ou des plumes multicolores.

Fidèles à la tradition, Matt et Laura avaient laissé tomber leurs costumes européens. Laura s'était confectionnée une tunique en soie d'un rouge éclatant et Bel avait tressé ses cheveux avec de jolies perles rose pâle. Matt, quant à lui, portait un pagne en peau d'antilope et Suki, l'artiste du village, lui avait dessiné un majestueux python sur la poitrine.

- Je n'en peux plus de ce rythme endiablé! s'écria Matt en haletant. Je t'en supplie, viens t'asseoir un moment, Laura!

Elle eut envie de se moquer de lui car ils dansaient depuis

dix minutes à peine, mais elle se laissa attendrir et le suivit docilement.

- Les apparences sont trompeuses! Vêtu ainsi, tu incarnes la force invincible, plaisanta-t-elle avec un regard espiègle.

- Invincible ou pas, je meurs de soif! Pas toi?

- Oui, mais j'ai déjà trop bu.

- Allons donc, nous fêtons la fête du riz qu'une seule fois l'an, rétorqua Matt, les yeux pétillants de joie.

Peu après, il rapporta deux noix de coco remplies à ras bord de vin de palme. Ils burent avidement jusqu'à l'étanchement de leur soif, puis Laura se laissa aller contre Matt.

- C'est une nuit extraordinaire, murmura-t-elle d'une voix légèrement altérée par l'alcool.

Matt lui passa un bras autour des épaules.

- C'est vrai, on se croirait presqu'au début des temps et ce soir, tu es la plus belle femme du monde…

Ce disant, il souleva le visage de Laura de sa main libre, et il admira la pureté des ses traits à peine flétris par le passage des ans. Puis, avec un gémissement étouffé, il s'empara brusquement de ses lèvres. D'abord réticente, Laura voulut se soustraire à son baiser mais bientôt, elle sentit son corps s'abandonner à une passion dévorante.

- Oh! Laura, j'ai envie de toi depuis si longtemps, laissa-t-il échapper d'une voix méconnaissable. Éloignons-nous d'ici…

Elle n'eut pas la force de le repousser. Les besoins de son corps demandaient à être assouvis et l'absorption d'alcool lui enlevait tout désir de résistance.

- Oui, Matt. Partons d'ici, acquiesça-t-elle dans un murmure.

Ils pénétrèrent dans la forêt et Matt trouva rapidement un

lit de mousse. En un instant, ils se débarrassèrent de leurs vêtements et s'embrassèrent à perdre haleine en s'étendant sur le lit improvisé.

- Je t'aime tant, mon amour… Je n'espérais plus vivre un tel moment, haleta Matt en caressant longuement chaque partie de son corps.

Les yeux assombris par le désir, Laura se serra étroitement contre lui. Ils s'aimèrent fiévreusement en oubliant tout, comme s'ils cherchaient vainement à rattraper le temps perdu.

***

Dès que l'aube pointa, ils furent réveillés sans ménagement par le cri perçant d'un chimpanzé. Laura ouvrit les yeux la première et se demanda tout d'abord où elle se trouvait. Elle découvrit alors Matt, étendu à côté d'elle, et tous les événements de la veille lui revinrent en mémoire. Mon Dieu, comment avait-elle pu se laisser entraîner de cette façon par ses sens, alors qu'il ne pouvait en résulter que de la souffrance pour tous les deux?

Matt qui venait d'ouvrir les yeux à son tour, la regarda avec appréhension.

- Pardonne-moi, articula-t-elle faiblement.

- Pardonner quoi? De m'avoir rendu infiniment heureux cette nuit? Même s'il ne devait jamais y avoir de suite, je connais trop la vie pour ne pas en apprécier chaque minute de bonheur.

- Oh! Matt, tout est si confus en moi. Hier encore, je me croyais toujours amoureuse de Derek et aujourd'hui…

- Aujourd'hui, tu ne peux plus prétendre que je ne suis qu'un ami pour toi, coupa Matt en refoulant la douleur que lui avait causé la simple évocation de son rival maudit.

- Vraiment, je ne sais plus où j'en suis…

- Dans ce cas, cesse de te poser des questions et laisse aller les choses tout simplement .

Sans ajouter un mot, ils s'habillèrent hâtivement et retournèrent tranquillement au village, main dans la main.

***

Le lendemain, Laura revenait de la plage avec Christine, lorsqu'elle reçut la visite du Père Gabriel.

- Vous voilà enfin de retour! s'exclama-t-elle avec soulagement.

- Eh oui! Comment vont mes deux préférées? s'enquit affectueusement le prêtre.

- Parfaitement bien!

- Papy Gaby! s'écria Christine en battant l'une contre l'autre ses petites mains potelées.

Le Père Gabriel se pencha et prit la fillette dans ses bras. Cette dernière était tout à fait ravissante avec sa peau café au lait et ses cheveux noirs légèrement bouclés.

- Notre bébé a déjà trois ans, constata-t-il avec nostalgie. Ses yeux ont la même teinte rare que ceux de sa mère et son sourire ferait damner un saint!

- Si vous me racontiez votre voyage au lieu de chanter les louanges de ma fille?

- Ce fut plutôt décevant dans l'ensemble. Ou bien mon sens de la persuasion s'amenuise ou bien les Sénégalais sont plus têtus qu'avant…

- J'opte pour la première hypothèse, plaisanta Laura.

- Merci, tu m'es d'un grand réconfort. Tiens, tandis que j'y pense, j'ai une lettre pour toi.

Il déposa Christine par terre et lui tendit une petite enveloppe. Laura reconnut aussitôt l'écriture de Vivien.

- Elle date de cinq semaines…

À son regard, le Père Gabriel comprit qu'elle désirait la lire tout de suite.

- Je vais revenir tout à l'heure. Il faut que je vois Matt.

- Très bien. À bientôt.

L'enveloppe lui brûlait les doigts. Elle la décacheta fébrilement, en espérant qu'elle n'était pas porteuse de mauvaises nouvelles, comme à l'annonce de la mort de Riccardo. Enfin, elle put commencer à lire la courte missive.

Ma chère Laura,

J'espère que tout va bien pour toi. Malheureusement, ce n'est pas le cas de notre côté. Derek a subi une grave intervention pour un cancer au poumon gauche. Il est de retour à la maison mais sa santé demeure des plus précaires. Il a perdu le goût de vivre et s'il continue à se laisser aller, il est certain qu'il ne passera pas au travers de sa maladie. J'ai tout essayé pour le sortir de son apathie mais je ne suis arrivée à aucun résultat valable. Alors, je t'en prie, viens passer quelque temps à Westport car je crois que tu es la seule qui puisse l'atteindre encore. Je sais que je te demande beaucoup, mais crois-moi, je n'ai pas d'autres solutions.

Je t'attends impatiemment,

Vivien.

Profondément bouleversée, Laura continua à fixer la lettre longtemps après l'avoir lue.

***

C'est avec un vif soulagement qu'elle accueillit le retour du Père Gabriel. Ce dernier remarqua immédiatement son visage livide.

- Ton visage est d'une pâleur de cire, ma pauvre enfant. Qu'est-ce qui s'est passé?

- Oh! Père Gabriel, je me retrouve encore dans une situation impossible! gémit Laura avec consternation.

- Voyons, calme-toi. Tu sais bien que chaque problème trouve sa solution.

Elle l'invita à prendre place dans la balançoire que Matt lui avait confectionnée quelque temps auparavant, et lui tendit la lettre sans dire un mot. Le prêtre en prit connaissance soigneusement puis la lui rendit.

- Alors?

- Tu n'as guère le choix. Tu dois y aller, fut son verdict sans équivoque.

Elle baissa les yeux, intimidée par l'aveu qu'elle se devait de faire.

- C'est que les choses ne sont pas aussi simples. En fait, reprit-elle en pesant chaque mot, depuis la fête du riz... Matt et moi sommes devenus amants.

Le prêtre ne manifesta aucune surprise.

- Tu as mis du temps à te décider mais c'était écrit dans le ciel que tôt ou tard...

Laura le dévisagea avec insistance.

- Vous voyez bien que cela change tout...

Le Père Gabriel demeura inébranlable.

- Cela ne change rien. Tous ceux qui te sont chers n'ont pas autant besoin de toi en ce moment que ces deux malheureux. Est-ce que tu en conviens?

- Oui mais...

- Qu'est-ce que quelques semaines en comparaison d'une vie humaine? insista-t-il avec fermeté.

Laura secoua la tête.

- J'ai peur de recommencer à souffrir comme à mon retour de Cap Skirring, avoua-t-elle avec un accent de panique dans la voix.

- Tu me déçois, Laura. Préfères-tu recevoir une autre lettre t'annonçant la mort de Derek? Je ne crois pas que tu pourrais te le pardonner, poursuivit-il avec une logique implacable.

- Et qu'est-ce qui prouve que ma présence y changera quoi que ce soit? répliqua-t-elle en se sentant poussée dans ses derniers retranchements.

- Rien, je te l'accorde, mais tu as le devoir d'essayer.

Laura se prit la tête entre les mains et s'efforça de peser le pour et le contre. En fin de compte, la seule pensée que Derek risquait de ne plus être vivant quelque part dans le monde lui était tout simplement intolérable. Elle releva la tête et déclara avec une pointe d'agacement.

- Vous n'avez nullement perdu votre pouvoir de persuasion, Père Gabriel.

***

Ce fut au tour de Matt de venir la trouver quelques minutes à peine après le départ du prêtre.

- Ma chérie, j'ai eu une idée formidable! Nous allons organiser une petite escapade pour aller voir Samir au parc national en prenant le taxi-brousse depuis Tambacounda, et nous en profiterons pour prendre des vacances bien méritées dans la région. J'ai même quelqu'un en tête pour me remplacer...

Matt s'interrompit, remarquant soudainement son visage défait.

- Il y a quelque chose qui ne va pas? s'inquiéta-t-il en la

scrutant attentivement.

Laura prit une longue inspiration et lui fit part des derniers événements.

- Matt, j'ai reçu une lettre de Vivien, mon ex-belle-sœur... Un appel au secours, à vrai dire.

Il sentit son estomac se nouer, pressentant déjà la suite.

- Continue, dit-il d'une voix blanche.

- Elle m'annonce qu'à la suite d'un cancer, Derek a subi l'ablation d'un poumon et que sa santé continue à se détériorer.

- C'est bien triste pour lui mais cela ne te concerne plus.

- Vivien m'assure que seule ma présence pourrait l'aider à se remettre, poursuivit-elle courageusement, sans tenir compte de l'interruption. Alors, je vais partir quelques semaines, voir si je peux leur venir en aide...

La réponse de Matt fut cinglante et instantanée.

- Non, Laura, je refuse. Pas après ce qui vient de se passer entre nous.

Laura fit appel à toute sa volonté pour ne pas se laisser fléchir.

- Je suis désolée, Matt, mais ma décision est prise.

Il la contempla avec un regard où se mêlaient l'incrédulité et la colère.

- Je te préviens, je ne pourrai pas supporter ton départ une deuxième fois!

- Ne peux-tu pas comprendre que je n'ai pas le choix? l'implora-t-elle avec un sanglot dans la voix.

- Si, tu as le choix. Et je perds encore une fois...

- Non, Matt. À mon retour...

- À ton retour, tout sera différent.

Il l'enveloppa d'un regard meurtri, avec quelque chose qui ressemblait à un adieu.

- Bonne nuit, Laura, dit-il en s'éloignant d'un pas lourd.

Le cœur serré, elle le laissa partir en songeant que c'était la seule issue possible.

***

CHAPITRE 19

C'était une journée de juin, humide et orageuse. Vivien s'aspergeait le visage d'eau froide, en songeant que c'était bien le moment que le système de climatisation tombe en panne, le jour de l'arrivée de Laura. Elle avait envoyé Paul, le jardinier, la chercher à l'aéroport et attendait son arrivée avec impatience. Au son du carillon, elle s'empressa d'aller ouvrir la porte et se retrouva devant une femme d'une quarantaine d'années, au sourire épanoui. Deux valises sur le point de rendre l'âme étaient posées à côté d'elle.

- Laura?

- Oh! Vivien, c'est extraordinaire de te revoir après toutes ces années! s'écria-elle en lui ouvrant les bras.

Après de longues effusions, elles s'écartèrent l'une de l'autre et se contemplèrent mutuellement, les yeux brillants de larmes de joie.

- Je ne t'ai pas reconnue à l'instant, avoua Vivien en faisant allusion à son visage sans fard, tanné par le soleil.

- J'ai tellement vieilli? plaisanta Laura. J'avoue que cette vieille robe en toile n'arrange pas les choses!

- Non, tu es toujours aussi belle mais d'une façon

différente.

- Toi, par contre, je t'aurais reconnue les yeux fermés! C'est incroyable, on dirait que le temps n'a pas d'emprise sur toi.

- À l'extérieur seulement, crois-moi sur parole.

Le visage de Laura se fit soudain grave.

- Comment va Derek? demanda-t-elle avec angoisse.

- Encore plus mal que lors de ma lettre. Il était temps que tu viennes...

- Est-ce qu'il m'attend?

- Non... il n'était pas d'accord pour que je t'écrive.

- Où est-il? demanda doucement Laura.

- Sur la plage. Il passe le plus clair de son temps allongé sur une chaise, à regarder la mer, répondit tristement Vivien.

- Je vais aller le voir tout de suite.

Comme elle s'élançait déjà, Vivien la retint par la main.

- Attends, Laura, il faut que je te dise...

Elle sembla chercher ses mots puis elle ajouta d'une voix anxieuse :

- Tu auras peine à le reconnaître... Fais bien attention à ne pas le lui laisser voir.

Laura sortit de la maison et repéra aussitôt une chaise longue, installée à proximité de la plage. Le cœur battant à tout rompre, elle s'avança tout doucement. Elle vit alors un homme complètement décharné qui dormait d'un sommeil agité. Ses cheveux clairsemés flottaient légèrement au vent, et sa maigre poitrine se soulevait difficilement chaque fois qu'il prenait une respiration. *Ce n'est pas lui*, songea-t-elle alors que le froid envahissait lentement tous ses membres. *Ce ne peut être lui.*

Elle le contemplait douloureusement lorsqu'il ouvrit soudainement les yeux. Même ses pupilles semblaient être délavées par la maladie.

- Derek, souffla-t-elle en s'agenouillant près de lui et en prenant doucement ses mains entre les siennes.

Son regard l'effleura à peine et retourna vers la mer.

- Tu n'aurais pas dû venir, dit-il simplement.

Laura sentit son sang se retirer de ses veines. Il la rejetait sans égard, ne souhaitant nullement sa présence à ses côtés pour l'aider à surmonter cette épreuve.

- Derek, je n'ai pas fait un si long voyage pour recevoir un tel accueil, protesta-t-elle d'une voix mesurée.

Il ne daigna pas lui accorder un autre regard.

- Je regrette, mais ce n'est pas moi qui t'ai demandée de venir.

Laura s'efforça de dissimuler son désarroi de son mieux.

- Tu n'es vraiment pas heureux de me revoir? insista-t-elle en espérant un démenti de sa part.

Il la regarda à nouveau et une faible lueur s'alluma dans ses yeux.

- Est-ce si difficile à comprendre, Laura? N'ai-je pas vu dans tes yeux le reflet de ce que je suis devenu? demanda-t-il d'une voix pathétique.

- Derek, tu relèves d'une grave maladie et tu as perdu beaucoup de poids. C'est normal que tu aies changé mais il n'y a rien d'irréparable dans tout cela, argumenta-t-elle avec ferveur.

Il poussa un faible soupir de lassitude et détourna la tête.

- Va-t'en au plus vite. Nous n'avons plus rien à faire ensemble.

- Si c'est ce que tu veux...

Elle le regarda intensément, espérant encore qu'il allait faire un geste pour la retenir mais il n'en fit rien.

La mort dans l'âme, elle retournait vers la maison

lorsqu'elle crut entendre un sanglot étouffé. Vibrante d'espoir, elle fit marche arrière le plus silencieusement possible. Elle vit alors le visage de Derek noyé de larmes avant qu'il ne le cache derrière ses doigts osseux. Bouleversée au plus profond de son être, elle s'effondra auprès de lui et posa sa tête sur ses genoux.

- Je t'aime, Derek... Je t'en supplie, laisse-moi t'aider.

Elle sentit bientôt sa main lui caresser maladroitement les cheveux.

***

Un mois s'était écoulé depuis l'arrivée de Laura à Westport. Au début, elle avait eu beaucoup de mal à convaincre Derek de changer sa façon de vivre, mais à force de patience et de volonté, elle y était parvenue. Maintenant, il faisait quotidiennement quelques longueurs dans la piscine, pratiquait divers exercices avec un physiothérapeute renommé afin de retrouver sa masse musculaire, et mangeait convenablement trois fois par jour. Mais, plus que tout, elle était là à chaque heure du jour et de la nuit pour le prendre dans ses bras ou lui tenir simplement la main dans ses moments d'angoisse. Le résultat fut assez spectaculaire car Derek reprit du poids et des couleurs saines.

Ce soir-là, après une longue promenade, ils se reposaient tous les deux dans la véranda tandis que le soleil déclinait lentement.

- Nous avons marché un bon moment et je suis beaucoup moins fatigué que d'habitude, dit-il fièrement.

- Je sais, ton état s'améliore de jour en jour, constata-t-elle avec satisfaction.

- Grâce à toi!

- Pas vraiment. Il suffisait seulement que tu veuilles guérir.

- Peut-être, mais c'est toi qui m'en as donné la force.

- J'en suis heureuse.

Le regard de Derek se fit soudain mélancolique.

- Il y une chose qui me tourmente...

- Quoi donc? s'enquit Laura qui redoutait qu'il n'aborde la question de la durée de son séjour.

- Je crois que je ne retrouverai jamais l'énergie nécessaire pour monter sur scène ou même tenir un rôle important dans un film. D'ailleurs, je n'ai même plus le physique de l'emploi, acheva-t-il avec une ironie amère en touchant son crâne dégarni de ses longs doigts maigres.

- Il est encore trop tôt pour en juger. De toute façon, il y a peut-être autre chose de meilleur qui t'attend.

Derek secoua la tête en signe de dénégation.

- Laura, toi plus que quiconque, tu sais que j'ai toujours vécu pour jouer. Je voyais des acteurs chevronnés poursuivre des carrières fabuleuses jusqu'à un âge avancé, et je n'ai jamais douté que je ferais partie de ceux-là.

Il eut un pauvre sourire de dérision.

- Finalement, je vais grossir les rangs des vieilles stars qu'on tasse sans la moindre considération, conclut-il d'une voix sinistre.

Laura lui caressa tendrement le visage.

- Je ne suis absolument pas d'accord. Tu es beaucoup trop exceptionnel pour connaître un sort aussi cruel.

- Jouer a toujours conditionné ma vie. Je ne vois pas ce que je pourrais faire d'autre, s'obstina-t-il.

- Moi, si.

- Qu'est-ce que tu veux dire?

- Tu pourrais écrire une pièce ou même un scénario de

film. Je suis certaine que tu en serais capable.

Derek demeura longuement silencieux, semblant réfléchir sérieusement à cette éventualité, tandis que Laura l'observait avec une lueur d'espoir au fond des yeux.

Finalement, il déclara pensivement :

- Ta suggestion est loin d'être bête, mon ange. Cette idée m'avait déjà effleuré l'esprit, mais je n'avais jamais pris le temps de l'approfondir. Tu as raison, je crois que je serais capable d'écrire.

Laura respira mieux.

- Je suis ravie de ta réaction. J'avoue que j'avais un peu peur que tu te moques de moi, avoua-t-elle.

- Jamais, tu m'es bien trop précieuse. Tu vas même devenir ma muse.

Elle lui donna un tendre baiser sur les lèvres et lui rappela d'une voix douce mais ferme qu'il était temps qu'il aille dormir.

- Tu as l'air épuisé et je ne veux pas que tu ailles au-delà de tes forces.

À ce moment précis, Vivien et Georges firent irruption dans la véranda.

- Georges! s'écria chaleureusement Derek. Comment allez-vous, mon cher ami?

- Aussi bien que possible. Vous-même semblez en bien meilleure condition que lors de ma dernière visite!

- Laura est la meilleure infirmière qui soit.

Georges reporta son attention sur elle.

- Je suis enchanté de vous revoir.

- Moi aussi, Georges. Dites-moi, ça fait combien de temps?

- Je n'ose même pas compter les années! plaisanta-t-il de sa voix grave. Dites-moi, vous devez vous sentir très dépaysée de vous retrouver ici, n'est-ce pas?

- En effet, j'avoue que j'ai trouvé New York terrifiant! Heureusement, tout est beaucoup plus calme à Westport.

- C'est la campagne en comparaison, renchérit Vivien. Au fait, nous avons une nouvelle à vous annoncer. Georges et moi avons décidé d'aller visiter le Québec pendant une semaine.

- Quelle bonne idée! approuva Laura avec enthousiasme. Il y a tellement d'endroits magnifiques à visiter!

- Nous en sommes convaincus, répondit Georges en regardant affectueusement Vivien.

- Je suis bien content pour vous, observa Derek en se levant de sa chaise avec une lassitude qu'il s'efforça de dissimuler. Si vous voulez bien m'excuser, je vais me retirer pour la nuit.

- Bien sûr, nous aurons sûrement l'occasion de nous revoir très bientôt. Bonne nuit, mon cher, lui souhaita Georges.

Après avoir serré la main de ce dernier et embrassé sa soeur, Derek prit congé en compagnie de Laura. Rendu à sa chambre, il referma la porte derrière eux.

- Laura, je voudrais que tu dormes avec moi, cette nuit, murmura-t-il presque timidement.

- Ce ne serait pas sage. Tu as besoin d'un repos complet. De toute façon, je suis juste à côté.

- Oh! ne t'inquiète pas. Je n'ai nulle intention de jouer les amants fringants, rétorqua Derek d'un ton faussement léger. Je voudrais juste sentir ton corps tout près du mien...

Laura ne trouva pas le courage de refuser.

- D'accord, je vais te rejoindre dans dix minutes, promit-elle.

Elle se rendit à la salle de bain se préparer pour la nuit.

Puis, quand elle réintégra la chambre de Derek et se glissa dans le lit auprès de lui, elle constata avec regret qu'il dormait déjà à poings fermés.

***

Le lendemain, Vivien et Laura profitèrent de la séance de physiothérapie de Derek pour aller marcher sur la plage. Elles bavardaient de choses et d'autres en savourant la caresse du vent sur leur visage quand Vivien se décida à aborder le sujet qui la préoccupait.

- Ta fille doit te manquer terriblement, n'est-ce pas?

- Oui, tu peux imaginer à quel point.

- Je sais et tu as fait preuve d'une grande générosité en répondant à mon appel. Je n'aurai jamais assez de ma vie entière pour te remercier d'avoir sauvé mon frère. Son médecin parle maintenant d'une rémission pouvant aller jusqu'à cinq ans.

Laura s'immobilisa soudain et prit les mains de Vivien entre les siennes.

- Vivien, Dieu sait à quel point je vous aime, Derek et toi mais à ton retour de vacances, je ne vais pas tarder à retourner en Basse Casamance.

Vivien accusa le coup sans broncher.

- C'est bien compréhensible… mais j'ai si peur de la réaction de mon frère, ne put-elle s'empêcher d'ajouter.

Laura accentua la pression de ses mains en un geste de réconfort.

- Non, il ne faut pas. Quand je partirai, Derek sera capable de continuer sans moi.

Le regard de Vivien exprima le doute.

- Je ne peux imaginer que dans une semaine ou deux…

Laura l'interrompit, pleine d'assurance.

- Tu ne le sais pas encore mais Derek va se mettre à écrire.

- Il n'a jamais fait allusion à cela, s'étonna Vivien.

- C'est moi qui le lui ai suggéré et l'idée a semblé le séduire. Tu vas voir, s'il se découvre une passion pour l'écriture, rien d'autre ne sera aussi important pour lui.

- Tu sous-estimes la force de son amour pour toi...

Laura sentit la vieille douleur familière envahir son corps.

- Non, Vivien, au contraire. Mais malgré tout ce que nous sommes l'un pour l'autre, ma vie n'est plus ici.

***

Trois jours plus tard, Vivien et Georges s'envolèrent pour le Québec. Laura et Derek furent heureux de se retrouver seuls tous les deux pour une courte illusion de vie commune. Ils donnèrent même congé à la bonne afin de profiter pleinement de leur nouvelle intimité. Le premier soir, ils s'installèrent confortablement dans la somptueuse bibliothèque et écoutèrent leur musique préférée durant des heures.

Derek soupira de bien-être.

- Il n'y a pas de bonheur plus grand que d'écouter Sinatra, Bennet et Como en compagnie de la femme qu'on aime, décréta-t-il en se lovant contre elle.

- Même l'écriture? le taquina Laura. Tu es resté enfermé dans ton bureau tout l'après-midi.

Les yeux bleus de Derek s'illuminèrent à ce souvenir.

- Ah! ma chérie. Je viens de pénétrer dans un univers extraordinaire où la création n'a pas de limites. Je pense pouvoir écrire un scénario qui deviendra ensuite un film épatant!

Laura le considéra gravement.

- Je t'en prie, sois prudent. Il ne faut surtout pas que tu t'épuises à la tâche, rétorqua-t-elle en s'inquiétant de cette surdose d'enthousiasme.

- C'est tout le contraire, mes forces se décuplent lorsque j'ai un défi à relever!

- Peut-être mais pour le moment, il se fait tard. Il est temps d'aller dormir.

- À vos ordres, infirmière en chef!

Lorsqu'ils furent étendus l'un près de l'autre, Derek caressa tendrement les cheveux soyeux de Laura.

- Nous dormons ensemble depuis près d'une semaine et je ne t'ai pas encore fait l'amour, constata-t-il tristement.

- C'est sans importance, affirma-t-elle en lui rendant ses caresses.

- C'est injuste car je t'ai enfin auprès de moi et je ne peux même pas en profiter pleinement.

- Pourtant, nous sommes plus proches l'un de l'autre que nous ne l'avons jamais été.

- Encore une fois, je m'incline devant ta sagesse.

Laura sourit et se serra contre lui.

- Bonne nuit, mon chéri, dit-elle en déposant un léger baiser sur ses lèvres.

- Hé! pas si vite. Je veux un vrai baiser...

Joignant le geste à la parole, il la prit dans ses bras et l'embrassa longuement. D'abord surprise, Laura ne tarda pas à se sentir réchauffée par son ardeur et se mit à lui caresser voluptueusement le dos. Derek lui enleva alors sa fine chemise de nuit et promena ses lèvres sur la plénitude de ses seins. Ils s'aimèrent doucement, lentement, avec plus de tendresse que de passion.

- C'est dur de vieillir, murmura Derek un peu plus tard.

Laura serra doucement sa main dans la sienne.

- Tu ne vieilliras jamais dans mon cœur. Tu resteras toujours mon seul et unique amour.

Mais, pour la première fois, l'image de Matt vint la hanter tandis qu'elle prononçait ces mots.

***

Le lendemain matin, durant la sieste de Derek, Laura décida de faire un peu de cuisine en prévision des prochains jours. Elle coupait méthodiquement un large assortiment de légumes lorsqu'elle entendit claquer la portière d'une voiture. Intriguée, elle alla jeter un coup d'œil par la baie vitrée, et vit un géant blond saluer le jardinier qui venait de lui déverrouiller la lourde grille en fer forgé. Folle de joie, elle sortit précipitamment de la maison et s'élança vers lui.

- Jerry!

Avec un bonheur égal au sien, il la prit dans ses bras et la fit tourbillonner autour de lui.

- Dieu que c'est bon de te retrouver! s'exclama-t-il avec son emphase coutumière.

Laura s'écarta pour mieux le regarder. À part ses tempes grisonnantes et quelques rides profondes qui se dessinaient sur son front, il n'avait sensiblement pas changé.

- C'est incroyable, tu as encore l'allure d'un jeune homme! constata Laura avec un étonnement sincère.

- Et toi, tu es toujours aussi magnifique…

- Inutile de mentir. Il y a des années que je ne fais plus attention à moi et le résultat est catastrophique!

- Absolument pas. Tu n'as peut-être plus le visage de Miss Duc-Aubray mais ta beauté d'aujourd'hui est encore plus fascinante.

- Cher Jerry, toujours aussi flatteur! Allons nous installer à l'ombre pour cesser de cuire sur place, et tu me raconteras tout de ta vie.

Bras dessus, bras dessous, ils gagnèrent gaiement la véranda.

- Comment va ma vieille branche préférée?

Les yeux d'ambre de Laura s'illuminèrent encore plus.

- Il a fait des progrès extraordinaires si on compare l'état dans lequel il était lors de mon arrivée ici. D'ailleurs, il dort comme un bébé en ce moment même.

- Vivien m'avait bien dit que ta présence auprès de lui était une vraie bénédiction. C'est elle qui m'a suggéré de te faire une visite surprise et j'ai sauté sur l'occasion dès que j'ai pu me libérer de mes obligations.

- Eh bien, elle a eu une idée formidable! Installe-toi, je vais aller chercher des rafraîchissements.

Laura disparut à l'intérieur de la maison et en ressortit bientôt avec un plateau contenant un grand pichet de limonade et de jolis verres assortis.

- Maintenant, dis-moi tout! lui ordonna-t-elle joyeusement en remplissant généreusement deux grands verres.

Jerry étira ses longues jambes.

- En fait, il n'y a pas grand-chose à raconter. Je suis devenu un homme très vertueux, tu sais, répondit-il avec un air malicieux.

Laura éclata de rire.

- Parle-moi de ta femme et de tes enfants, alors.

- Je suis marié depuis déjà quinze ans avec une femme aussi merveilleuse que toi. Mon fils, Bobby, a douze ans et c'est un gosse fantastique. D'ailleurs, c'est mon portrait tout craché, précisa-t-il modestement. Ma fille s'appelle Sara et elle vient d'avoir dix ans.

Tout à coup, sa voix se fêla.

- C'est une enfant adorable mais elle a toujours été malade depuis sa naissance. Elle est atteinte de la fibrose kystique.

Les yeux voilés de tristesse, il ajouta :

- C'est la croix que nous devons porter, Jane et moi car nous ne savons pas combien de temps nous l'aurons encore avec nous...

Laura frissonna d'horreur.

- Mon Dieu, comment arrivez-vous à supporter une telle épreuve? Si ma fille était gravement malade, je crois que j'en mourrais!

Jerry la fixa soudain avec une expression ahurie.

- Tu as bien dit : ma fille?

Laura se mordit les lèvres pour son étourderie. Maintenant, il ne lui restait plus qu'à dire la vérité.

- Oui, j'ai une petite fille de trois ans qui se nomme Christine.

- Est-ce que le père vit avec toi?

Cette fois, Laura préféra ne pas s'étendre sur le sujet.

- Oui, dit-elle simplement.

Abasourdi, Jerry se passa la main dans les cheveux à plusieurs reprises.

- Et il a accepté que tu viennes ici? s'étonna-t-il.

- Non. Les choses se sont passées au plus mal...

Jerry s'approcha d'elle et s'empara de ses mains pour lui témoigner son affection.

- Après tout ce temps, tu as fichu ta vie en l'air pour venir en aide à Derek. Comme tu dois l'aimer...

Les yeux de Laura se voilèrent.

- Je ne me l'explique pas moi-même. Même séparés, c'est comme si un lien puissant nous liait toujours l'un à l'autre.

- Je suppose que Derek ne sait rien de tout cela?

- Bien sûr que non. Sans cela, il aurait refusé que je reste auprès de lui.

- Le moins que l'on puisse dire, c'est que la situation risque d'être explosive si jamais il découvre la vérité...

C'est à ce moment précis que Derek fit son apparition. Il observa Jerry qui libérait les mains de Laura et lança d'une voix ironique :

- C'est incroyable! Même après toutes ces années, il te tourne encore autour, ma chérie!

- Et je n'ai guère plus de chance qu'autrefois! répliqua Jerry pour détendre l'atmosphère qui s'était soudain alourdie.

- Encore un peu de patience et ce foutu cancer finira bien par m'emporter!

Cette fois, Laura s'interposa.

- Cesse cet humour morbide, s'il te plaît.

Derek prit un air contrit.

- Ce n'était qu'une plaisanterie, je t'assure. Voudrais-tu me servir un verre de cette délicieuse limonade?

Jerry ne fut pas dupe. Il savait fort bien que le comportement déplaisant de son ami avait été dicté par la jalousie et il eut un frisson d'appréhension en songeant au secret de Laura.

***

Laura se promenait seule sur la plage, Derek s'étant enfermé tôt dans son bureau pour écrire. Elle se sentait déchirée car elle brûlait d'envie de retourner auprès des siens, mais elle redoutait en même temps d'aborder la question avec Derek. Contrairement à ce qu'elle avait dit à Vivien, elle craignait au plus au point sa réaction lorsqu'elle lui dirait qu'il était temps pour elle de repartir. Pourtant, il était urgent de prendre une décision car Vivien devait rentrer le lendemain, et elle n'aurait donc plus de raison de s'éterniser à Westport. Elle ne se doutait pas que le destin allait précipiter les choses.

Laura avait à peine franchi le seuil de la maison qu'elle entendit le carillon de l'entrée. Elle se hâta d'aller ouvrir et se retrouva devant un facteur tenant en main un télégramme.

- Télégramme pour Madame Laura Sinclair, annonça-t-il.

- C'est moi.

- Si vous voulez bien signer ici.

Laura s'exécuta d'une main tremblante.

- Merci et bonne journée, Madame!

Elle referma la porte et ouvrit fébrilement le télégramme.

Réclamons ta présence de toute urgence stop grave épidémie de fièvre terrasse le village stop Christine va bien stop Père Gabriel atteint stop Matt

Laura sentit le monde s'écrouler autour d'elle. Folle d'angoisse, elle se précipita dans le bureau de Derek.

- Excuse-moi, je dois te parler tout de suite!

Elle lut une pointe de contrariété dans le regard qu'il posa sur elle.

- Est-ce si important? Je suis vraiment en veine d'inspiration.

- Je viens de recevoir un télégramme. Il faut que je retourne en Basse Casamance le plus tôt possible!

Le visage de Derek se contracta visiblement.

- Ils ne peuvent donc te ficher la paix quelques semaines? rétorqua-t-il durement.

- Lis ceci! ordonna-t-elle en lui brandissant la missive sous le nez.

Derek la parcourut rapidement des yeux.

- Qui est Christine?

Laura tressaillit violemment et fut incapable d'articuler un mot.

- Eh bien, réponds! Elle doit occuper une place importante dans ta vie pour que Matt prenne la peine de mentionner qu'elle n'est pas atteinte.

Elle décida subitement de ne pas mentir.

- C'est ma fille, murmura-t-elle faiblement.

Derek n'eut aucune réaction. Il la fixa comme s'il n'avait pas entendu ses dernières paroles puis il posa la terrible question :

- De qui est-elle?

Comme elle ouvrait la bouche pour lui répondre, il reprit la parole.

- Quelle question idiote, n'est-ce pas? C'est ce cher Matt, bien entendu! supposa-t-il en ricanant méchamment.

Laura demeura figée.

- C'est lui? hurla Derek, soudainement hors de lui.

Sa réaction insultante la poussa à lui donner raison.

- Oui, c'est lui, confirma-t-elle en relevant fièrement le menton.

Derek éclata d'un rire amer.

- Comme j'ai été idiot. Je t'ai mise sur un piédestal toute ma vie pour découvrir, en fin de compte, que tu n'es guère différente des autres!

- Je suis une personne humaine tout comme toi! s'écria-t-elle avec colère.

- Maintenant, explique-moi donc ce que tu fous ici! reprit-il avec mépris.

- Tu avais besoin de moi!

- Et ton amant? Il n'a pas besoin de toi?

- Il n'est pas mon amant, il est mon ami. C'est arrivé une

seule fois…

Derek frappa le bureau de son poing.

- Arrête tes mensonges, Laura Sinclair. Tu peux même ficher le camp tout de suite si tu veux!

- Derek, tu es terriblement injuste. Je ne peux pas croire ce que je viens d'entendre! protesta-t-elle avec une amère déception.

- Oh, mais si!

- C'est insensé! Tu as sûrement eu plusieurs femmes dans ta vie depuis notre divorce et c'est normal. Tu aurais même pu avoir un enfant avec l'une d'entre elles.

Le regard de Derek avait à présent une lueur sauvage.

- Ce que je te reproche est d'être venue ici et de m'avoir fait croire à ton amour, alors que je ne t'inspirais que de la pitié!

- C'est faux, je t'aimais encore à ce moment-là mais maintenant, j'en suis moins sûre.

- Quelle transformation rapide!

- Tout ce que tu viens de me dire témoigne de ton égoïsme révoltant! Tu aurais sans doute préféré que je me languisse de toi toutes ces années pour satisfaire ton stupide orgueil? explosa-t-elle.

- Tu divagues.

Laura était incapable de s'arrêter à présent.

- Non, vois la réalité en face. Si tu m'aimais vraiment, tu serais heureux que j'aie enfin eu l'enfant que j'ai désiré toute ma vie. Mais non, c'est inadmissible qu'un autre ait réussi là où tu as échoué!

- Ça suffit, maintenant. Je ne veux plus rien entendre, dit Derek d'une voix creuse.

Il paraissait tout à coup complètement anéanti. La colère de Laura tomba d'un seul coup et elle s'avança vers lui pour le prendre dans ses bras.

- Non, dit-il en l'arrêtant d'un geste de la main. Laisse-moi seul.

Laura quitta le bureau sans plus insister. Elle se lança aussitôt dans ses préparatifs de départ pour être prête à quitter Westport dès que Vivien reviendrait.

***

Derek leva les yeux de son manuscrit lorsque Laura pénétra dans son bureau au début de la soirée.

- J'ai réussi à obtenir une place sur un vol en partance pour Paris, demain soir à sept heures, l'informa-t-elle d'une voix neutre. Veux-tu que nous dînions ensemble pour en parler?

- Non, je n'ai pas faim. Je me ferai peut-être un sandwich un peu plus tard.

- Comme tu veux.

Elle s'apprêtait à faire demi-tour lorsqu'il déclara d'une voix incisive:

- Une dernière chose. Je veux que tu t'installes dans une autre chambre que la mienne pour ta dernière nuit ici.

Satisfait, il vit un éclair d'humiliation traverser le regard de Laura avant qu'elle ne se détourne et referme la porte derrière elle. Il tenta ensuite de se replonger dans l'écriture mais ce fut peine perdue. Depuis qu'il avait découvert la vérité, il était constamment assailli par des images de Laura faisant l'amour avec Matt, puis accouchant d'une petite fille qui aurait dû être la sienne. Dieu qu'il la haïssait de l'avoir ramené à la vie pour lui infliger par la suite une telle souffrance…

***

Le lendemain, ils ne s'adressèrent la parole que pour le strict minimum. Au grand soulagement de Laura, Vivien revint de voyage au début de l'après-midi. Elle attendit que Derek soit en grande conversation avec Georges pour l'amener à l'intérieur et lui faire part de la mauvaise tournure des événements.

Vivien fut atterrée.

- Ça me rend malade que tout se termine de cette façon, dit-elle avec consternation.

- Au fond, c'est peut-être mieux ainsi.

- Que veux-tu dire?

Laura tenta d'expliquer de son mieux ce qu'elle ressentait.

- Tu sais, je n'avais jamais réussi à mettre un point final à notre histoire, comme si notre amour demeurait toujours en suspens quelque part, et cela m'a réellement empêchée de refaire ma vie... Aujourd'hui, pour la première fois depuis notre divorce, j'ai vraiment l'impression d'avoir tourné la page.

Vivien hocha la tête en signe de compréhension.

- Je suis tellement triste de te voir partir en sachant que je ne te reverrai probablement jamais, murmura-t-elle.

- Moi aussi, mais au moins, nous continuerons à nous écrire.

Pour la première fois depuis le début de la conversation, un sourire espiègle détendit les traits de Vivien.

- On ne sait jamais le temps que vont prendre nos lettres pour se rendre à destination, mais l'essentiel est que nous finissions par nous contacter, n'est-ce pas?

- Tu as parfaitement raison. Au fait, crois-tu que je pourrai profiter de la voiture de Georges pour retourner à New York?

- Bien sûr, il repart tout à l'heure.

Au moment du départ, Laura embrassa tendrement Vivien. Elle chercha ensuite Derek des yeux et vit qu'il se tenait légèrement à l'écart. Rassemblant son courage, elle se dirigea vers lui.

- Voilà, il est temps que je parte…

Il la contempla d'un regard impénétrable puis déclara d'une voix neutre :

- Même si les choses ne se sont pas terminées comme je l'espérais, je tiens à te remercier pour tout le temps que tu m'a consacré.

- J'ai été heureuse de le faire et je te souhaite beaucoup de succès dans l'écriture.

Ils se serrèrent la main comme deux étrangers puis Laura rejoignit Georges qui attendait dans la voiture. Lorsqu'il démarra, elle se retourna pour voir Derek une dernière fois, mais il avait déjà regagné la maison.

***

CHAPITRE 20

Grâce aux nouvelles routes, le taxi-brousse put déposer Laura tout près de chez elle, le lendemain vers onze heures du soir. Le voyage avait été extrêmement long, principalement à cause d'un arrêt à Dakar, où elle avait dû patienter pendant trois heures pour recevoir un vaccin T.A.B., condition essentielle pour qu'elle puisse réintégrer le village d'Effok.

Bélamina l'accueillit avec un profond soulagement.

- Oh! Laura. Te voilà enfin de retour!

Laura se réfugia dans ses bras grands ouverts.

- Pauvre petite, tu as l'air à bout de forces.

- Ce n'est pas important. Où est Christine?

- Elle dort comme un ange dans sa chambre. Elle a pas été touchée par la maladie.

- Dieu soit béni! Et le Père Gabriel? s'informa-t-elle en se dirigeant à grands pas vers la chambre de l'enfant.

- Le docteur Matt le soigne au dispensaire.

Laura s'approcha sur la pointe des pieds du petit lit de sa fille et la regarda dormir avec attendrissement. Elle l'embrassa ensuite sur le front en prenant bien garde de ne pas la réveiller.

- Je vais aller voir le Père Gabriel, à présent.

- C'est impossible, tu tiens même plus sur tes jambes. Va dormir, ça vaudra mieux.

- Je crois que je n'ai même plus la force de discuter avec toi, admit Laura d'une voix marquée par l'épuisement.

Bel la saisit fermement par les épaules.

- Viens, docteur Matt passe ici tous les matins pour voir Christine. Il t'amènera demain.

***

Laura ne s'éveilla qu'à six heures le lendemain matin. Tout était silencieux dans la maison ce qui signifiait que Bel et Christine dormaient encore. Elle en profita pour prendre un bain dans la mer puis s'activa au petit déjeuner. Tout à coup, elle aperçut sa fille cachée dans un coin qui la contemplait avec de grands yeux.

- Viens vite dans les bras de ta maman, ma chérie! s'écria Laura en s'accroupissant.

La fillette marqua un moment d'hésitation puis alla se blottir dans les bras de sa mère.

- Pourquoi tu revenais pas? J'ai pleuré beaucoup…

- Je suis revenue dès que j'ai pu et je te jure que je ne te laisserai plus jamais.

Matt fit son apparition au milieu du déjeuner. Quand Laura le vit sur le seuil de la cuisine, rayonnant de sa force tranquille, elle se sentit envahie d'un bonheur presque insoutenable. Matt, son havre de paix, l'homme qu'elle aimait sans doute depuis longtemps même si elle ne s'en rendait compte qu'en ce moment privilégié où elle le voyait enfin avec d'autres yeux. Pourtant, de son côté, il la détaillait d'un regard froid et aucune émotion ne transparaissait sur son visage aux traits tirés.

- Je ne savais pas que tu étais de retour, dit-il en guise de bienvenue.

Laura dissimula sa déception par un sourire.

- Je suis arrivée hier, en fin de soirée.

Elle se pencha ensuite vers sa fille et dit d'un ton enjoué :

- Va réveiller Bel. Elle a assez dormi, cette paresseuse!

Christine éclata de rire et quitta la pièce en sautillant.

- Comment va le Père Gabriel? reprit aussitôt Laura.

Matt se passa la main dans les cheveux avec lassitude.

- Je ne crois pas qu'il s'en sorte, lâcha-t-il sombrement.

Laura sentit son coeur cesser de battre.

- Mon Dieu, je ne me doutais pas que c'était grave à ce point... Amène-moi tout de suite auprès de lui!

Durant le trajet qui les séparait du dispensaire, Laura en profita pour demander des explications.

- Comment tout cela est-il arrivé?

- À cause de la sécheresse qui a provoqué la contamination de l'eau potable. La fièvre typhoïde s'est répandue comme une traînée de poudre, et je n'avais pas de chloramphénicol pour lutter contre elle. J'ai fait aussitôt une demande à Dakar et il a fallu deux semaines pour qu'on m'envoie un médecin et les médicaments nécessaires. Tu peux imaginer le résultat.

- Il y a combien de malades?

- Plusieurs dizaines, selon ma première estimation.

- Est-ce qu'il y a des morts?

- Oui, trois personnes âgées et un bébé.

- C'est terrible. Et le Père Gabriel?

Le visage de Matt s'affaissa.

- Dans son cas, il y a eu des complications et il a contracté une forme de pneumonie très grave. Je présume que le surmenage en est la cause.

Ils arrivèrent à destination quelques minutes plus tard et Laura put constater alors que la désolation régnait partout. Toutes les cases étaient fermées et rares étaient ceux qui s'aventuraient dehors. C'était encore pire à l'intérieur du dispensaire. Des lits de camp étaient installés partout et plusieurs malades laissaient échapper de longs râles plaintifs. Matt lui présenta rapidement Jean Faban, un jeune médecin sénégalais qui venait de terminer ses études en Europe ainsi que son assistante, Joséphine, une jeune infirmière française.

- Où est le Père Gabriel? s'informa aussitôt Laura après les politesses d'usage.

- Dans la pièce d'à côté. Ne reste pas trop longtemps, l'avertit Matt.

Elle le repéra rapidement parmi les autres malades et s'empressa d'aller à son chevet. Il semblait dormir profondément mais son visage blême était couvert de sueur. Elle trempa un linge propre dans un récipient d'eau froide qui se trouvait à proximité et éponge délicatement le front du prêtre. Il ouvrit aussitôt les yeux sous lesquels se dessinaient de larges cernes bleuâtres.

- Laura… murmura-t-il avec effort tandis que son regard s'éclairait faiblement.

- Je vous retrouve enfin, dit-elle tendrement en s'emparant de ses mains brûlantes.

- Bien mal en point…

- Oui, mais vous guérirez. Faites-moi confiance.

- Ce n'est pas la peine de mentir… Je sens la fin qui approche et je n'ai pas peur, car c'est Dieu qui me rappelle à lui.

- Père Gabriel, vous ne pouvez pas me laisser. J'ai trop besoin de vous, l'implora-t-elle tandis que des larmes lui brouillaient la vue.

Un pâle sourire étira ses lèvres craquelées.

- C'était il y longtemps... Tu as maintenant Matt et Christine, souffla-t-il d'une voix encore plus faible.

- Je vous en prie, ne parlez plus et reposez-vous.

Comme s'il ne pouvait plus résister, le Père Gabriel ferma à nouveau les yeux. Folle d'angoisse, Laura retrouva Matt qui était en train d'ausculter un enfant.

- Matt, combien de temps lui reste-t-il? demanda-t-elle en s'efforçant de maîtriser la panique qui menaçait de s'emparer d'elle.

Il détourna les yeux avant de répondre à sa question.

- Quelques jours... dans le meilleur des cas.

Laura laissa échapper un gémissement étouffé mais elle se reprit aussitôt.

- Que puis-je faire pour vous aider? s'enquit-elle vaillamment.

- Tu peux faire boire du bouillon de poulet à tous ceux qui ne dorment pas.

- Très bien, je commence tout de suite.

Elle mit près d'une heure à s'acquitter de sa tâche puis retourna auprès du Père Gabriel. Ce dernier regardait dans sa direction.

- Je vois que vous êtes réveillé! Voulez-vous un peu de bouillon de poulet?

Il ne répondit pas et continua à la regarder fixement. Le cœur brisé, elle comprit qu'il ne pouvait plus l'entendre. Elle demeura figée sur place, incapable de contenir le flot de larmes qui se déversait sur son visage. Elle eut vaguement conscience que Matt la prenait par les épaules, après s'être penché sur le prêtre.

- Viens, Laura. Tu ne peux pas rester ici, dit-il en l'entraînant dans l'autre pièce.

Elle s'appuya contre lui et se laissa conduire. Ce fut seulement lorsqu'ils se retrouvèrent seuls dans la cuisinette qu'elle éclata en sanglots désespérés.

- Je ne peux pas accepter son départ... Je ne peux pas! gémit-elle d'une voix sourde.

- Je comprends ton chagrin. Une grande amitié me liait aussi à lui.

- Personne ne sait ce qu'il représentait pour moi!

Matt contempla avec compassion son pauvre visage ravagé et déclara fermement:

- Viens, je vais te ramener chez toi.

- Que vas-tu faire de son corps?

- Nous allons l'enterrer demain derrière son église. Nous organiserons une courte cérémonie dans l'après-midi.

Laura fit un signe d'assentiment puis suivit Matt à l'extérieur. Elle avait l'impression de nager dans un épais brouillard quand elle arriva chez elle.

- Prends ces deux comprimés et tu arriveras à dormir un peu. Je repasserai ce soir, dès que j'aurai un moment de libre.

- Merci, Matt, répondit Laura en lui adressant un pauvre sourire.

- À ce soir.

Quand Matt retourna chez Laura, aux environs de huit heures, il la trouva assise dans la balançoire en train de repriser des vêtements appartenant à Christine. Il fut heureux de constater qu'elle semblait avoir une mine moins désespérée que dans la matinée.

- Bonsoir, Matt. Viens t'asseoir près de moi, l'invita-t-elle d'une voix douce.

- Te sens-tu mieux?

- Un peu. Le choc est passé, maintenant.

Elle considéra avec sollicitude son teint blafard et ses yeux injectés de sang.

- Tu es au bout du rouleau, n'est-ce pas?

- J'avoue que ces dernières semaines ont été parmi les plus éprouvantes de ma vie.

- Dis-moi, prévois-tu qu'il y aura d'autres victimes?

- Très peu à mon avis. Le pire est passé.

Laura s'humecta nerveusement les lèvres.

- Matt, je te demande pardon de ne pas avoir été auprès de toi durant ces semaines difficiles, reprit-elle avec regret.

Il détourna son regard.

- Le Père Gabriel a plaidé ta cause à plus d'une reprise et j'ai finalement accepté ta décision, mais ne me demande pas d'oublier le mal que cela m'a fait.

Laura aurait voulu lui confier qu'elle avait réalisé beaucoup de choses depuis son retour, mais elle n'avait pas la force d'entrer dans ce sujet épineux.

- Matt, il faudra que nous ayons une longue conversation très bientôt, affirma-t-elle simplement.

- À quoi bon, Laura? Je suis fermement résolu à te chasser de mon cœur.

- Que veux-tu dire? demanda-t-elle avec une pointe d'angoisse.

- Je vais quitter définitivement le village dès que ce sera possible.

Laura sentit une main de fer lui broyer le cœur mais elle ajouta courageusement :

- Pas sans moi, en tout cas.

Matt lui jeta un regard morne.

- Pourquoi?

- Parce que j'ai enfin compris que c'est toi que j'aimais.

- Après avoir couché avec lui à nouveau?

- Matt... je ne suis pas en état de discuter de tout cela. Promets-moi seulement que tu prendras le temps de m'écouter avant de faire quoi que ce soit, le pria-t-elle avec ferveur.

- Comme tu veux mais n'espère pas me faire changer d'avis. Maintenant, il faut que nous prenions des dispositions pour la cérémonie en l'honneur du Père Gabriel.

Laura approuva en se rappelant combien il serait éprouvant de dire adieu à cet être merveilleux qui avait marqué sa vie entière du sceau de sa bonté.

***

Le sommeil refusait de venir. Laura se sentait dépossédée et craintive en songeant que sa vie se poursuivait désormais sans la présence réconfortante du Père Gabriel.

Une foule de souvenirs heureux lui revenaient en mémoire, depuis l'époque de l'orphelinat jusqu'à son départ pour Westport, où il était encore resplendissant de santé. *Wesport*. L'image de Derek s'imposa à son esprit et elle se sentit envahie par l'amertume. Elle avait aimé cet homme pendant des années, veillant jalousement à conserver son souvenir bien vivant dans sa mémoire, et tout cela s'était terminé par une rupture brutale et douloureuse.

Pour la première fois de leur vie, ils s'étaient séparés sans regret, presque soulagés à l'idée qu'ils ne se reverraient jamais plus. À cause de lui, elle avait repoussé bêtement l'amour d'un homme de haute valeur, et elle risquait maintenant de le perdre à tout jamais. Elle comprenait à présent que Derek n'avait été qu'un merveilleux mirage toute sa vie, alors que Matt était un homme noble et authentique. Comment avait-elle pu demeurer aveugle pendant si longtemps? Elle ne parvenait pas à se l'expliquer. Mais dorénavant, elle consacrerait toute son énergie à le reconquérir et à lui prouver son amour.

Elle était bien obligée d'accepter le départ du Père Gabriel mais jamais elle n'accepterait celui de Matt.

***

Tous les diolas s'étaient réunis derrière la petite église pour rendre un dernier hommage au Père Gabriel. Laura avait remis à chacun une fleur de bougainvillée car leur parfum particulier avait toujours été celui que préférait le prêtre.

Après les prières, Bélamina interpréta un chant poignant en diola, puis Laura s'avança à son tour pour lire le texte qu'elle avait préparé pour la cérémonie. Elle était d'une pâleur mortelle mais sa voix était ferme lorsqu'elle commença à parler.

- Comment supporter la perte d'un être aussi exceptionnel? Voilà la question que je me pose depuis le départ prématuré du Père Gabriel. Je sais que chaque personne ici présente a bénéficié de sa bonté à un moment ou à un autre et moi plus que vous tous réunis. C'était mon ami le plus cher et certainement un homme d'une essence supérieure. Dieu l'a rappelé auprès de lui trop tôt, mais rendons-lui grâce de nous avoir donné le privilège de le côtoyer pendant toutes ces années. J'espère qu'il m'entend dans une autre dimension et je profite de ce moment de recueillement pour lui dire que je l'aime, et que je penserai à lui jusqu'à mon dernier jour...

Laura s'arrêta, la gorge trop serrée pour continuer. Elle déposa un baiser sur la fleur de bougainvillée qu'elle serrait entre ses doigts puis la déposa délicatement sur la tombe du prêtre. Matt et Bélamina imitèrent son geste, suivi aussitôt par tous les diolas. Bientôt, la tombe du Père Gabriel disparut complètement sous un amoncellement de fleurs rouges, blanches, oranges et violettes. Laura quitta les lieux avant la levée de la première pelletée de terre.

***

CHAPITRE 21

Deux semaines s'étaient écoulées depuis la mort du Père Gabriel. Matt et Jean avaient finalement éradiqué l'épidémie et le village avait reprit son activité normale. Malgré la douleur causée par la disparition de parents ou d'amis, les diolas avaient recommencé à vivre avec toute la ferveur qui les caractérisait si bien.

Ce soir-là, Matt reconduisait Laura chez elle après une dure journée de travail au dispensaire.

- Que penses-tu de Jean? demanda-t-il soudainement.

- Il est très compétent et d'une extrême gentillesse, répondit-elle sans la moindre hésitation.

- Tant mieux. Les diolas ne souffriront pas trop de mon départ.

Laura sentit son pouls s'accélérer à une vitesse folle.

- Je croyais que tu avais changé d'avis, murmura-t-elle faiblement. Tu n'en parlais plus, alors j'avais espéré…

- Je pars dans deux jours, jeta Matt sans sommation.

Malgré le choc causé par ses paroles, elle comprit qu'elle devait mettre tout en œuvre pour le retenir.

- Arrête-toi ici, s'il te plaît, dit-elle en désignant un bouquet de fromagers.

Matt s'exécuta non sans avoir marqué auparavant une légère hésitation.

- Je tiens à te prévenir que tu n'arriveras pas à me faire changer d'avis, fit-il d'un ton résolu.

Laura ignora son avertissement et poursuivit avec fougue :

- Matt, la situation a bien changé. Je sais qu'il est un peu tard mais je suis sûre maintenant de mes sentiments envers toi et...

Il coupa court à sa déclaration en reprenant la parole avec autorité.

- Laura, c'est toi qui vas m'écouter. Tu savais que je t'aimais comme un fou le jour où ton ex-mari a débarqué ici. Que crois-tu que j'ai ressenti en vous voyant tous les deux, toi avec tes yeux brillants d'amour et lui avec le regard suffisant de celui qui gagne toujours? Tu ne le sais pas mais j'ai souffert mille morts pendant très longtemps. Puis, le temps a passé, il a cicatrisé mes blessures et après la nuit où tu m'as enfin appartenu, j'ai recommencé à espérer pour nous deux...

Il marqua une pause et elle vit ses mains se resserrer violemment sur le volant.

- Tu m'as alors détruit une nouvelle fois en retournant vers lui. Aujourd'hui, tu voudrais tirer un trait sur le passé mais c'est impossible... On ne peut pas jouer indéfiniment avec les sentiments des autres, Laura, conclua-t-il en la regardant au fond des yeux.

Elle chercha désespérément des arguments pour le convaincre de revenir sur sa décision mais elle avait l'impression que tout se bousculait dans sa tête.

- Matt, tu as raison mais je t'aime infiniment et je ne peux pas supporter de te laisser partir!

- Moi, j'ai dû le supporter deux fois, lâcha-t-il féroce-ment.

Son regard devint soudain plus doux et il ajouta avec une pointe de regret :

- Je suis désolé mais ma candidature a été acceptée dans un hôpital en Pologne. Ils m'attendent déjà.

- Oh non…

Il s'apprêtait à redémarrer lorsqu'elle lui saisit le bras avec force.

- Matt, je te demande seulement de me donner une deuxième chance! Je suis même prête à te suivre là-bas, le supplia-t-elle en abandonnant toute dignité.

- Chercherais-tu un substitut au Père Gabriel? suggéra-t-il méchamment.

Laura fut si choquée par sa remarque qu'elle demeura bouche bée. Matt se reprit aussitôt.

- Pardonne-moi, c'était stupide de ma part de dire cela.

Elle lui adressa un sourire crispé.

- Ça ne fait rien. Je sais que tu ne le pensais pas.

- Tu vois bien qu'il faut je parte d'ici? Je suis incapable de recommencer quoi que ce soit avec toi, affirma-t-il d'une voix rauque.

- Reviendras-tu un jour? demanda-t-elle en désespoir de cause.

- Qui sait? Je suis convaincu que non mais personne ne peut jurer de l'avenir.

Elle s'empara de sa grande main brune mais il se dégagea aussitôt. Elle se sentit peinée par ce geste de rejet mais elle déclara quand même avec une foi inébranlable :

- Sache que je prierai chaque jour afin que tu reviennes…

***

CHAPITRE 22

Les mois s'écoulèrent sans que rien d'important ne survienne dans la vie de Laura. Afin d'oublier, elle consacrait toute son énergie à sa fille ainsi qu'aux malades du dispensaire. Pourtant, un vide immense subsistait depuis le départ de Matt et la mort du Père Gabriel. Parfois, elle avait même l'impression qu'une grande part d'elle-même les avait suivis.

Ce matin-là, Jean arriva au dispensaire avec le courrier. Il remit à Laura un grand paquet et elle reconnut aussitôt l'écriture de Derek.

- Allez donc prendre une pause d'une vingtaine de minutes, proposa gentiment le médecin. Je peux fort bien me débrouiller seul.

Laura le remercia et se dirigea en hâte vers la cuisinette où elle se prépara un thé à la menthe. Elle ouvrit ensuite le colis et s'empara de la lettre qui se trouvait à l'intérieur, et qui se lisait comme suit :

Ma chère Laura,

J'espère que tu vas bien et que le Père Gabriel s'est remis de sa maladie. Il y a tant de choses que j'aimerais te dire que je ne sais par où commencer. Au cours des derniers mois, j'ai beaucoup réfléchi et je m'en suis terriblement voulu pour la manière dont je me suis comporté avec toi. Je sais que ce n'est pas une excuse valable, mais je crois que la jalousie avait complètement déformé mon jugement. Aujourd'hui, je ne vais pas prétendre que j'ai cessé de t'aimer mais au moins, j'ai accepté l'idée que notre histoire est quelque chose qui appartient désormais au passé.

Du point du vue professionnel, les nouvelles sont merveilleuses! J'ai terminé l'écriture d'un scénario le mois passé et j'ai déjà la confirmation qu'un important producteur va l'adapter à l'écran. Je t'envoie, ci-joint, une copie de mon manuscrit pour que tu sois en mesure d'évaluer mon travail. J'espère que tu ne m'en voudras pas mais mon héroïne te ressemble en tout point. C'était ma façon de te rendre hommage pour tout le bien que tu as apporté dans ma vie. Je n'ignore pas que mes années futures soient gravement hypothéquées, mais si je peux trouver du bonheur dans l'écriture pour le temps qui me reste, c'est grâce à toi.

Je termine en te souhaitant tout le bonheur possible avec Matt et Christine, qui doit être magnifique puisque tu es sa mère.

Sincèrement,

Derek

Les mains tremblantes, elle ouvrit le manuscrit et son attention se porta immédiatement sur la dédicace.

À Laura, ma muse,

avec mon souvenir le meilleur.

Cette fois, des larmes lui brûlèrent les yeux. Au cours des derniers mois, elle n'avait fait qu'espérer le retour de Matt jusqu'à ce que la résignation prenne le pas sur la tristesse. Aujourd'hui, la lettre de Derek et son manuscrit lui faisaient l'effet d'une chaude caresse dans le désert affectif dans lequel elle s'était retrouvée. Au moins, elle n'avait pas payé le prix fort pour rien.

Elle jeta un coup d'œil à sa montre et sursauta. Il y avait plus d'une demi-heure qu'elle rêvassait, alors que Jean se démenait avec tout le travail. Le cœur plus léger, elle se leva et alla retrouver le jeune médecin.

***

Un mois plus tard, l'occasion se présenta pour Laura d'aller à Dakar avec Jean pour renouveler l'inventaire des médicaments. Elle en était fort heureuse puisqu'elle avait terminé de lire le manuscrit de Derek, et elle comptait bien lui téléphoner à Westport pour lui faire part de son admiration. Son récit était légèrement autobiographique mais le résultat en était une œuvre riche et touchante qui captivait le lecteur du début jusqu'à la fin.

Dès leur arrivée à la compagnie pharmaceutique, située sur l'avenue Pompidou, Laura demanda la permission de téléphoner à l'extérieur en remettant une somme d'argent largement suffisante pour couvrir l'interurbain.

- Installez-vous dans mon bureau, répondit la secrétaire, une sénégalaise d'âge mûr fort séduisante. Je vais en profiter pour aller prendre un café en bas.

Ce fut Vivien qui répondit à la quatrième sonnerie.

- Vivien! C'est moi, Laura! Je suis tellement heureuse de t'avoir au bout du fil!

- Laura! Mais où es-tu donc?

- Je suis à Dakar pour affaires. Comment vas-tu? Je suis impatiente d'avoir de vos nouvelles!

Vivien sentit une boule se former dans sa gorge. À l'évidence, Laura n'avait pas encore reçu sa dernière lettre.

- Ma chérie, j'ai quelque chose de très grave à t'annoncer…

Le cœur de Laura cessa de battre.

- C'est Derek, n'est-ce pas? Il est à nouveau malade? demanda-t-elle avec angoisse.

- Il est mort il y a deux semaines, lui apprit Vivien tandis que des larmes silencieuses inondaient son visage.

Laura se sentit terrassée par l'horreur de la nouvelle. Prise d'une soudaine paralysie, elle était incapable de proférer le moindre son.

- Je t'en prie, Laura, parle-moi!

La voix de Vivien semblait lui provenir de très loin. Au prix d'un effort méritoire, elle parvint à reprendre la conversation.

- Ça va aller… Le choc est dur à encaisser.

- Surtout au téléphone…

Laura prit une profonde inspiration.

- Que s'est-il passé?

- Le cancer est réapparu, au cerveau cette fois. En un mois, tout était fini.

- A-t-il beaucoup souffert?

- Oui, mais pas longtemps.

Laura refoula les larmes qui menaçaient de l'envahir.

- Tu sais, j'appelais pour lui parler, je voulais lui transmettre toute mon admiration pour son manuscrit.

- Tu peux être fière, car il t'a rendu un hommage magnifique.

- C'est vrai, il m'a touchée au plus profond de mon cœur et je ne peux même pas le lui dire…

- Il aurait tellement aimé te reparler de vive voix.

Laura repoussa cette image qui était trop douloureuse.

- Et toi, est-ce que tu tiens le coup? reprit-elle gravement.

- Oui, grâce à Georges. Il m'entoure constamment de ses bons soins.

- Quel homme merveilleux! Je suis rassurée de le savoir à tes côtés.

Elle songea à Matt et se sentit envahie d'un désespoir sans bornes.

- Il faut que je te quitte, maintenant. Je vais tâcher de te rappeler dès que ce sera possible.

- Je te remercie et je t'embrasse très fort!

- Moi aussi, je t'embrasse très fort. Prends bien soin de toi!

Laura raccrocha en se demandant comment elle allait supporter le reste de la journée. Dehors, il y avait déjà des embouteillages monstres ce qui promettait un trajet de retour interminable. La vie continuait comme avant, mais elle lui apparaissait tout à coup froide et hostile. Dieu merci, il lui restait Christine mais elle avait quand même envie de se cacher dans un coin et de pleurer toutes les larmes de son corps.

La secrétaire revint à ce moment-là et s'alarma en remarquant l'extrême pâleur de sa visiteuse.

- Ça ne vas pas, Madame?

Laura se composa un visage impénétrable.

- Mais si. Je vais très bien...

***

CHAPITRE 23

Cracovie,
Mai 77

Matt soupira d'aise en avalant sa première gorgée de thé bien chaud à la cafétéria de l'Hôpital Marie Sklodowska, baptisé ainsi en l'honneur de celle qui allait devenir Marie Curie.

Il venait de passer treize heures consécutives au département des urgences et se sentait vidé de toute énergie. Il ne s'en plaignait pas pourtant, car il avait eu la chance d'obtenir un poste dans l'hôpital le plus important de Cracovie. L'État lui avait même alloué un petit appartement dans le faubourg de Praga, situé sur la rive droite de la Vistule. Neuf mois s'étaient écoulés depuis, neuf mois à essayer de chasser Laura de ses pensées. Heureusement, la somme de travail qu'il devait abattre chaque jour l'aidait dans sa résolution, et le défilé incessant de la misère humaine l'aidait à prendre conscience qu'il demeurait, malgré tout, un grand privilégié de la vie.

Ses pensées le ramenèrent à la jeune femme d'une vingtaine d'années qui avait été admise à l'urgence l'avant-veille. Victime d'une sauvage agression, elle avait bien failli perdre la vie à cause d'une hémorragie interne. Il avait réussi de justesse à stopper l'hémorragie et elle s'en tirait avec des côtes cassées, un visage tuméfié et d'innombrables contusions plus ou moins apparentes.

Matt décida d'aller lui rendre visite avant de rentrer chez lui et prit donc l'ascenseur jusqu'au troisième étage, où se trouvait le département des soins intensifs. Il savait que la jeune femme serait transférée bientôt dans une salle commune mais en attendant, elle pouvait profiter du calme relatif de la salle de réveil.

Il pénétra doucement dans la pièce et vit qu'elle ne dormait pas. La jeune malade plongea aussitôt son regard dans le sien, et il remarqua qu'elle avait les yeux les plus tristes qu'on puisse imaginer. Un peu mal à l'aise, il s'approcha d'elle et lui adressa un sourire chaleureux.

- Comment allez-vous, aujourd'hui? Souffrez-vous beaucoup? demanda-t-il avec sollicitude.

- Les calmants sont plutôt efficaces, murmura-t-elle avec un pâle sourire, en effleurant sa joue endolorie.

- Vous savez que j'ai eu bien du mal à vous garder en vie...

Cette fois-ci, tout semblant de sourire déserta son visage.

- C'est dommage que vous y soyez parvenu...

Matt ne se formalisa pas de ces paroles amères. Il ne comprenait que trop bien sa détresse.

- Vous savez, c'est embêtant mais la police va venir vous interroger dès que je vous jugerai en état de les recevoir, reprit-il. Vous vous rendez bien compte qu'il est impératif de mettre la main sur ce sadique qui vous a agressée, n'est-ce pas?

Les yeux de la jeune femme se remplirent de frayeur à cette évocation.

- Je n'ai rien à dire à la police. Je ne suis qu'une prostituée comme tant d'autres et se faire tabasser fait partie des risques du métier.

Matt se sentit désolé pour elle. Cette fille avait un *je-ne-sais-quoi* qui venait le chercher au plus profond de lui-même.

- Nous verrons le moment venu. Je vous quitte, maintenant, il est grand temps que je vous laisse vous reposer.

Le regard de la malheureuse s'accrocha à nouveau au sien.

- Docteur, je sens que vous êtes un type bien, mais ne perdez pas votre temps à vous occuper de moi, lui recommanda-t-elle d'une voix qui ressemblait plus à un chuchotement.

- Au risque de vous décevoir, ce n'est pas à vous d'en juger, lança Matt sans s'émouvoir. Au fait, je ne connais même pas votre nom au complet.

- Héléna Zielinski.

- Alors, à demain, Héléna Zielinski.

*****

À partir de ce soir-là, des liens étroits se tissèrent entre Matt et sa jeune patiente. Tout le personnel savait que la jeune femme était devenue la protégée du docteur Kieslowski et nul ne s'en formalisait, bien au contraire.

Huit jours plus tard, Matt dut se résoudre à signer le congé d'Héléna car plus rien ne justifiait son séjour à l'hôpital.

Plus ébranlé qu'il ne l'aurait cru, il la rejoignit dans la salle commune où elle avait été transférée, une semaine auparavant. Un mince rideau défraîchi offrait un semblant d'intimité et la jeune femme l'attendait patiemment, toute menue dans une vieille robe rose offerte par les religieuses bénévoles de l'établissement. À mesure que l'enflure et les ecchymoses diminuaient, Matt découvrait un visage des plus intéressants. Elle était loin de posséder la finesse des traits de Laura, mais ses yeux noirs brillaient d'intelligence et une magnifique cascade de cheveux sombres lui donnait l'allure sauvage d'une bohémienne.

Elle avait confié à Matt qu'elle n'avait nul endroit où aller puisque le propriétaire de son logement l'avait jetée à la rue la nuit de son agression, lorsqu'il avait découvert son moyen du subsistance. Matt l'avait alors convaincue de demander une place dans une maison d'accueil pour jeunes filles en difficultés tenue par des religieuses. C'était la seule solution pour le moment, car il était hors de question qu'elle reprenne son ancien métier.

- Prête pour le grand départ? demanda Matt d'une voix qu'il s'efforça de rendre joyeuse.

Les grand yeux d'ébène de la jeune femme se voilèrent instantanément.

- Je le croyais mais maintenant, je me sens terrifiée.

- Mais pourquoi?

- Je vais me retrouver parmi un tas d'étrangères mais le pire de tout, ce sera de ne plus vous voir…

Matt se sentit déchiré intérieurement.

- Je ne t'abandonnerai pas, promit-il avec ferveur. Je viendrai même te voir à chaque fois que ce sera possible.

Cette fois, elle fut impuissante à retenir ses larmes.

- Vous êtes la seule personne au monde à qui je fasse confiance, hoqueta-t-elle entre deux sanglots. Je ne peux pas supporter de me séparer de vous!

Matt se sentit totalement désemparé. Lui non plus ne désirait pas la voir partir, mais il ne voyait pas d'autres alternatives.

Soudain, Héléna s'empara de sa main avec un regard

fiévreux.

- Docteur Kieslowski, je sais que je vais beaucoup vous demander, mais si je pouvais m'installer chez vous juste quelques jours, je me sentirais plus forte par la suite pour aller vivre dans cette maison d'hébergement.

Matt secoua lentement la tête.

- Mon appartement est trop petit, tu serais obligée de dormir sur le canapé du salon. Et puis, ce ne serait pas convenable.

Les yeux de la jeune femme se firent implorants.

- Je vous en prie, laissez-moi venir avec vous. Je vous jure que je ne vous dérangerai pas très longtemps!

Matt ne trouva pas le courage de refuser plus longtemps. Pour une raison qu'il ne s'expliquait pas, il se sentait responsable de son bien-être. Peut-être parce que sa fille aurait eu à peu près le même âge si elle avait vécu.

- Très bien mais quelques jours seulement, finit-il par concéder.

Héléna lui adressa un sourire débordant de reconnaissance.

- Merci, vous êtes l'être le plus extraordinaire qui existe sur la terre!

***

CHAPITRE 24

Finalement, les quelques jours prévus s'éternisèrent. Trois semaines s'écoulèrent sans que ni Matt ni Héléna ne songent à changer la situation car ils avaient la réconfortante impression de combler mutuellement leur solitude.

Héléna passait ses journées à regarder la télévision ou à lire des livres de cuisine pour préparer de bons petits plats à son bienfaiteur. Ce dernier était heureux de la retrouver chaque soir en rentrant de son travail, et il n'imaginait plus la vie sans sa présence lumineuse.

Un soir, elle lui confia son secret le plus douloureux quand Matt osa lui demander ce qui l'avait conduit à la prostitution.

- J'avais douze ans quand mon père a abusé de moi pour la première fois. À quatorze, il a jugé que j'étais assez âgée pour rapporter un peu d'argent à la maison. Après ses amis, ce furent des inconnus dans la rue.

Matt sentit une haine implacable monter en lui.

- L'immonde ordure! Et ta mère dans tout cela?

- Ma mère a fichu le camp quelques années après ma naissance. Mon père était un homme violent et j'imagine ce qu'elle a dû subir…

- Où est-il aujourd'hui?

- Je n'en sais rien car il y a longtemps que je me suis enfuie à mon tour.

- Je donnerais tout pour le retrouver et lui réserver le châtiment qu'il mérite. Il y a trop de salauds de son espèce qui réussissent à s'en tirer!

Un doux sourire éclaira le visage d'Héléna.

- Par contre, il y a des types merveilleux comme vous pour compenser…

Elle marqua une pause puis ajouta d'une toute petite voix :

- Je vous aime, Matt.

Bouleversé au plus profond de lui-même, il garda le silence car il ne parvenait pas à démêler ses émotions.

- Je ne vous demande pas de m'aimer en retour, mais il fallait que je vous le dise.

Matt se leva d'un mouvement brusque.

- Je vais me coucher. J'ai une rude journée qui m'attend demain.

Il referma la porte de sa chambre, le cœur battant à tout rompre. Il ne voulait pas que leur relation prenne cette tournure, car il jugeait Héléna trop jeune et trop démunie. Mais, en même temps, il brûlait du désir de la prendre dans ses bras pour lui faire oublier tous ses souvenirs sordides. Il se déshabilla lentement et s'allongea sur le dos, en proie à des sentiments contradictoires. C'est alors que la porte s'ouvrit toute grande et qu'Héléna apparut presque nue dans la semi-obscurité de la chambre.

- Matt, je voudrais que vous me preniez avec amour. Ce serait la première fois de ma vie…

Vaincu, il lui tendit les bras.

- Viens, mon pauvre amour. Viens tout près de moi...

Longtemps après, Héléna s'endormit contre lui, heureuse et comblée. Matt, lui, ne parvenait pas à trouver le sommeil.

Cette fois, il avait franchi le pas qui marquait la fin définitive de sa liaison avec Laura et à sa grande déception, il en ressentait encore une douleur cuisante. Pourtant, il suffisait que se matérialise dans son esprit l'image de Derek Shaw pour qu'il se sente conforté dans sa décision. Cet homme charismatique, auprès duquel il se sentait réduit à néant, avait réussi à lui ravir deux fois l'amour de la femme de sa vie, et cette seule pensée l'emplissait encore de hargne. Pour Héléna, au moins, il était un homme extraordinaire et le sentiment de lui être indispensable lui procurait une véritable ivresse. Oui, il était grand temps de se tourner vers l'avenir. Pour de bon, cette fois.

***

Le lendemain matin, il trouva Héléna distraite, comme perdue dans ses pensées.

- Est-ce que tu regrettes la nuit dernière, ma chérie? s'inquiéta Matt.

- Non, pourquoi me poses-tu cette question?

- Tu sembles si lointaine, tout à coup.

- Je pensais seulement à ce que je vais faire de ma vie. Je ne vais tout de même pas t'attendre éternellement entre ces quatre murs!

Matt réprima sa surprise devant cette soudaine volte-face.

- Non, bien sûr, mais tu as tout le temps de décider ce que tu veux faire, dit-il d'une voix apaisante.

Il se pencha et l'embrassa tendrement en faisant semblant de ne pas remarquer son mouvement de recul.

- À ce soir. Passe une bonne journée.

- Oui, toi aussi, répondit Héléna d'un air absent.

***

La nuit suivante, Matt s'éveilla en sursaut. Une douce voix féminine chantonnait une berceuse dans la pièce à côté. *La voix d'Héléna.* Intrigué, il se leva et alla retrouver la jeune femme dans le salon. Il la vit alors se balancer d'avant en arrière en serrant contre elle une serviette de bain roulée en boule.

- Mais qu'est-ce que tu fabriques, ma chérie? dit-il, tout en n'en croyant pas ses yeux.

La jeune femme lui jeta un regard courroucé.

- Chut, taisez-vous donc! Vous ne voyez pas que j'essaie d'endormir Héléna? Elle se réveille souvent depuis qu'elle perce ses dents.

Complètement abasourdi, Matt ne sut quel comportement adopter. Visiblement, Héléna était en pleine crise de somnambulisme. Il s'approcha d'elle et la secoua doucement par l'épaule.

- Réveille-toi, chérie, tu fais un rêve...

- Je vous ai déjà dit de me laisser tranquille!

Finalement, il jugea préférable de regagner la chambre en attendant la suite des événements. Peu de temps après, Héléna le rejoignit.

- Elle dort comme un ange. Je vais tâcher de me rendormir aussi.

***

Matt n'arrivait pas à se concentrer sur son travail. Le

418

comportement aberrant qu'avait eu Héléna la veille lui revenait sans cesse à l'esprit.

- Alors, docteur Kieslowski?

Visiblement, la jeune infirmière attendait une réponse de sa part.

- Pardonnez-moi, Rosa, j'ai eu un moment de distraction.
- Je viens de vous mentionner que Monsieur Ivankovic ne réagit pas au traitement.
- Dans ce cas, doublez la dose de tétracycline pour les trois prochains jours.
- Très bien, docteur, dit l'infirmière en s'éloignant d'un pas rapide.

Pendant un moment d'accalmie, Matt se résolut à appeler le psychiatre en chef de l'hôpital.

- Qu'est-ce que je peux faire pour vous, mon cher collègue?
- J'ai besoin de votre avis sur quelque chose de très particulier. En principe, je termine vers sept heures. Serez-vous encore à votre bureau à ce moment-là?
- Certainement, j'ai des dossiers à étudier jusqu'à dix heures, au moins.
- Dans ce cas, je passerai vous voir quelques minutes si vous n'y voyez pas d'inconvénients.

Entendu. À plus tard, donc.

***

Aux environs de sept heures trente , Matt frappa à la porte du docteur Stanislas Klaczko. C'était un homme ouvert et affable malgré les lourdes responsabilités qui pesaient sur ses épaules.

- Entrez, docteur Kieslowski et prenez place.

- C'est très gentil à vous de m'accorder cet entretien.

- Ne le mentionnez même pas. De quoi s'agit-il?

Matt avala péniblement sa salive.

- C'est à propos d'Héléna Zielinski, la jeune femme qui a été admise à l'urgence le mois dernier à la suite d'une agression très grave…

- Celle-là même que vous hébergez maintenant chez vous?

- Heu…oui.

- Ne soyez pas mal à l'aise. Un hôpital est comme un petit village, tout se sait presque instantanément. Allez, vous pouvez tout me raconter.

Matt chercha soigneusement ses mots puis lui décrivit en détails la scène qu'il avait vécue la nuit dernière.

- En guise de conclusion, je ne sais vraiment pas quoi penser de tout cela…

Le docteur Klaczko gratta pensivement son crâne chauve.

- Je ne veux pas vous alarmer inutilement mais cela ne me dit rien qui vaille. Je dirais même qu'un comportement de cette nature s'apparente généralement à une psychose.

Matt frémit intérieurement.

- Alors, qu'est-ce que je dois faire?

- Tout d'abord, il est impératif que je la rencontre au plus tôt pour être en mesure de faire une évaluation exacte. Pouvez-vous me l'amener demain?

- Cela peut s'avérer difficile. Elle affirme qu'elle ne s'est pas levée la nuit dernière et que c'est moi qui ai rêvé tout cela.

Le professeur se fit insistant.

- Oui, je comprends mais je dois la voir absolument. Il se peut qu'elle souffre de problèmes psychiatriques graves et on ne sait jamais où cela peut mener.

Matt promit de trouver un prétexte pour amener la jeune femme et prit congé. Il avait presque atteint la sortie de l'hôpital lorsqu'il s'entendit demander à la réception par le biais de l'intercom.

- Qu'est-ce que c'est, encore? maugréa-t-il entre ses dents tout en rebroussant chemin.

Une surprise fort désagréable l'attendait à l'accueil. Un petit homme avec des yeux de fouine lui tendit sa carte de détective privé.

- Est-ce que je peux m'entretenir avec vous quelques minutes? C'est à propos d'Éva Zierno que vous connaissez sans doute sous le nom d'emprunt d'Héléna Zielinski.

Matt ressentit une vague nausée.

- Suivez-moi.

Il guida le détective vers un petit bureau désert.

- Ici, nous ne serons pas dérangés. Alors, qu'est-ce que vous avez insinué à propos d'Héléna? attaqua-t-il aussitôt.

- C'est une longue histoire mais tout ce que vous avez besoin de savoir pour le moment, c'est qu'elle s'est enfuie de chez elle il y a cinq semaines. Sa mère a aussitôt retenu mes services pour la retrouver.

Matt essaya de maîtriser la peur qui commençait à s'insinuer en lui.

- Pourquoi vous et pas la police? demanda-t-il froidement.

- Éva souffre de problèmes psychiatriques depuis son enfance mais elle n'a jamais été dangereuse pour quiconque. De plus, elle est majeure et n'en est pas à sa première fugue. Vous pouvez alors imaginer leur manque d'intérêt à la rechercher dans une ville contenant un million sept cent mille habitants…

Matt poussa une exclamation étouffée.

- Cette fois-ci, sa fugue s'est avérée dangereuse pour elle-même! Vous savez sans doute que c'est une jeune femme sauvagement battue qui a été admise à l'urgence le mois dernier. Elle est passée à un cheveu d'y laisser la vie.

- Je sais et nous le regrettons terriblement. Éva a téléphoné à sa mère ce matin et j'ai pu retracer toute l'histoire. D'ailleurs, son médecin traitant va nous rejoindre ici d'une minute à l'autre. Voici sa carte avec l'adresse de sa clinique privée. Nous voudrions récupérer Éva dès maintenant.

Matt lui lança un regard féroce.

- Certainement pas avant d'avoir eu un long entretien avec son médecin!

- C'est tout à fait normal.

Quelques minutes plus tard, la réceptionniste frappa doucement à la porte.

- Le docteur Karski demande à vous voir, annonça-t-elle d'une voix feutrée.

- Veuillez le conduire ici, s'il vous plaît.

- Tout de suite.

Peu après, un homme d'une soixantaine d'années à l'allure aristocratique pénétra dans la pièce. Le détective se leva aussitôt avec respect.

- Est-ce que Madame Zierno est avec vous?

- Oui, elle attend dans ma voiture. Vous seriez aimable d'aller la retrouver pendant que je discute avec le docteur Kieslowski.

- Certainement.

Après son départ, le docteur Karski tendit poliment la main à Matt. Ce dernier la serra machinalement, n'ayant pas l'esprit à faire des politesses.

Ce fut le docteur Karski qui prit la parole en premier.

- Docteur Kieslowski, je vois combien vous êtes bouleversé, mais il est très important pour le bien d'Éva que vous me racontiez tout ce qui s'est passé depuis qu'elle a été admise dans cet établissement.

Matt tenta tant bien que mal de rassembler ses idées. Puis, d'une voix chargée d'émotions contenues, il décrivit le plus fidèlement possible les événements survenus au cours des dernières semaines. Le docteur Karski l'écouta avec la plus grande attention sans l'interrompre une seule fois. À la fin du récit, il croisa ses mains sur le bureau et observa Matt avec un regard pénétrant.

- Vous l'aimez vraiment, n'est-ce pas?

- À vrai dire, je ne sais plus qui j'aime...

Le psychiatre le considéra avec un regard entendu.

- Il est temps maintenant que je vous raconte l'histoire d'Éva.

Matt fit un léger signe d'assentiment, craignant déjà d'entendre ce qui allait suivre.

- Voici, ses problèmes ont commencé à l'âge de sept ans quand elle a découvert son père pendu dans la cave de la maison familiale.

Il marqua une pause devant le regard consterné de son vis-à-vis.

- À partir de ce moment-là, Éva a commencé à s'inventer une autre existence et elle est devenue mythomane à l'extrême. Sa mère me l'a amenée quelques mois plus tard, et nous avons entrepris une thérapie qui s'est avérée efficace jusqu'à l'arrivée de l'adolescence. À partir de ce moment-là, elle a recommencé à avoir des épisodes plus graves de pertes de contact avec la réalité et elle a même fugué durant une période assez prolongée. Quand nous l'avons retrouvée, je l'ai fait interner quelques semaines et elle a semblé réagir favorablement aux traitements. Quelques années se sont écoulées dans une certaine stabilité jusqu'à ce qu'elle se retrouve enceinte. Elle a prétendu ne pas savoir qui était le père mais cela ne changeait rien, car elle voulait garder l'enfant et continuer à vivre chez sa mère. C'est ce qui s'est produit sauf que le bébé est né avec une grave malformation congénitale.

Le docteur Karski s'arrêta pour reprendre son souffle et lâcha sombrement :

- La petite Héléna est morte le mois dernier à l'âge de huit mois.

Matt s'affaissa un peu plus dans son fauteuil. C'était pire que tout ce qu'il avait imaginé.

- Vous comprenez que cette mort tragique a provoqué chez elle une crise violente et qu'elle a décroché d'une réalité qu'elle n'était pas en mesure d'assumer.

Matt fit un effort louable pour sortir de son accablement.

- Que va-t-il se passer, maintenant? demanda-t-il d'une voix blanche.

- Il est évident que je vais la faire interner encore une fois. À partir de là, je ne sais pas plus que vous comment elle va réagir.

- Est-ce que vous croyez que l'amour que nous partageons pourra l'aider à se remettre? reprit Matt en désespoir de cause.

- Pardonnez-moi d'être brutal mais cet amour n'existe pas. Je crois qu'Éva a transposé l'image du père en vous, mais dès qu'il y a eu relation sexuelle, elle a cessé immédiatement de vous identifier à lui. C'est pourquoi elle s'est détachée de vous d'une manière aussi soudaine.

Malgré le chagrin que cela lui causait, Matt dut convenir que le psychiatre avait sûrement raison.

- Je ne veux pas vous presser plus que nécessaire, ajouta ce dernier, mais il serait temps de conduire Madame Zierno auprès de sa fille. Cette pauvre femme a vécu un véritable enfer.

Matt se prit la tête entre les mains. Depuis la veille, il était plongé dans un long cauchemar qui était sur le point de se terminer par le départ inévitable de la femme qu'il chérissait.

Le docteur Karski posa une main compatissante mais ferme sur son épaule.

- Il faut y aller, docteur Kieslowski, insista-t-il. Nous allons vous suivre dans ma voiture.

Sitôt arrivés à destination, Madame Zierno sortit de la voiture du docteur Karski et rejoignit Matt. C'était une fort jolie femme vêtue élégamment mais au regard marqué par les épreuves.

- Je veux vous remercier pour tout ce que vous avez fait pour ma fille et j'ai pleinement conscience que son départ va être pénible pour vous. Éva peut se montrer si attachante...

Les yeux noyés de larmes, elle ajouta vivement :

- Je vous en prie, amenez- moi auprès d'elle.

Matt hocha la tête et ils montèrent tous les trois à l'appartement. Plein d'appréhensions, il ouvrit la porte et vit Éva assise sagement dans le salon, en train de regarder le journal télévisé. Elle lui jeta un regard indifférent jusqu'à ce qu'elle s'aperçoive qu'il n'était pas seul.

- Maman! s'écria-t-elle aussitôt avec un mélange de joie et de soulagement.

Madame Zierno ouvrit les bras et Éva s'y jeta sans la moindre hésitation.

- Ma petite chérie, j'étais tellement inquiète! J'ai cru devenir folle...

- Pardonne-moi, maman. J'ai eu un accident et le docteur

Kieslowski a jugé préférable de ne pas te prévenir jusqu'à ce que j'aille mieux.

Matt la contempla avec stupeur mais le docteur Karski lui fit signe discrètement de garder le silence.

- Nous allons ramasser tes affaires puis rentrer à la maison, déclara Madame Zierno d'une voix tendre.

- Oui, maman. Viens avec moi dans la chambre.

Un silence de plomb tomba entre les deux hommes.

- Est-ce que je pourrai venir la voir? demanda finalement Matt qui était encore secoué par ce qu'il venait d'entendre.

- Non, ce serait une très mauvaise idée, fut la réponse catégorique du docteur Karski.

Éva réapparut avec sa mère, une petite valise à la main.

- Voilà, je suis prête, annonça-t-elle sans émotion manifeste.

Matt lui jeta un regard douloureux.

- Tu n'as rien à me dire avant de partir? demanda-t-il d'une voix éteinte.

Pendant une seconde fugitive, l'ancienne flamme éclaira le regard de la jeune femme mais elle s'éteignit si vite que Matt crût l'avoir imaginée.

- Je vous remercie de m'avoir logée ici pendant ma convalescence mais vous avez eu tort de m'empêcher de prévenir ma mère.

Matt se figea sur place, trop malheureux pour ajouter quoi que ce soit. Madame Zierno reprit la parole avec embarras.

- Le docteur Kieslowski a cru bien faire, ma chérie. Viens, rentrons à la maison.

Sans un regard pour Matt, Éva suivit docilement sa mère vers la sortie. Le docteur Karski lui adressa un sourire d'excuse en prenant congé lui aussi.

- Ne vous inquiétez pas, je vous donnerai régulièrement de ses nouvelles, promit-il d'une façon peu convaincante.

Matt referma lentement la porte, puis, pareil à un automate, il se dirigea vers sa chambre. Épuisé et à bout de nerfs, il s'effondra sur son lit.

CHAPITRE 25

Basse Casamance,
Juillet 77

L aura ne se sentait guère d'enthousiasme pour les festivités du riz qui devaient se dérouler le soir même. Sans Matt et le Père Gabriel, la fête tant attendue ravivait même ses vieilles blessures. Heureusement que Christine, qui avait maintenant quatre ans passés, pourrait y assister une bonne partie de la nuit.

Bel entra en coup de vent dans sa chambre pour s'assurer qu'elle était levée. Malgré son âge avancé, elle conservait une énergie qui semblait défier le temps.

- Allez, Laura, que j'arrange tes cheveux! ordonna-t-elle joyeusement.

- Que vas-tu inventer, cette fois?

- Des tresses parsemées de perles multicolores enroulées sur le dessus de ta jolie tête. Même chose pour Christine.

- Au fait, où est-elle?

- Elle joue dehors avec son ballon. Elle a si hâte que la nuit tombe!

Laura émit un long soupir.

- Il y a des fois où j'aimerais redevenir un enfant...

- Allons, pas de nostalgie aujourd'hui, la gronda Bel. Installe-toi devant ton miroir et je vais aller chercher tout ce qu'il faut pour faire ta coiffure.

Avant de retourner auprès de Laura, Bel jeta un coup d'oeil à l'extérieur pour s'assurer que Christine s'amusait toujours près de la balançoire. La stupeur la cloua net sur place : le docteur Kieslowski lui-même était en grande conversation avec la fillette.

Folle de joie, la vieille diola se précipita dans le jardin.

- Docteur Matt, j'ai cru avoir une vision!

Matt lui adressa un large sourire puis l'embrassa affectueusement sur les deux joues.

- Chère Bélamina, toujours la même!

- Vous auriez dû nous avertir de votre retour!

- Sûrement pas! Je voulais vous faire la surprise.

Il jeta un regard en direction de Christine.

- Vous seriez gentille de l'amener chez vous jusqu'au début de la fête. Laura et moi allons sûrement avoir beaucoup de choses à nous dire…

La vieille nounou explosa d'un grand rire.

- Bel comprend très bien.

***

Assise devant son miroir, Laura commençait à s'impatienter du retard de Bel.

- Mais enfin, qu'est-ce que tu fabriques? lança-t-elle à voix forte pour être sûre d'être entendue.

- À ma demande, elle est retournée chez elle avec Christine.

Laura sentit un long frisson la parcourir tout entière au son de cette voix familière. Incrédule, elle se retourna et vit Matt qui se tenait dans l'embrasure de la porte, les bras croisés sur son torse puissant. Incapable de faire le moindre geste, elle ne put que le contempler de tous ses yeux.

La voix de Matt se brisa.

- Tu vois, il a fallu que je revienne…

Cette fois, elle se leva en tremblant et alla se blottir entre ses bras. Matt la serra contre lui de toute ses forces puis il la repoussa pour prendre son visage entre ses larges mains.

- Tu m'as tellement manqué, murmura-t-il en l'enveloppant d'un regard assombri par la passion.

- Sûrement pas autant qu'à moi…

- Alors, prouve-le moi tout de suite, reprit-il avec un désir impérieux dans la voix.

Le regard lumineux, Laura l'entraîna vers son lit et ils s'aimèrent avec une ferveur inégalée, exacerbée plus encore par leur longue séparation.

***

L'après-midi tirait déjà à sa fin. Laura, appuyée sur un coude, caressait amoureusement les nouvelles rides qui marquaient profondément le visage de Matt.

- J'ai l'impression que tu as traversé de durs moments à Cracovie…

- Qu'est-ce qui te fait croire cela?

- C'est écrit sur ton visage.

Le regard de Matt se teinta d'amertume.

- J'ai connu un dur échec amoureux, laissa-t-il échapper malgré lui.

En attendant ces mots, Laura ressentit cruellement la morsure de la jalousie.

- Tu as aimé une autre femme? demanda-t-elle avec un mélange de douleur et de surprise.

- J'ai cru aimer quelqu'un d'autre, rectifia-t-il aussitôt,

mais ce n'était qu'une illusion... Un jour, je te raconterai tout mais pas maintenant.

- Non, je préfère ne rien savoir.

Après un long moment de silence où ils s'absorbèrent chacun dans leurs pensées, Matt aborda le sujet qui le rongeait à l'intérieur.

- Laura, il faut que tu me donnes la certitude que ton ex-mari ne s'interposera jamais plus entre nous.

Un éclair de souffrance la traversa fugitivement comme si son corps était conditionné à souffrir dès qu'il était fait mention de Derek. Mais cela ne dura qu'un instant, car sa réalité d'aujourd'hui était l'immense amour qu'elle vouait à Matt, et le bonheur indescriptible de l'avoir retrouvé enfin.

- Derek a succombé à un cancer au cerveau, il y a deux mois, l'informa-t-elle d'une voix neutre.

Matt caressa doucement son visage.

- Je suis navré. Tu as dû souffrir beaucoup en apprenant cette nouvelle.

Laura le regarda au fond des yeux.

- Tout cela appartient au passé. Mon présent et mon avenir, c'est toi seul désormais.

N'osant croire tout à fait à son bonheur, Matt la serra à nouveau contre lui d'un geste possessif.

- Et pour toujours, cette fois, ajouta-t-il avec gravité.

ÉPILOGUE

Westport,
Mai 1978

Au cimetière de Westport, Vivien déposa une gerbe de roses rouges sur la tombe de Derek. *Repose en paix, mon frère bien-aimé, tu es parti depuis un an déjà, mais tu me manques toujours autant.* Ce rite accompli, elle se tourna vers Georges qui se tenait discrètement à l'écart.

- Voilà, nous pouvons partir, dit-elle en lui adressant un sourire légèrement crispé.

Il eut un pincement au cœur en constatant à quel point elle semblait avoir du mal à se remettre de cette perte.

- Marchons un moment. Il fait tellement beau!

Un silence paisible s'installa entre eux.

- Au fait, j'ai reçu une lettre de Laura, hier, annonça soudainement Vivien avec une voix enjouée.

- Ah oui? Comment va-t-elle?

- On ne peut mieux! Elle a épousé, il y a quelques mois, le père de sa petite fille.

- Est-ce qu'ils vivent toujours dans ce petit village de brousse?

- Plus pour longtemps. Figure-toi que son mari a racheté le cabinet d'un collègue français qui a décidé de rentrer dans son pays. Laura déménagera donc en banlieue de Dakar et retrouvera tout le confort de la vie moderne!

- Il faut avouer que ce sera tout de même mieux pour élever un enfant.

- En effet, mais ce qu'il y a de plus merveilleux, c'est que nous pourrons nous parler facilement au téléphone!

Le regard de Vivien se fit soudain nostalgique.

- Si tu savais comme Laura me manque, parfois. Elle est réellement la sœur que je n'ai jamais eue.

- Il faut dire que c'est une femme hors du commun. Regrettes-tu parfois de ne pas lui avoir demandé de venir quand ton frère est retombé malade?

- Non, Derek ne le voulait à aucun prix.

Elle passa son bras sous celui de Georges.

- Je ne veux plus penser à tout cela. J'ai la chance d'aller voir mes petits-enfants aujourd'hui et rien ne va assombrir mon bonheur!

- Le mari d'Isabella est vraiment un chic type. Il a fait notre connaissance il y a six mois à peine, et il nous considère déjà comme des membres de sa famille.

- Oui, je l'apprécie beaucoup moi aussi, d'autant plus qu'il me rappelle un peu Derek au même âge.

- C'est vrai. Il est agent immobilier, mais il aurait pu être acteur avec sa haute stature et sa belle prestance. Mais le plus important, c'est qu'il semble aimer sincèrement les enfants.

Vivien songea alors qu'elle aurait donné sa vie pour que Riccardo soit encore là pour les voir grandir.

- Oui, je ne lui demande rien de plus... À part nous laisser voir Édouardo et Monica, naturellement! acheva-t-elle sur le ton de la plaisanterie.

Georges jeta un coup d'œil à sa montre.

- Justement, il faudrait peut-être nous mettre en route si nous voulons être à l'heure pour leur invitation à dîner.

Vivien se haussa sur la pointe des pieds et l'embrassa tendrement sur la joue.

- Cher Georges, toujours aussi pragmatique! Qu'est-ce que je deviendrais sans toi?

- Je n'ose même pas l'imaginer!

Ils échangèrent un regard complice puis ils regagnèrent tranquillement la voiture.